中公文庫

カンブリアⅢ　無《む》化《か》の章

警視庁「背理犯罪」捜査係

河合莞爾

中央公論新社

CONTENTS

カンブリアⅢ　無《む》化《か》の章

警視庁「背理犯罪」捜査係

プロローグ　不安（一九九九年、滝川《たきがわ》毎水《うみ》の記憶）

そらは、他の子供とは違う。このことに気が付いたのは、いつだったろうか。

今にして思えば、そらが生まれたばかりの赤ん坊の時から、そらの周りでは時々不思議なことが起きていた。

例えば、そらが寝ている枕元にミルクを入れた哺乳瓶《ほにゅうびん》を立てて置いて、タオルを取りに行って戻ってくると、哺乳瓶がそらのすぐ脇に転がっていたことがあった。風も吹いていなかったし、猫なども飼っていないし、地震もなかったのに。

また、家事の合間にふと気になってそらの様子を見に行くと、ベッドの枠に取り付けた吊り下げ式のオルゴールが、そらの上で音もなく、勝手にくるくると回っていることがあった。あとで考えるとゼンマイ式なので、誰かがネジを巻かない限り、勝手に回る筈がないのに。

そしてある時、その事件は起こった。

そらが一歳の誕生日を迎えようかというある日の夜。そらがテレビばかりをじっと観ていてなかなか寝ないのに業を煮やして、あたしはテレビのスイッチを切り、そらを抱きかかえて無理やりベビーベッドに運んで、中に寝かせた。

すると突然、そらが大声で泣き出した。同時に、天井のペンダント照明がちかちかと点滅を始めた。１ＤＫの部屋中の家具ががたがたと揺れ、本棚や戸棚から、中に収まっていたものがばらばらと落ちた。窓ガラスがビリビリと震え、コタツ兼用テーブルの上のマグカップや花瓶が、がたがたと踊りながら回り、そして次々と床に落ちた。

地震――？　あたしは恐怖のあまり、そらを抱き締めながら床に座り込んだが、床は揺れていなかった。ふと、両手の中のそらを見た。そらは大声で泣きながら、両手両足を突っ張って身体をよじり、全身で不満を訴えていた。

その瞬間、誰がこの騒ぎを起こしているのかがわかった。

他には考えられなかった。これは、そらがやっているのだ――。

「お願い、そら、やめて！」

そらを抱き締めたまま大きな声で叫ぶと、そらは急に泣き止んだ。同時に、部屋中のもの全てがぴたりと動きを止めた。そしてあたりはしんと静かになった。あたしはようやく身体を起こして部屋の中を眺め、騒ぎが収まったことを確認し、額の汗を手の甲で拭って、ふう、と大きく息を吐いた。

なんて子なんだろう。ぐずっただけで部屋中のものが揺れ始めるなんて――。そう思った時、あたしは思い出した。

あたしがそらを身籠もっていた時、伯父夫婦はあたしを騙して、遠くにある産婦人科の病院に連れて行った。その病院の医者はあたしに麻酔をかけて、あたしが知らないうちに、あたしのお腹の中から、こっそりそらを連れ去ろうとした。

　その時、手術室で起こったという不思議なことについては、麻酔のせいで全く記憶がない。後で噂に聞いたところによると、突然、手術室の全てのものが勝手に暴れ始め、照明器具や医療機器が火花を上げて壊れ、医者は血を吐いて死んでしまったので、あたしの手術は中止になって、そらは助かったということだった。

　あれはやっぱり、そらがやったことだったんだ――。あたしはそう考えるしかなかった。あたしのお腹の中にいたそらが、自分が殺されようとしていることに気が付き、生きるために必死で「力」を揮《ふる》ったのだ。その結果手術室は滅茶苦茶になり、医者は悲惨な最期を遂げることになってしまった。

　つまりそらは、まだ生まれもしないうちに人を殺してしまったことになる。だけどあたしには、そらを責める気持ちは少しも生じなかった。そもそも胎児のそらが殺されそうになったのは、「胎児は人ではない」という理由からだ。ならば、人ではないそらには、法律上の責任もなかったことになる。

　それに、死んだ医者はそれまでに一体何人の、いや何十人、何百人、何千人の胎児をその手で殺してきたのだろう。堕胎《だたい》した母親の中には、同情すべき理由があった人も大勢いただろうが、そうではない母親もいただろう。その因果が、最後に己の身に返ってきたと考えて、諦めてもらうしかない。

　どうしてそらは、こんな不思議な「力」を持って生まれてきたのか。何度考えても、やはり「父親」から受け継いだとしか思えなかった。

　あの忌《い》まわしい日のことは、あたしはほとんど覚えていない。でも、友人の家に空き巣が入ったのを聞いて怯《おび》えていた母は、その日も家の玄関ドアには、キーも内鍵もドアチェーンも全てしっかりと掛けていた筈なのだ。それなのに警察の人の話では、暴漢たちは玄関から堂々と押し入ったという。

　ということは、暴漢たちの誰かが、玄関ドアの鍵と内鍵とドアチェーンを、ドアの外から開けたのだ。そらが持っているのと同じ、手を使わずに物を動かすことができる「力」で。ならばその誰かこそが、あたしにそらを身籠もらせた人物である筈だった。つまり、そらの父親だ。

　この、そらの父親にあたる人物を、あたしは何と呼べばいいのだろう？　息子の父親であれば、本来は自分の夫かパートナーなのだろう。しかしその人物は、あたしが愛した相手ではなく、それどころかあたしの両親を惨殺し、あたしの幸せな暮らしを破壊し、あたしから全てを奪い取った、憎んでも憎みきれない仇《かたき》なのだ。

　そいつの顔を覚えていないのは不幸中の幸いだけれど、今でもあたしは顔のない男に無理やり服を引き剝がされ、乱暴される恐ろしい夢を見る。そして夜中に悲鳴を上げながら目を覚まし、暗い部屋の中で破裂しそうな心臓を必死に押さえ付け、ぜいぜいと荒い息を吐きながら、いつまでも流れ出てくる涙を拭い続けるのだ。

「あなたのお父さんは、あなたが生まれてすぐ、病気で亡くなったのよ」

そらが生まれると、あたしはまだ口も利けないそらにそう話しかけた。そらが大きくなって、どうして家にお父さんの写真がないのと聞かれたら、思い出すと悲しいから全部焼き捨てたのよと説明しよう。我ながら無理のある説明だと思ったが、他にいい方法を思い付かなかった。

「いい？　そら、よく聞いて」

あたしはそらを寝かし付ける時、言葉を理解しているのかもわからない小さなそらに、毎晩必ず話しかけた。

「あなたの『力』は、きっと困っている人たちを助けるためにあるのよ。だから、他人をいじめたり、自分だけが得をしたりするために使っちゃいけないの。わかる？」

その特別な「力」を自慢しては駄目。他人にひけらかしては駄目。決して誰にも知られないようにしなさい。普段は普通の人間として生きなさい。そして、どうしても困っている人がいたら、その人のために必要な時だけ、その「力」を使いなさい――。

あたしは何度も何度も繰り返し、口が酸っぱくなるほどそらに言い聞かせた。そして、そらが目の前で「力」を使った時には厳しく叱った。可哀相だとも思ったが、それがそらのためだと思った。

そらが他の人にはない不思議な「力」を持っていることが周囲にバレたら、きっと碌《ろく》なことはない。不気味がられていじめられるかもしれない。珍しがられて見世物にされるかもしれない。あるいは捕えられて、無理やりどこかに連れ去られて、実験動物のような扱いを受けて、最後には解剖されてしまうかもしれない。

それよりも恐ろしいのは――。私は最悪の場合を考えた。

そらが特別な「力」を持っていることを、もし悪い人たちに知られたら、そらを利用しようと近づいてくるかもしれない。そしてそらは悪の道に引きずり込まれ、人の道を踏み外し、犯罪に手を染めてしまうかもしれない。そらの父親のように。

神様はどうして、人にこんな「力」を与えられたのだろうか？

実際の生活では、そらの「力」はそんなに役に立つものだとは思えない。物を動かすのなら手で持ち上げればいいのだし、壁の向こうが見たければ壁の向こう側に回ればいい。それが、他の生き物が「力」を手に入れなかった理由なのかもしれない。

でも、こと人間に限っては「力」は絶大な効果を発揮する。それは犯罪を行う時だ。

例えば、誰かが「力」を使って人を殺した場合、その誰かが犯人だと証明することができるだろうか？　できるとは思えない。そして犯罪を行うのは、あらゆる生き物の中でも、人間だけだ。だから人間は、「力」を手にしたのかもしれない。

考えているうちに、あたしはどんどん不安になってきた。

あたしはそらを、一人で育てていくことができるんだろうか？　今は女子高生デートクラブで貯めたお金があり、何とか食いつないでいるけれど、いずれ貯金も底を突く。どこかに働きに出なければいけないけれど、赤ん坊を抱えての片手間仕事では給料も安いだろう。いや、そもそも赤ん坊を育てながら働けるような職場などあるのだろうか？

水商売をやる女性が多いのだろうが、できればやりたくない。私を探しに職場のデートクラブまでやってきた、あの男に見つかるかもしれないからだ。あの男は、あたしの両親を殺した強盗、つまりそらの父親に違いない。あたしが生きていることを知って、口を塞《ふさ》ぐために探しているのだ。だとすれば、男の人が出入りする店ほど危険な職場はない。

いっそ——。あたしは急に弱気になった。

いっそ、そらがまだ物心も付かない赤ん坊のうちに、どこかの養護施設に託したほうがいいんじゃないだろうか？　まだあたしの顔もわからない今のうちに。着替えと、お気に入りのおもちゃと、あたしが用意できる限りのお金を添えて、ドアの前にそらをそっと寝かせていけば、養護施設の人はきっとそらを立派に育ててくれるだろう。

養護施設にいれば、最低でも日々のご飯に困ることはないだろう。同じ親のいない境遇の友達もできるだろう。きっと高校までは行かせてくれるだろう。上手く行けば、裕福な里親に貰われて幸せになれるかもしれない。

でも、あたしと一緒にいたら、そらが一生貧乏なままなのはわかりきっている。

突然、そらが大声で泣き出した。火が付いたようにという喩《たと》え通り、いきなり燃えるように激しく泣き始めたのだ。

「あらあら。どうしたの、そら。何が悲しいの」

あたしはそらを抱き上げてあやしながら、ふと思った。

もしかするとそらは、たった今あたしが心の中で考えていたことを、読み取ったのではないだろうか？　だから捨てられるのが怖くて、泣き始めたのではないだろうか？

思えばそらが胎児だった時、医者が自分を殺そうとしていることを、どうやって知ったのだろうか？　あたしのお腹の中にいたそらに、何かが見えた筈はない。耳も聞こえなかった筈だ。仮に聞こえたとしても、まだ言葉なんか理解できなかっただろう。であれば、医者の思考を読んだとしか考えられないではないか――。

「ごめんね、そら。変なこと考えて」

あたしは声に出してそらに謝った。

「絶対にあなたを捨てたりしないから。ずっと二人で生きていこうね。いつまでもずっと一緒よ。約束するから」

するとそらはぴたりと泣き止んだ。そして安心したのだろう、やがて目を閉じると、すうすうと可愛らしい寝息を立て始めた。

あたしはそらの寝顔を見ながら、努めて何も考えないようにしていた。ただ、このあたしを完全に信頼して頼り切っている小さな命を愛おしく思い、先のことは考えず、そらと二人でいられる今を大切にしようと思っていた。

でも、一度あたしの中に芽生えた未来への不安は、そしてそらを手放すべきではないかという迷いは、いくら追い払おうとしても、決して消えようとしなかったのだ。

01　蔓延

「ダメです！　お手上げですよ！」

ノートＰＣの画面で、若い男が諦めたように両掌を上に向けた。ＳＳＢＣ、即《すなわ》ち警視庁刑事部捜査支援分析センターの特別捜査官・並木《なみき》想作《そうさく》、二十八歳。

「これじゃあFシステムもへったくれもあったもんじゃない。何しろ鼻も口も、顎も頰《ほ》っぺたも、全然映ってないんですから」

「そうか――」

黒いスーツに黒いネクタイ、ワイシャツ以外黒ずくめの男が、悔しそうに唇を噛《か》んだ。警視庁刑事部・捜査第一課の新設部署である第四特殊犯捜査第八係、通称・特殊八係の係長、尾島到《おじまいたる》警部補、三十九歳。係長は警部の役職だが、尾島は次の昇任試験で必ず合格することを条件に、この役職に任ぜられている。

「何かいい方法がないかと思ったが、やはり難しいか」

すると尾島の背後で、ひょろりと背の高い男が口を開いた。

「並木君さあ。難しいってのはわかるけど、何とかならないかなあ」

同じく特殊八係に所属する尾島の部下、碓氷《うすい》進《すすむ》警部補。尾島より四つ年上の四十二歳。

明るいグレーのスーツ姿、ウスイススムという名前の通り、頭頂部の薄毛が進み、額もかなり後退している。

「目は口ほどに物を言い、って昔から言うだろ？　目だけで何とかならないかな」

「無理ですよ。トウさんも、碓氷さんも」

　碓氷の後ろに立った青年が、くぐもった声で溜め息をついた。やはり尾島の部下、閑谷一《しずたにかず》大《ひろ》巡査二十二歳。濃紺のスーツ、軽くウエーブした茶色の髪。生まれつき前髪の一部の色素が薄く、金色のメッシュを入れていると誤解されることが多いので、現在は髪全体をダークブラウンに染めている。

　そして閑谷の声がくぐもっているのは、白い不織布のマスクを着用しているからだ。碓氷も同じマスク、尾島は黒い不織布のマスクを掛けている。

「このコロナ禍じゃあ、防犯カメラも機能しませんよ。何しろみんながみんな、顔にでっかいマスクをしてるんですから、覆面して歩いてるのと同じです。並木さんのせいじゃありませんよ」

「しかしこのままじゃ、伊沢《いざわ》とそらを発見するのは不可能に近い」

　尾島は、胃薬を水無しで飲んでいる顔で言った。

「一体、どうしたらいいんだ——」

　四月六日、午前十時二十分——。

尾島と碓氷、それに関谷の三人は、特殊八係のスペースに設けられた会議室にノートＰＣを持ち込み、ＳＳＢＣの並木とオンラインで打ち合わせを行っていた。

三人が所属する特殊八係は警視庁本部庁舎の六階。並木のいるＳＳＢＣは警察総合庁舎第二別館の四階。同じ敷地内、目と鼻の先にあるのだが、わざわざネット経由で話をしているのは、現在世界的に感染拡大中のウイルス対策のためだ。

新型コロナウイルス、正式名称はＳＡＲＳ‐ＣｏＶ‐２。地球上で史上七番目に発生したコロナウイルスだ。このコロナウイルスはこれまでに、風邪ウイルス四種類と、ＳＡＲＳ即ち重症急性呼吸器症候群コロナウイルス、ＭＥＲＳ即ち中東呼吸器症候群コロナウイルスの六種類が発見されている。

新型コロナウイルスの最大の特徴は爆発的な感染力だ。昨年十二月に中国・武漢《ぶかん》市で最初の感染者が確認されて以来、わずか四ヵ月後の四月一日現在、全世界での感染者数は八十四万九千八百七十六人、死亡者数は四万千五百六人。日本国内の感染者数は二千百七十八人、死亡者数は五十七人。さらに二月に横浜港に寄港したクルーズ船の感染者が七百十二人、死亡者十一人。

三月には有名なタレントが感染、入院して十日ほどで死亡し、日本中がこのウイルスの恐ろしさに震え上がった。ワクチンも治療薬も、まだ存在しないのだ。

ＳＡＲＳの感染者総数は八千人強、死亡者総数は七百七十四人。ＭＥＲＳは感染者総数が二千六百人弱、死亡者総数は九百人弱。これら同種のウイルスと比較しても、新型コロナウイルスは圧倒的に感染力の強力なウイルスだと言える。しかも世界的な蔓延《まんえん》は、まだこれからが本番だと思われた。

世界保健機関《WHO》はこの状況を受け、本年一月三十日、新型コロナウイルス感染症が「国際的に懸念される公衆衛生上の緊急事態」（ＰＨＥＩＣ）であると宣言。そして三月十一日には、新型コロナウイルス感染症は「パンデミック」、即ち「世界的大流行」と見做《みな》せることを表明した。

新型コロナウイルスの蔓延は日本人の生活を一変させた。身体の接触や呼気の飛沫《ひまつ》で、つまり「人と人が会う」ことで感染するため、人々は外出しなくなった。会社はリモートでの在宅勤務が推奨され、小中高校には休業要請が出され、大学はオンライン授業が主となり、飲食店は営業時間や酒類の提供が制限されるようになった。

職場、店舗など人の立ち寄る場所には消毒液が設置され、自宅以外ではマスクの着用が要請された。朝夕の通勤時には鮨詰《すしづ》めだった電車やバスは終日がらがらとなり、酔客でごった返していた夜の盛り場から人影が消えた。ドラッグストアではマスクやアルコール、ティッシュが棚から消え、これらを高価で転売する転売屋も現れた。

そしてこのパンデミックのお陰で、尾島たち特殊八係の捜査は、これまで以上に苦戦を強いられることになった。日本中の人々がマスクを装着し、鼻と口が見えなくなったことにより、Ｆシステムと呼ばれる警察の顔認証システムが機能しなくなったのだ。

尾島たち特殊八係は、「背理《はいり》能力」を持つ犯罪者、通称「マル能《ノウ》」の捜査と逮捕のために新設された部署だ。背理能力とは、壁や天井の向こう側を透視する、手を触れずに物体を動かす、離れた場所から他人の身体を操るなど、科学的原理に背くように見える特殊な能力のことだ。

警察が背理能力の存在を初めて確認したのは、尾島が臨場した「三鷹《みたか》事件」と呼ばれる連続殺人事件だった。三鷹市に建つ一戸建て住宅の二階部分に住む若い女性が、二人連続して突然死したのだが、実はこの家の一階部分に住む大家・水田茂夫《みずたしげお》が背理能力者で、天井越しに心臓を止めて殺害したことがわかったのだ。

この犯人を逮捕する鍵になったのは、尾島が新宿《しんじゅく》で出会った不思議な能力を持つ青年・高山宙《たかやまひろし》だった。彼はコインロッカーの中身を透視し、幼児を空中に浮かせる能力を持った背理能力者で、尾島は高山の存在を知ったことで、三鷹事件の真犯人を発見できたのだ。しかし、高山はいつの間にか、尾島の前から姿を消してしまった。

この三鷹事件では、閑谷も所轄の三鷹署から臨場しており、捜査での働きを評価した巌田《いわた》課長が、特殊八係の発足に際して本庁に引き抜いたのだ。

もっとも捜査第一課においても、三鷹事件が勃発する以前から同様の不可能犯罪が何例か報告されており、それらは被疑者不明のまま「０号《ゼロ》事案」と命名され、記録・蓄積されていた。これら過去の０号事案も、マル能による犯罪であったことが推測される。

現在、尾島たち特殊八係が追っているのは、昨年末の東京都知事選で二人の立候補者を殺害したマル能だ。一人は運転中、陸橋で対向車線に入ってトラックと正面衝突。もう一人は街頭演説中、暴走した巨大タンクローリーに轢《ひ》かれて死亡した。

尾島と閑谷、それに碓氷の前任者・笹野雄吉《ささのゆうきち》の三人は、ＳＳＢＣの並木と監察医・大谷《おおたに》無常《むじょう》の協力を得て、二人が事故死ではなく、人体をハッキングできるマル能による殺人であると推定し、捜査を開始した。

そして、このマル能に候補者二人の殺人を命じたのは、二人が死亡した結果再選を果たすことができた現職の東京都知事・中園薫子《なかぞのかおるこ》と、中園の愛人で東京都の資産を狙う指定暴力団・中公会《ちゅうこうかい》の幹部・王城竜介《おうじょうりゅうすけ》であることは、ほぼ間違いない思われた。

やがて実行犯であるマル能として、伊沢昌浩《まさひろ》という人物が浮上した。伊沢は王城と同じ時期、同じ刑務所に服役していたことがあり、そこで知り合った可能性が高かった。また伊沢は、笹野が高井戸《たかいど》署時代から追っている殺人事件「久我山《くがやま》0号事案」の真犯人であるとも推定された。

ところが捜査中に悲劇が起きた。伊沢を殺人現場へ運んだ運転手・平在富士夫《ひらありふじお》が口を封じられる可能性に備え、特殊八係が平在のマンションで伊沢を待ち構えていた時、笹野は逃げる伊沢にたった一人で遭遇し、自らの拳銃で頭を撃ち抜いて死亡した。伊沢が笹野の身体を操り、自死させたのだ。

この時、笹野の執念が奇跡を起こした。笹野は殺される直前、伊沢の身体のどこかに爪を立て、皮膚の組織を削り取っていた。これによって尾島たちは、奇跡的に伊沢のＤＮＡ型を入手することができた。伊沢逮捕の大きな手掛かりを得たのだ。

ただ、尾島たちの前には大きな壁が立ちはだかっていた。警視庁の上部組織である警察庁は、三鷹事件の解決を偶然に助けられた結果だと考えており、背理犯に無罪判決が出た時の社会的混乱を恐れ、「背理犯罪は立件せず。捜査し、記録し、報告し、そして蓄積するのみ」と通達したのだ。

殺人犯を逮捕できずに、何が警察なのか――。怒りに燃える尾島は、笹野が命と引き換えに入手したＤＮＡ型を手掛かりに、マル能・伊沢を逮捕することを決意した。容疑は警視庁が禁止した都知事選立候補者二人の殺害ではなく、二十三年前の久我山０号事案における殺人での逮捕だ。

この久我山０号事案において、伊沢は侵入した邸宅に住む滝川《たきがわ》夫妻を惨殺すると共に、中学生だった一人娘・毎水《うみ》を暴行、さらに強盗の仲間三人を殺害し、金品を独り占めして逃亡した。殉職した笹野によると、毎水はこの犯行によって妊娠し、翌年そらという名前の男の子を産んだらしかった。

この話を聞いた尾島は考えた。もしかすると、自分が出会った背理能力者の青年・高山宙がそらではないのか――？

尾島がそう思うにはいくつかの理由があった。宙という名前が空を意味すること。年齢的にぴったり計算が合うこと。そして高山が背理能力者となった理由は、父親である伊沢の遺伝だと考えられることだ。

伊沢のＤＮＡ型は笹野のお陰で入手できた。ならば後は、高山のＤＮＡ型と照合して親子だと判定できれば、伊沢が久我山０号事案の犯人だと証明できる。伊沢がマル能がどうかに拘《かか》わらず、強盗殺人容疑で逮捕できるのだ。これなら警察庁も文句は言えまい。そこで尾島たちは伊沢の捜査と並行して、唯一の証人である高山の捜索を開始した。

ここで起きたのが、新型コロナウイルスのパンデミックだった。

ＳＳＢＣの並木に依頼し、東京都内に存在する無数の防犯カメラを駆使した警察の顔認証システム「Ｆシステム」をもってすれば、高山の発見も時間の問題だと思われた。しかし、パンデミックによって人々の外出は激減し、しかもほぼ全員がマスクを着用するようになり、顔認証が非常に困難になったのだ。

鼻や口が見えずとも、目の形状だけで九十九・九％以上の認証率が出せる技術も実用化されている。これを搭載したスマートフォンもある。しかしこれはあくまでも、対象がカメラの至近距離で、静止し、正対している場合の認証率だ。街頭防犯カメラのように、かなり離れた場所から、動いている対象を、しかも見下ろす角度で捉《とら》えた映像では、到底高い認証率は期待できない。

歩容《ほよう》認証という歩行時の姿勢、歩幅、腕の振りなどから個人を認証する研究も進んではいるが、大規模な歩行映像データベースが必要で、また映像のフレーム数や歩行速度などによる誤認も生じるため、残念ながら実用化にはまだ時間が必要だ。

こうして特殊八係の尾島、碓氷、閑谷、それにＳＳＢＣの並木の捜査は、完全に行き詰まってしまったのだった――。

「伊沢と高山の捜索にあたり、残念ながらＦシステムは当てにできない状態だ。だが一方で、新たに入手できた証拠もある」

ＳＳＢＣ並木とのオンラインでの会話を終えたあと、尾島と碓氷と閑谷はそのまま会議室で捜査会議に入った。

「平在が運転していた自家用車の後部座席で発見された、三本の毛髪だ。毛根のＤＮＡ型を解析した結果、笹野さんの爪から発見された皮膚片のＤＮＡ型と完全に一致した。これによって、平在の運転する車に同乗して都知事選の候補者二人を殺害したマル能は、やはり伊沢昌浩であると推定できる」

平在富士夫とは、中公会の王城が自ら経営するフロント企業で雇っていた運転手だ。王城に命じられて何も知らずにマル能・伊沢を運び、都知事選の候補者二名の殺害に手を貸す形となった。王城は尾島たちに情報が漏れるのを防ぐため、伊沢を使って平在を殺害した。笹野が殺されたのもこの時だった。

「その三本の毛髪って、どれも金髪だったんですよね？」

碓氷が資料を見ながら確認すると、尾島が頷いた。

「そうです。鑑識の人間によると、二本は一度脱色《ブリーチ》したあと金色に染色されており、一本は元々白髪だった毛髪が同じ染料で金色にされていました。つまり、これまでパーカのフードを深く被った映像しか見ていませんでしたが、伊沢の髪の色は、実は金髪だった訳です。今でもまだ染めたままかもしれない。これもまた貴重な手掛かりです」

「伊沢の奴、どうしてそんな目立つ頭髪《あたま》にしてんでしょうね？」

碓氷が不思議そうに首を捻った。

「二十三年前の久我山事件じゃ強盗《タタキ》と殺人《コロシ》をやって逃亡中だし、今回は王城に雇われて都知事候補二人を殺《や》って、おまけに大勢の市民を巻き添えで死傷させてます。人目につく身なりは、極力避けたい筈なんだけどなあ」

それは尾島も気になっていた。殺人を請け負う者が、なぜ髪の毛をわざわざ目立つ金髪にしなければならないのか。

だが結局、尾島には納得できる理由は思いつかなかった。

「金髪にしていることには、大した理由はないのでは？　伊沢というマル能の、エキセントリックな性格の表れではないでしょうか。それより」

尾島が二人を順に見た。

「平在の車のカーナビ履歴が入手できた。これも大きい」

王城はマル能・伊沢を殺し屋として使う時、フロント企業で自分の運転手をしている平在に、自家用車で送迎させていた。その平在が口封じのため伊沢に襲われ、自宅マンションから墜落死したあと、自家用車は証拠品として警視庁に運ばれた。そして尾島たちは、カーナビゲーション装置の移動履歴と、ドライブレコーダーの映像を入手したのだ。
カーナビは走行履歴をオンにしておくと、通行した道路を走行速度と共に、自動的に地図に記録する。この履歴によって、伊沢を乗せた平在が、二つの事故発生時に事故現場を通過していたことが確認された。ＳＳＢＣ並木の、防犯カメラ網を使った捜査結果と一致したのだ。

　また、カーナビの履歴を分析した結果、平在が伊沢を車に乗せたのは、文京区《ぶんきょうく》目白台《めじろだい》で建設中のビルと判明した。平在も「建設中のビルの地下駐車場で拾って、また同じ場所で降ろした」と言っていたが、その場所が特定されたのだ。このビルの施工主は案の定、公益社団法人・東京土地振興会。王城のフロント企業だ。

　なお、平在の自家用車にはドライブレコーダーも装備されていたが、残念ながら記録メディアのＳＤカードには、伊沢を乗せた二日間の映像が記録されていなかった。ドラレコを付けていたら、運転中は常時録画している筈だから、王城の指示によって、伊沢を乗せた日だけＳＤカードを抜き取っていたと考えられた。

　もしかすると伊沢は、この建築中のビルから、そう遠くない所に住んでいるのではないか――？　尾島はそう考えていた。

　王城は伊沢の住まいを平在に知られないよう、このビルまで出向いて平在の車に乗るよう指示した。その場合、伊沢が外を出歩く距離は極力短くしたい筈だ。外を移動すれば移動するほど、誰かに目撃される確率が高まるからだ。であれば、このビルは伊沢の住居《ヤサ》から意外と近いのではないだろうか？

　勿論、そうではないかもしれない。最寄り駅まで電車で移動してきたかもしれないし、目白台までタクシーで来たかもしれない。あるいは王城が自分で車を運転し、このビルまで伊沢を連れてきた可能性もないとは言い切れない。しかし調べたところ、王城のフロント企業が現在建設中のビルはここ以外にはなかった。このビルで落ち合うために、近くに伊沢のヤサを探したと考えたほうが自然ではないだろうか。

「目白台から徒歩圏内のマンションやアパートを、片っ端から全部当たりましょう」

　碓氷が勇んで尾島と閑谷を見た。

「目白《めじろ》署、大塚《おおつか》署、戸塚《とつか》署の地域巡回記録で、あの地域の単身者リストは手に入ります。一軒ずつ訪問していけば、いずれめっかるんじゃないでしょうか」

「でも碓氷さん。あまりにも効率悪いですよ」

　閑谷が口を尖らせた。

「単身者リストなんて更新は数年に一度で、十年も更新してない地域もあるそうじゃないですか。全く当てになりませんよ。それに住居を全部回ろうったって、こっちは三人しかいないんですよ？　目白台界隈《かいわい》だけでマンションやアパートが何軒あると思ってるんですか。一戸建てを借りて住んでる可能性だってないとは言えないし」

「所轄にも捜査協力を求めればいいじゃないか」

　碓氷の反論を、閑谷はばっさりと否定した。

「何て言って協力要請するんです？　人体をハッキングする超能力を持った殺人犯が、このへんに潜んでますって言うんですか？　それに、もし所轄の人が伊沢に出くわしたりしたら、その場で殺されるかもしれません。危険です」

「そりゃそうだけどさ、じゃあ、他にどんな方法があるって」

碓氷が言いかけた時、会議室の電話が鳴った。


「はい特殊八係！　あ、課長、ご苦労様です！　閑谷です」

閑谷が素早く手を伸ばして受話器を持ち上げ、早口に応答した。電話をかけてきたのは尾島の直属の上司、捜査第一課長の巌田尊《たける》警視正のようだ。

「え？　今ですか？　は、はい」

閑谷は戸惑った声を出すと、受話器の送話口を押さえて碓氷を見た。

「ウスイさん、すみません！　テレビ点《つ》けてくれませんか？　どの局でもいいです」

「え？　どの局でもいいのかい？」

碓氷は自分の目の前にあったリモコンを拾い上げた。

「イチ君に名前を呼ばれると、薄いさんって言われてる気がするんだよなあ」

ぶつぶつ言いながら、碓氷は壁に取り付けられた薄型テレビにリモコンを向け、電源を入れた。すると画面に、ビルの前で喋っている女性アナウンサーが映り、会議室に女性の声が流れ始めた。

繰り返します。現在、こちらの令和《れいわ》銀行中野南《なかのみなみ》支店に、若い男が人質を取って籠城している模様です。先程放送した内部の映像によると、犯人は単独犯と見られ、銃や刃物などの凶器を持っているかどうかは確認できていません。支店に居合わせた客はすでに解放され、人質になっているのは全員が銀行員と思われますが、人数や氏名など詳しいことはまだわかっていません。

現在警察は、周囲に進入規制を敷き――。


「銀行強盗です！　全テレビ局が、緊急生中継を始めたばかりのようです」

閑谷が受話器を耳に当てたまま、緊張した声で言った。

碓氷が首を捻った。

「でも、どうして特殊八係《ウチ》に？　強盗籠城事件なら、一課内じゃ強盗犯捜査か特殊一係・二係が担当する事件《ヤマ》の筈だけど」

尾島も報道の内容に違和感を覚えた。「内部の映像によると」と言っていたが、どこから入手した映像だろうか？　警察が防犯カメラの映像をテレビ局に流す筈はないのだが。それに「銃も刃物も確認できない」とは、まさか犯人は手ぶらで銀行を襲ったのだろうか？

「電話をスピーカー出力にします」

閑谷が電話機のボタンをいくつか押し、受話器を戻した。全員が巌田課長と会話できるよう電話機をセットしたのだ。

「尾島です。課長、こいつは？」

尾島が聞くと、電話の向こうの巌田課長が不機嫌そうな声で言った。

「メール見てねえのか。パソコンでリンク先を開け」

「会議中だったもんで。お待ち下さい」

尾島は目の前のノートPCでメーラーを開き、巌田課長の名前で送られてきたメールのリンクをクリックした。ブラウザが立ち上がり、サイトが開いた。

「これは――」

尾島が思わず声を漏らした。その声で、碓氷と閑谷も立ち上がり、尾島の背後に回ってノートPCの画面に目を落とした。

尾島が開いたのはＶｉｅｗＴｕｂｅ《ビューチューブ》という動画サイトのチャンネルだった。メインの動画にＬＩＶＥという文字が点滅している。その中で黒いマスクを掛け、黒いサングラスをかけた若い男が、自撮り棒を使って自分を見下ろす角度で撮影している。黒いサングラス、黒いマスク、黒い細身のパンツ、黒い襟付きのシャツ、その上に黒い薄手のコートという黒ずくめの姿。

男の背後には受付カウンター。籠城中の銀行の内部だ。部屋の隅には数名の銀行員が、後頭部に両手を組んで正座している。

「トウさん！　誰か倒れてます！」

関谷が画面を見ながら叫んだ。人質になっている銀行員たちの前の床に、スーツを着た男性がうつ伏せに倒れている。生死はわからない。

はい、という訳でね。ただいま絶賛銀行強盗中の「えすぱーはる」でーす。

男が自撮りしながら、カメラ目線で楽しそうに喋った。

今、カバンに現金を詰めてもらってまーす。一億入れてって言ったんだけど、一体いくら入んのかな。まあ、無理に詰め込まれても、たぶん重くて持てないけどね。あ、残りの人質はみんな無事でーす。でもこの通り、俺のちょーのーりょくにビビって誰も動けません。さっき一人殺っちゃったからね。ギャアギャアうるさいからさ。ははは。今んとこ俺はこいつらに何かする気ないんだけど、でも逆らったら何するかわかんないかもね。だからお前ら、じっとしてろよな？　殺すぞ？　あははははは。

軽い口調で喋りながら、男は背後の銀行員たちをちらりと見た。
動画の視聴者数は百万人以上にも膨れ上がり、今もどんどん増加している。
「この野郎――」
碓氷が歯噛みした。尾島が巌田課長に確認した。

「テレビが流してるのは、この動画サイトの映像なんですね？」

「ああ。そいつが銀行で籠城中のホシだ。本名は宇津辺晴人《うつべはると》、自称動画パフォーマー《ビューチューバー》だ。チャンネル名を見てみろ」

巌田課長の言葉に、尾島はページに表示されたチャンネル名を見た。

「えすぱーはる」の超能力チャンネル

「昨日までの登録者数は数百人と少ないが、その一人が、不穏なライブ動画の配信が始まったのを見て一一〇番通報してきた」

巌田課長が忌ま忌ましげに言った。

「通報者によると、こいつは三ヵ月前、自分は超能力者だと言ってチャンネルを開設し、動画を流し始めた。だが誰も信じようとせず笑い者にされていた。そこで『数日中にライブで、あっと驚くようなことをやる』と予告した。それが今日の銀行強盗って訳だ」

動画サイトを覗き込んだ碓氷が、小声で毒づいた。

「何が『えすぱーはる』だ、ふざけやがって。大体このビューチューバーって奴ら、どいつもこいつもみんな漢字書けねえのか」

尾島が巌田課長に聞いた。

「こいつ、本物のマル能なんですか？」

「わからん」

巌田課長が即答した。確かに動画には合成や編集の可能性がある。

「だが、こいつがもしモノホンだとしたら、このままだとマル能の存在が日本中に、いや世界中に知れ渡る可能性がある。何しろテレビが生中継してやがるからな。今、動画サイトに宇津辺のチャンネルの閉鎖を要請し、テレビ局各社にも人質の生命を守るという理由で報道協定を打診中だが、どれくらい時間がかかるかわからん」

「承知しました」

尾島が答えると、巌田課長が続けた。

「現在臨場しているチームには、お前の指揮下に入るよう命令してある。今はまだ社会には、マル能の存在を隠さなきゃならん。ホシがマル能だと判明した場合、他の捜査員は遠ざけて、お前たち三人だけで確保するんだ。できるか？」

無茶なことを――。そう思いながらも尾島は頷いた。

「わかりました。やってみます」

巌田課長が電話を切ると同時に、尾島が碓氷と閑谷を見た。

「臨場する。全員、拳銃を携行」

尾島が拳銃保管庫の鍵を解錠し、ホルスターに入った拳銃を装着し始めた。碓氷と閑谷もそれに続いた。

「俺、拳銃自信ないんだよなあ」

ホルスターのベルトを締めながら小声でこぼす碓氷に、尾島が声をかけた。

「碓氷さん、覆面車が届いている筈です。先に行って確認をお願いします」

「り、了解！」

碓氷は慌てて上着を羽織り、地下駐車場に向かうために駆け出した。

特殊八係の設立に際し、尾島は覆面の専用車両を配備してもらった。三人という少人数を機動力でカバーし、コロナへの感染で少ない戦力が離脱するのを防ぐためだ。車種は日産スカイライン400R、色はダークメタルグレー。一見すると普通の4ドアセダンだが、三・〇L《リッター》四百五馬力のV6ツインターボエンジンを搭載する超高性能FR車だ。

続いて尾島は閑谷を見た。

「イチ、あれを出してくれ」

「あれですね、わかりました！」

閑谷は資料戸棚の引き出しからアルミ製のアタッシェケースを取り出し、机の上で留め金を外して素早く中身を確認した。

中に入っていたのは、銀色のアイマスクと茶色い本革のミトンだった。アイマスクは金属を織り込んだ素材で、かつ全面に鉛板が仕込んであり、あらゆる電磁波《でんじは》をカットする。ミトンは全ての指が動かないようにベルトで固定することができる。どちらも三鷹事件の水田を勾留した経験から、尾島の要望でマル能の確保のために作られたものだ。

監察医・大谷無常の仮説によると、背理能力とは人間の身体が発している電磁波を利用する能力だ。相手の発する電磁波を感知することで、壁や天井の向こう側にいる人間を観察し、また自分の発する電磁波によって物体に影響を与えることができる。マル能・伊沢の場合は神経を流れる電気に干渉し、他人の身体を操ると考えられている。

人間の身体が発する電磁波を完全に遮れば、たとえマル能でも何も見えなくなる。見えなければ能力による攻撃を防ぐことができる。

またマル能は、密教の「手印《しゅいん》」やヨーガの「ムドラ」に似た手と指の形を作ることによって、自分が発する電磁波を増幅し、指向性を出すと考えられる。よって両手にミトンを嵌《は》めさせ、後ろ手に固定してしまえば、この手指の形を作ることができず、能力を発揮することが難しくなる。

つまり、この二つの捕具《とりぐ》があれば、マル能の能力を封じることができる筈なのだ。

「今回のマル能にも有効だといいんですけど」

アタッシェケースを閉じながら、閑谷が不安そうに呟いた。

「他に備えはない。効果があることを祈るしかない」

そう言いながら尾島は、ホルスターの拳銃を確認して戻し、スーツの上着の襟を揃えた。できれば、銃は使わずに済むようにしたい。

「それからノートPCを。途中の車内でホシの動画サイトを確認する」

「もう持ってます！」

「よし、イチ行くぞ！」

「はい！」

尾島と閑谷は、碓氷が待つ地下駐車場へと向かって駆け出した。

02　誤射

「ご苦労様です！」

規制線を警備する警察官の敬礼に会釈で応え、尾島到、碓氷進、そして閑谷一大は立入禁止と太字で印刷された黄色いコーションテープをくぐった。ご苦労様というのは、相手が目上目下に限らず警察官同士で交わされる挨拶だ。

令和銀行中野南支店の周囲は、十ｍほどの距離を保って人間と車両の進入を規制している。そのテープの外側は通行人と野次馬、それにマスコミの人間でごった返している。

「テレビ局の中継車が何台も来てますね」

道路に駐車している何台もの白い大型車を、閑谷が困惑の目で見た。

「ああ。まだ報道協定は結ばれてないみたいだな」

碓氷も忌ま忌ましげに中継車の列を見た。

「それよりホシの動画チャンネルを閉鎖しないと。テレビを止めても何にもならないぜ」

まさか、こんな時代が来るとは――。

早足に歩きながら、尾島は内心で舌打ちした。銀行強盗の籠城犯が動画チャンネルの主催者で、自らの犯行をネットで生中継している。捻じ曲がった承認欲求ゆえか、それとも視聴者数に応じて支払われる広告収入目当てか。しかし、こんな事態に遭遇したのは尾島も初めてだった。

　しかもその籠城犯が、あろうことかマル能、即ち背理能力者かもしれないのだ。

　臨場する途中、尾島は閑谷がスカイライン４００Ｒの車内に持ち込んだノートＰＣで、籠城犯・宇津辺のこれまでの動画を観た。チャンネル開設がおよそ三ヵ月前。この頃、自分の能力に気が付いたのだろうか。それから週に二、三回のペースで次々と動画を上げ、過去リストには合計三十本ほどの動画が並んでいた。

　動画の内容はどれも、超能力で何かを「やってみた」というものだった。最初はペンなどを手を触れずに空中に浮かせたり、伏せられたカードの数字を当てたり、テレビの画面に手をかざして映像を歪ませたりしていたが、どれも手品師にもできそうなものばかりで、本当に能力を持っている証明にはならなかったようだ。

　このためコメント欄には、動画を覗きに来た物好きなネットユーザーから、以下のような嘲笑混じりの文章が書き込まれていた。

・こいつバカ?
・子供か
・下手な手品乙
・どう見ても加工じゃん

・ネタバレ動画はよ
・いい宴会芸持ってるな
・今どきこんなことやって恥ずすぎw
・はい次の伊東《いとう》さん

三鷹事件の水田茂夫も、動画サイトに能力を誇示する動画を投稿したことがあると言っていた。だが、水田もまたネット民から嘲笑と罵詈雑言を浴び、誰も能力を信じないことを知ると同時に、能力を使って犯罪を行っても誰にも気付かれないと確信した。

宇津辺もこれらのコメントに怒ったのだろう、回を追うごとにパフォーマンスが大掛かりになっていた。扉にかけられた南京錠を手を触れずに解錠する、というものがあれば、テーブルや椅子などの家具に向かって「えい！」と叫びながら手を向けると、その家具が突風に吹かれたように飛んで倒れる、というものもあった。

仮に、この宇津辺という男が本物だとすれば、少なくとも物体を透視する能力と物体を遠隔操作する能力を持っているようだ。監察医の大谷も、この二つが背理能力の中でも基本的な能力だと考えていた。

対処に困るのは、他人の身体をハッキングするマル能・伊沢昌浩のように、この二つではない未知の背理能力を持っている場合だ。しかし、宇津辺が自分のチャンネルにアップした過去動画を見る限り、その可能性は少ないように思われた。

「ご苦労。第一特殊犯捜査の須田《すだ》だ」

尾島たちが現場指揮車のところへ行くと、制服姿の壮年の男が降りてきて、尾島に向かって小さく敬礼した。須田大二郎《だいじろう》、階級は警部。第一特殊犯捜査の課長代理、つまり特殊一係と二係を率いるリーダーだ。

特殊犯捜査、通称ＳＩＴは、誘拐・ハイジャックなどの人質事件、籠城事件、爆破事件など凶悪犯罪捜査の専門チームだ。第一から第三までに分かれ、その下に一係から七係が存在する。なおＳＩＴとは元々「捜査・一課・特殊犯」の頭文字だったが、後付けで特殊捜査班の英語訳である「Special Investigation Team」の頭文字ということになった。

尾島が係長を務める特殊犯捜査第八係は、この第一から第三には所属せず、巌田捜査第一課長直属の部署となっている。背理犯捜査という極秘任務にあたるためだ。

「特殊八係の尾島です。ご苦労様です」

尾島が上半身を十五度傾けた。私服の刑事はこれが正式の挨拶だ。

「おう。遅かったな」

須田課長代理が尾島をじろりと見た後、閑谷と碓氷にも視線を投げた。

「巌田課長からの命令で、これより我々特殊一係・二係はお前の指揮下に入る。しかし大丈夫か？　籠城事件の指揮経験があるとも思えんが」

須田課長代理が疑わしげに尾島たち三人を見た。無理もない。特殊任務のための訓練を受けた特殊犯捜査第一から第三の精鋭たちに比べると、尾島、閑谷、碓氷の三人はいかにも頼りなく見える。それに尾島の階級は警部補だ。警部の須田課長代理からすると、課長命令とはいえ指揮下に入るのは面白くないだろう。

　しかし、宇津辺が本物のマル能だった場合、何より特殊一係と二係の捜査員の命が危ない。だから巌田課長も、マル能の知識がある自分たちに逮捕を任せたのだ。

　尾島は第一のマル能・水田茂夫に心臓を止められ、危うく殺されそうになった。そして出現した第二のマル能・伊沢昌浩は、都知事候補二名を殺害し、同時に数多くの一般人を巻き添えにして殺傷し、さらに尾島の同僚・笹野雄吉の身体を操り、拳銃で自分のこめかみを撃ち抜いて自死させた。

　しかし、マル能の危険性について須田課長代理に説明する訳にもいかない。

「全力を尽くしますので、どうぞご助力をお願いします。まず、現在配備されている人数と、人員の配置を教えて下さい」

　路上のテーブルに広げた周辺街路図を前に、須田課長代理が展開している捜査員の陣容を伝えた。中野署、新宿署、野方《のがた》署、杉並《すぎなみ》署他所轄を含めた総勢百十二名が、五人から十人の単位に分かれ、あらゆる角度から銀行を包囲している。

「人質となっている銀行員の一人が、支店長代理との情報があるが、床に倒れている。籠城犯が危害を加えたと思われる。出血等は確認できないが生死も不明だ。所持している武器が何か摑めないため、突入班は準備を整えたまま待機中だ」

　状況を須田課長代理が早口に説明した。

「知っての通り、我々には狙撃銃は配備されていない。もし人質の生命に危険があると判明し、遠距離からの狙撃が必要な場合には、ＳＡＴに出動を要請することになる。その判断もお前に任せる。いいな？」

ＳＡＴとは警視庁特殊急襲部隊、「Special Assault Team」の略称だ。尾島たち刑事部ではなく警備部所属、狙撃班を擁する部隊だ。

何とかＳＡＴが出動する前に、事件を終わらせたい――。尾島はそう考えていた。刑事部内でも背理能力と背理犯の存在を隠すのに苦労しているのに、他の部署まで参入してきたら、気付かれる可能性が格段に高くなる。

それにできればマル能は生きたまま確保したい。背理能力については、まだほとんどのことが仮説や予想に過ぎない。もし、この宇津辺というマル能を捕え、交渉して協力を得ることができれば、背理能力について多くのことが明らかになる筈だ。

そうだ、加えて警察庁《サッチョウ》――。尾島は嫌なことを思い出して舌打ちした。

警察庁の中邑核《なかむらかく》刑事局長によって、尾島たち特殊八係はマル能の逮捕を禁じられている。背理犯罪は捜査し、報告し、記録し、蓄積するのみ――。これが警察庁の決定であり、尾島たち警察官はこの命令に逆らうことができない。無視すれば巌田課長に迷惑がかかるし、万が一巌田課長が飛ばされたりしたら、特殊八係もどうなるかわからない。

つまり、宇津辺を背理能力者として逮捕することはできない。背理能力者だということが世間に知られないうちに、宇津辺を逮捕しなければならないのだ。そのために巌田課長は動画サイトには閉鎖を要請し、テレビ各局にも報道協定を申し出ている。

「ホシの得物は不明とおっしゃいましたね？」

尾島が確認すると、須田課長代理は眉を寄せて頷いた。

「籠城犯が生中継している動画を見る限り、銃や刃物を所持しているようには見えない。それなのに人質の一人が倒れ、残る人質も皆一様に怯えており、全く逆らおうとしない。つまり籠城犯は、何らかの武器を隠し持っている可能性が高い。だからこちらも迂闊《うかつ》には突入できずにいるんだ」

尾島は緊張した。武器を持っていないのに人質が逆らえないのは、籠城犯が背理能力を使って見せたからではないか？　ならばやはり、宇津辺晴人は本物のマル能なのだ。少なくとも、その前提で確保を試みなければならない。

――だが。その時、尾島は急に背中がひやりと冷えるのを感じた。

籠城犯がマル能なら、どうやって殺さずに確保すればいいんだ――？

鉛板入りのアイマスクと拘束用の皮革製ミトンを持ち込んではいるが、これらはどちらも身柄の確保後に、マル能を安全に拘束しておくための道具だ。どうやってマル能にアイマスクを掛け、ミトンを嵌めさせればいいのだろうか？

もし宇津辺が第一のマル能・水田と同じ能力を持っているとしたら、迂闊に逮捕しようと接近すれば、心臓を止められて殺される。もし、第二のマル能・伊沢と同じくハッキング能力を備えていれば、殉職した笹野のように、自分の拳銃で自分の頭を撃ち抜くことになる。

では、どうすればいい――？

「トウさん、宇津辺のライブ配信が止まりました！」

そこへ閑谷が叫びながら駆け寄ってきた。

「ＶｉｅｗＴｕｂｅの日本法人が、宇津辺のチャンネル閉鎖に応じました。もう銀行内からライブ配信はできません。宇津辺も気が付いていると思います」

「テレビカメラはどうだ？」

尾島の問いに、閑谷は首を横に振った。

「まだです。ＮＨＫだけは協定を結んでカメラを止めましたが、民放各社は社内で協議中という理由で、相変わらず周辺からの生中継を引き延ばしています」

「まずいな」

尾島が呟いた。

「動画のライブ配信を止められた以上、宇津辺が何か示威行動を起こすかもしれない。早くテレビカメラを止めないと」

碓氷も眉を寄せた。

「どうしましょう？　もし何か派手にやりやがったら、全国にその様子が生中継されます」

「お前たち、一体何を心配しているんだ？」

須田課長代理が苛立ちを見せた。

「動画配信が途絶えたのなら、今こそ確保するチャンスじゃないか。多少乱暴な手を使っても証拠が残ることはない。尾島、突入班に出動準備を伝えろ。それに万一に備えて、早く警備部にＳＡＴの出動を要請するんだ。何をぐずぐずしている？」

その時、出動服姿の特殊一係の一人が、モニターを見ながら叫んだ。

「籠城犯が道路に出てきました！」

「何だと？」

須田課長代理が振り向いた。出動服の男が続けた。

「武器は持っていないように見えます。現金の入ったボストンバッグを担いでいます」

「なぜ、現金入りとわかる？」

「ファスナーが開いていて、そこから一万円札が風に飛ばされ、宙に舞っています」

須田課長代理は思わず尾島と顔を見合わせた。

「手ぶらだと？　くそう、警察を舐めやがって」

須田課長代理が怒りに歯を剝《む》くと、尾島を見た。

「尾島、今すぐ銀行入り口近くの人員に指令し、犯人を確保する。いいな？」

「お待ち下さい、須田警部！」

尾島が急いで制止した。

「建物内に倒れている銀行員がいます。ホシは何かをやったんです。無闇に近づいては危険です。どうか我々に任せて頂けませんか」

「危険だと？」

須田課長代理はふんと鼻で笑った。

「空手かボクシングか、何か格闘技の心得でもあるんだろうが、我がチームはそういうことも想定した訓練を受けている。お前たちが行くほうが余程危険だ」

「申し訳ありませんが、指揮権は私にあります。これは巌田捜査第一課長の決定です」

やむなく尾島は切り札を切った。須田課長代理がぐっと言葉に詰まった。

「とにかく今は動かないで下さい。お願いします」

尾島は頭を下げると、背後にいた閑谷と碓氷に声をかけた。

「犯人を確保する。行くぞ！」

「はい！」

「ういっす！」

三人は、令和銀行中野南支店前の道路に向かって全力で走り出した。

籠城犯・宇津辺晴人は、黒いコートの裾を風になびかせながら、今まで籠城していた銀行の前の道路に仁王立ちになっていた。おそらく、大ヒットしたハリウッドのSF映画の主人公になりきっているのだろう。

重そうな黒い革製のボストンバッグを、持ち手に左腕を通して左肩に掛けている。報告があった通り、そのバッグのファスナーは全開になっており、そこからはみ出した一万円札が風に煽られて次々と飛んでいく。

さらに宇津辺は右手で札束を摑み、空に向かって放り投げる。一万円札は風に乗って、コーションテープの外側にいる野次馬の上に舞い降りていく。人々がそれを摑もうと、争うように手を伸ばす。その様子を見て宇津辺が高らかに嗤《わら》う。

「くそう。花咲か爺さんにでもなったつもりか？　あの野郎」

生で宇津辺を見た碓氷が歯軋《はぎし》りした。

やはりこいつは、金が目的で銀行強盗を行ったのではないのだ――。尾島は確信した。

そもそもこいつは逃げることを何も考えていない。自分の動画チャンネルでライブ中継するネタのために、銀行に白昼堂々押し入ったのであり、根底には自分の能力を信じようとしない世の中に対する、根深い恨みがある。

動画のライブ配信を止められた今、外に出てきたのはテレビカメラに映るためだ。これからカメラの前で自分の能力を誇示するパフォーマンスを繰り広げ、全国津々浦々に生中継させるつもりなのだ。そうなる前に身柄を確保しなければならない。さもないと、背理能力の存在が白日の下に晒《さら》されてしまう。

「碓氷さんいいですか、俺が最初にホシに飛びかかります」

尾島が碓氷に囁いた。

「その隙に、閑谷と二人でホシの身柄を確保して下さい。閑谷が特製の捕具を用意しています。それを使ってホシの手の動きを封じ、アイマスクを掛けて下さい。それで奴は反撃できなくなる筈です」

「あ、あいつに飛びかかるんですか？　一人で？」

碓氷が驚きに目を丸くした。関谷も引きつった顔で尾島に反論した。

「そんな無茶をしたら殺されちゃいますよ！　水田の時だって、危うく心臓を止められて死ぬところだったじゃないですか！」

尾島は関谷を制しながら小声で返した。

「俺が死ぬ前に、お前たちがホシを確保してくれればいいんだ」

俺が囮《おとり》になるしかない――。尾島は覚悟を決めていた。

一人でマル能を確保しようとすれば、間違いなく殺される。だが、水田に殺されそうになった経験でわかったのだが、能力とは相手を即死させるものではない。右手を標的に向ける動作も必要だし、おそらく自分が死ぬまでには数秒の猶予がある。だとすれば、碓氷と関谷の二人で同時に襲いかかれば、確保のチャンスが生じる筈だ。

勿論、こればかりはやってみなければわからない。最悪の場合、自分は殺されるかもしれない。下手をすれば三人ともだ。だが、他に手がない以上やってみるしかない。銀行内に残された人質の状態も気になる。一刻も早く宇津辺を確保しなければならない。

「と、トウさん、あれを！」

その時、関谷が慌てて宇津辺の後方を指差した。尾島が反射的にそちらを見ると、宇津辺の背後から、出動服とシールド付きヘルメットを着用した三名の警察官が、銃を片手に低い姿勢でにじり寄ろうとしていた。すぐ目の前で、素手のまま無防備に背中を見せ、一人で立っている宇津辺を見て、今なら確保できると判断したのだろう。

尾島が急いで制止しようとした時、出動服の三名が立ち上がって叫んだ。

「宇津辺、止まれ！」

「鞄を置いて、両手を上げろ！」

宇津辺がゆっくりと振り向いた。三名の警察官は両手把持《はじ》の構えで、拳銃をぴたりと宇津辺の胸に向けた。普通であればこれでホールドアップだ。だが、宇津辺はその言葉を無視して鞄を左肩にかけたまま、にやにやと笑みを顔に浮かべながら、右手をゆっくりと前に伸ばし、大きな声で叫んだ。

「イッツ・ショー・ターイムーッ！」

いきなり、中央の一人が後ろに吹っ飛んだ。まるで見えない車に正面から撥《は》ねられたかのような、映画のワイヤーアクションで後ろに引っ張られたかのような、そんな飛び方だった。そしてそのままアスファルトの道路に、どんという音とともに背中から落ちると、大きく弾んで転がり、そして不自然な姿勢で動かなくなった。

両側の二人がぎょっとして顔を見合わせ、銃を構えたまま思わず一歩後退りした。すると宇津辺は周囲を見回してテレビカメラを見つけ、自分を親指で指差しながら、大きな声で自慢げに叫んだ。

「みんな見たか？　これが俺の超能力だ！　やべえだろ？　俺を馬鹿にした奴ら、これでわかったか？　俺は本物《ガチ》なんだ。ガチの超能力者《エスパー》なんだよ！」

そして宇津辺は残る二人の警察官を順に見た。

「さあ、次に死にたいのは誰だ？　お前か？　それともこっちか？」

出動服の二人はパニックに陥っていた。突然仲間が七、八ｍも吹っ飛ばされたのだ。籠城犯が何かをしたことは間違いなかった。しかし相手はどう見ても全くの丸腰だった。そのため銃を両手で向けたまま、どうしても銃爪《ひきがね》を引くことができなかった。こんな状況は訓練でも遭遇したことがなかった。激しく混乱し、判断停止状態に陥っていた。

その時、尾島が宇津辺の背中に向かって駆け出した。

「トウさん！」

それを見た閑谷も、捕具の入ったアタッシェケースを手に、尾島の後を追って走り始めた。

碓氷も慌てて走り出した。

尾島が宇津辺の背中に飛びかかった。すると宇津辺が急に振り向き、右手を尾島に向かって突き出した。その瞬間、まるで空中に透明な壁があるかのように、尾島は宇津辺まであと数十㎝のところで跳ね返され、数ｍ後ろまで吹っ飛び、アスファルトの道路に叩きつけられた。

尾島は全身の痛みに呻《うめ》きながら、ようやく身を起こした。

「イチ、碓氷さん、来るな！」

尾島が背後に向かって叫んだ。その声で閑谷と碓氷が慌てて立ち止まった。

起き上がりながら尾島は考えた。出動服の二人が危険に晒されているのを見て反射的に出てきたはいいが、こいつの能力は水田よりもはるかに強力で、かつ動きも素早い。まるで鐘撞き堂の撞木《しゅもく》で突かれたような衝撃だ。これでは何人で襲いかかっても無駄だ。全員が弾き飛ばされ、下手をすると殺される。どうすればいい――？

「おっさん。仲間を助けに一人で飛び込んでくるなんて、カッコ良すぎるだろ」

　宇津辺が尾島に笑いかけ、再び右手を突き出した。

「よし、あんたと遊んでやるよ。ほら！」

　突然、尾島は見えない手にネクタイを摑まれ、そのままぐいと引っ張り上げられて、アスファルトの地面に無理やり立たされた。宇津辺は数ｍ離れた場所に立っている。能力で尾島の身体を地面から引きずり起こしたのだ。そして宇津辺の見えない手は、尾島のネクタイをしっかりと握ったまま、真上にじりじりと引っ張り上げ始めた。

「ぐっ――！」

　尾島の喉でぐいぐいとネクタイが締まり始めた。尾島はネクタイの輪に両手の指を潜り込ませ、必死に抵抗した。だが、ネクタイはどんどん締まり続け、同時に尾島の身体はじりじりと少しずつ持ち上げられていく。

　宇津辺はテレビカメラの前で、尾島を縛り首にするつもりなのだ。

　出動服の二人は、銃を両手で構えたまま激しく迷っていた。彼らの目には、尾島は自分で自分のネクタイを握って、一人で苦しんでいるようにしか見えなかった。背理能力の存在を知らないため、宇津辺が尾島の首を絞めていることがわからないのだ。そのため、丸腰の宇津辺に向かって銃爪を引く決断ができずにいた。

尾島の身体が少しずつ持ち上げられていく。尾島はつま先立ちになって、浮き上がろうとする身体を必死に支えようとした。だが、無駄な努力だった。ついにつま先が地面を離れ、空回りを始めた。尾島の身体は完全に宙に浮いた。一cm、二cm——。尾島の身体が空中を上がっていく。

「なあおっさん、どうよ？　俺様の超能力は！」

勝ち誇ったように、宇津辺が周囲を見ながら叫んだ。

「みんないいかあ？　ここからが本番だぜ？　テレビ、ちゃんと撮ってるか？　このおっさんがどうなるか、よーく見ておけよ！」

駄目だ——。尾島の意識が薄くなってきた。目の前が白く霞んできた。意識が遠くなり、ネクタイを握った両手から力が抜け、だらんと下に垂れた。

そうか。俺は死ぬのか——。

尾島は消えていく意識でぼんやりと考えた。白く霞んでいた視界が暗くなってきた。

ふっ、と喉の縛《いまし》めが緩み、尾島の身体はどさりとアスファルトの上に落ちた。

その直後、轟音が響いた。銃声だ。

その銃声と尾骶骨《びていこつ》に走った激痛で、尾島は瞬時に意識を取り戻した。

「ぶはあっ！」

尾島は思い切り空気を吸い込んだ。霞んでいた意識が徐々にはっきりしてきた。ぼやけた目が再び焦点を結び始めた。頬に冷たく硬いアスファルトの感触があった。そして尾島は自分が道路に横たわり、ぜいぜいと激しく喘いでいることを知った。

生きているのか？　俺は――。喘ぎながら尾島はぼんやりと考えた。

――そうだ、宇津辺は？　尾島は慌てて頭を持ち上げた。

数m先に、スニーカーの裏側が二つ見えた。踵を下、つま先を上にして四十五度ほどの角度で逆ハの字に開いている。誰かが仰向けに倒れているのだ。尾島は地面に手を突き、痛む身体を無理やり起こして何とか立ち上がると、倒れている者を見た。

血の海の中に、黒いサングラスをかけ、黒いマスクをした黒ずくめの若い男が、大の字になって仰向けに倒れていた。籠城犯で動画パフォーマーの宇津辺晴人だ。その左胸には銃で撃たれた穴が開き、そこから赤黒い血がどくどくと溢れ出していた。どうやら即死のようだった。

誰が撃った――？　尾島は背後を振り返った。

碓氷進が、両手で拳銃を構えた姿勢のまま、茫然とした顔で固まっていた。その銃口から白い硝煙が細く立ち昇っていた。火薬の臭いが鼻を衝いた。碓氷が宇津辺を狙撃したことは間違いなかった。

「あ、あ――」

碓氷の唇からか細い声が漏れた。銃口が小刻みに震えている。

「碓氷さん、そのまま。動かないで」

尾島は静かに呼びかけると、意識してゆっくりと碓氷に歩み寄り、拳銃を持った手を両手でそっと包むと、静かに下げさせた。

「もう大丈夫です。銃を仕舞って下さい」

尾島が小声でそう言うと、急に碓氷ががたがたと震え始めた。

「あ、脚を、撃とうと、したんだ。でも、て、手が、震えて――」

碓氷は自分が犯人を射殺したという事実に、大きなショックを受けているようだった。

「わかってます」

尾島は碓氷の背中に手を回して頷いた。

「お陰で命拾いしました。ありがとうございました」

碓氷のすぐ後ろに閑谷が立っていた。閑谷もまた拳銃を両手で構えていたが、碓氷が銃を下ろしたのを見て、大きく息を吐きながら銃口を下げ、そして拳銃をホルスターに仕舞った。その閑谷の手も細かく震え、顔面は蒼白になっていた。

「トウさん、無事でよかった」

ようやく閑谷が顔に安堵の笑みを浮かべた。もし碓氷が撃たなかったら、閑谷が宇津辺を撃っていたかもしれない、尾島はそう思った。

再び尾島が死体に目を移すと、死体の周囲にはすでに七、八人の制服を着た警察官が集まり、チョークで死体のアウトラインを引き、現場検証のための撮影準備を行っているところだった。
尾島は深い溜め息をついた。マル能の宇津辺を、生きたまま確保することができなかった。碓氷は殺さないように脚部を狙ったようだが、生まれて初めて人を撃つという行為に手が震えたのか、それとも発射の衝撃で銃口が跳ね上がったのか、運悪く心臓のある左胸に命中してしまった。もっとも、そのお陰で尾島の命が助かったのだが。

――いや、そうじゃなかった。

尾島は思い出した。銃声よりも一瞬早く、尾島の喉を絞めながら吊り上げていた力がふっと抜け、尾島の身体は道路に落ちたのだ。銃声が響いたのはその直後だった。つまり宇津辺は碓氷に撃たれる前に、尾島の身体を解放したのだ。間違いない。

なぜ宇津辺はそんなことをしたのだろうか？　急に仏心が湧いて、助ける気になったのだろうか？　しかし宇津辺の顔には明らかに凶気が浮かび、人を殺す喜びに打ち震えているように見えた。

では、なぜ宇津辺は、尾島の首を離したのだろうか――？

救急車のサイレンの音が近づいてきて、尾島の思考は中断された。宇津辺の死体を収容しに来たのだ。死体はまず中野の警察病院へ運ばれ、そこで正式に死亡が確認されると、今度は大塚《おおつか》にある東京都監察医務院に運ばれることになる。

東京都監察医務院には大谷無常がいる。マル能の死体は彼に任せておけば大丈夫だ。報道などで状況は把握していると思うが、念の為、あとで電話を一本入れておくか。尾島がそう考えていた時だった。

「トウさん！」

閑谷が駆け寄ってきた。

「トウさん、碓氷さんが」

切迫した声で言う閑谷に、尾島は異変を感じた。

「碓氷さんがどうした？」

聞きながら尾島は周囲を見回した。碓氷の姿は見当たらなかった。

「出頭を命じられて、パトカーで連行されました」

「出頭？　誰が命じたんだ？」

尾島の問いに、閑谷が泣きそうな顔で答えた。

「警務部の首席監察官だそうです。宇津辺を射殺したことについて、聴取するって」

03　予言

四月八日、夜十時四十五分——。

首都高速五号池袋《いけぶくろ》線は以前より通行量も少なく、快調に流れている。コロナ禍で皆が外出を控え、飲食店の営業が制限され、職場ではリモートワークが推奨されているせいだ。その空《す》いた首都高の走行車線を、閑谷一大が運転するスカイライン４００Rは、助手席に尾島到を乗せ、北へ向かって滑るように静かに走っていく。

特殊八係専用の無線警ら車として配備されたこの国産セダンは、ドライブモードをスタンダードかエコにしておけば、エンジン音も静かで女性にも扱いやすい車だ。しかし、スポーツまたはスポーツ＋モードでひと度アクセルを踏み込めば、瞬時に獰猛な加速を開始する。市販のセダンなのに、この車はその名の通り四百馬力超。三百八十五馬力のポルシェカレラを凌《りょう》駕《が》する化け物なのだ。

それでも外見は至って大人しく、エアスポイラーなど大仰《おおぎょう》なエアロパーツは一切付いていない。標準モデルとの違いはブラックのドアミラー、赤いブレーキキャリパー、リアの専用エンブレムくらいだ。前を走る車がバックミラーで見ても、まず区別がつかないだろう。まさに覆面車のために造られたような車だ。

ちなみに無線警ら車に採用される車は、4ドアセダンであること、排気量が二千五百cc級以上であること、四輪ディスクブレーキ同等以上でアンチロックシステム装備であること、乗車定員五名であることなど、二十項目近い条件を満たす必要がある。しかし、高速隊に2ドア車が採用されるなど例外もある。

「碓氷さん、大丈夫でしょうかねえ」

ハンドルを握る閑谷が、この日何度目かの同じ言葉を呟いた。

「もう二日も本部に留置されて、取り調べを受けてます。あれは完全に、トウさんを助けるための正当防衛だったのに」

一昨日、即ち四月六日。特殊八係の碓氷進警部補は、動画パフォーマー・宇津辺晴人が起こした銀行強盗事件に臨場した際、生命の危機に陥った尾島を見て無我夢中で発砲、マル能の宇津辺を射殺した。そして碓氷は事情聴取のために警務部の監察官に出頭を命じられ、現場から本部の監察官室へ連行された。

日本の警察は、どうしてもやむを得ない場合を除き、銃の使用をせずに犯罪者を確保することになっている。日本での警察官の発砲事件は年間せいぜい十数件。アメリカでは毎年千人以上が警察官の発砲により死亡するというから、発砲数ではアメリカの一%にも満たないだろう。

警務部に所属する監察官は、「警察の中の警察」とも呼ばれる役職だ。警察内での不祥事の捜査と、内部罰則に違反した警察官への質疑が主たる任務で、警視庁内の会計監査業務にも携わっている。警視庁ほか道府県警察の首席監察官は、警察庁から出向する。現在の警視庁警務部の首席監察官は福田《ふくだ》一志《かずし》警視正、五十八歳。

不安そうな閑谷の横顔を見ながら、尾島も同じ答えを繰り返した。

「大丈夫だと思いたいが、死んだホシがマル能だったことは、たとえ監察官であろうとも明かす訳にはいかないからな。それが最も大きな懸念材料だ」

警察官職務執行法・第七条。警察官は、犯人の逮捕や逃走の防止、自分や他人に対する防護などで、必要と判断される「相当な理由のある場合において」銃を使用することができる。今回の碓氷の発砲が、相当な理由があったと監察官に見てもらえれば、警察組織として正当な職務行為ということになる。

問題は、死亡した宇津辺晴人が「武器を所持していなかった」ことだ。つまり碓氷は、丸腰の人間に向かって発砲したことになるのだ。

他のマル能、三鷹事件の水田茂夫や都知事候補殺しの伊沢昌浩がそうであるように、マル能は武器を使用せずとも簡単に人を殺すことができる。だから今回の発砲は、閑谷が言うように明らかな正当防衛だったと言える。しかし、マル能の存在が極秘にされている現在、発砲した理由を監察官に説明することができないのだ。

もし碓氷が「相当な理由なく犯人を射殺した」と判断されれば、厄介なことになる可能性がある。刑法第一九五条と一九六条により、警察官が職務を行うにあたって被疑者を死傷させた場合は、通常よりも重い刑により処断すると定められているのだ。即ち特別公務員暴行陵虐致死傷罪だ。

それにしても——。尾島は溜め息をついた。

碓氷は運が悪かった。犯人の脚部を狙った銃弾が、よりによって心臓のある左胸部に命中して、即死させてしまうとは。警察官は定期的に射撃訓練を行ってはいるが、実際の捜査において人間を撃った経験があるものは稀《まれ》だ。碓氷も銃が得意ではないと言っていたから、緊張で手も震えただろう。照準を定める時間もほとんどなかった筈だ。

それでも二つ、幸いなことがあった。

まず、死んだ宇津辺の両親が警察を訴えようとしていないことだった。宇津辺はもう何年も勘当状態だったようで、息子が銀行強盗を行って世の中を騒がせ、支店長代理を死なせる事態を招いたことに、両親は重く責任を感じたようだった。また、息子がマル能であったことには気が付いていなかった。

もう一つは、宇津辺が背理能力者であったことは、社会には気付かれずに済みそうだった。宇津辺が自称超能力者の動画パフォーマーだったことは知れ渡ったが、過去に配信した動画でも、今回の銀行襲撃においても、明らかに超常的な能力を発揮したと思える決定的な場面は、確認できなかったからだ。

これは宇津辺が、尾島の身体を大きく宙に浮かす前に、碓氷によって狙撃され、死亡したからだとも言えた。結果的には碓氷の誤射によって、背理能力の証拠となる決定的な場面が、テレビの生中継で全国に流れずに済んだのだ。

ただ、報道協定に応じなかった民放では、宇津辺が狙撃されたショッキングな場面が生放送されてしまう事態となった。一九八五年の豊田《とよた》商事《しょうじ》会長刺殺事件、一九九五年のオウム真理教幹部刺殺事件と並ぶ衝撃的な出来事であった。

事件後、巌田課長は自ら記者会見に臨み、犯人の宇津辺晴人について説明した。

——死亡した犯人・宇津辺晴人は、気功と催眠術の巧みな使い手で、超能力者を騙《かた》って動画を配信、広告収入を得ようとしていた。しかし誰も信じないため金に困り、自暴自棄になって銀行強盗を企てた。人質の支店長代理は、宇津辺に催眠術をかけられて昏倒し、頭部を強く打って死亡した。確保を試みた捜査員も気功によって転倒、負傷した——。

宇津辺は死ぬ直前、能力を使って尾島の首を絞め、吊り上げていた。尾島は首のネクタイを摑んで緩めようともがき、つま先は地面をわずかに離れた。しかし背理能力の存在を知らない者は、尾島が催眠術をかけられて、自分で自分の首を絞めて苦しんでいたと説明され、それで納得したのだ。

尾島は運転席の閑谷に目をやると、その肩を軽く叩いた。

「大丈夫だ。きっと巌田課長が何とかしてくれるさ。信じて碓氷さんの帰りを待とう。それに俺たちには、他にやるべきことがある」

閑谷はハンドルを握ったまま頷いた。

「そうですね。そろそろ護国寺《ごこくじ》です。あと十分くらいで着きます」

車は護国寺出口で首都高を降り、不忍《しのばず》通りから春日《かすが》通りへ入った。新大塚《しんおおつか》駅手前で右折すれば、マル能・宇津辺の死体が搬送された東京都監察医務院だ。


「現在、院外の者との打ち合わせは、オンラインでやることになっている」

監察医の大谷無常が長身を折り曲げ、実体顕微鏡を覗き込みながら言った。白いカットソーの上に長い白衣、白いスラックス、白いドクターシューズ、白い不織布のマスク。黒ずくめの尾島とは正反対の服装だ。今日も綺麗に頭を剃《そ》り上げている。

「今は皆、コロナウイルスへの感染を恐れて病院と名の付く所へはやってこないし、ここも例外ではない。生きた病人でなくとも、事故や事件による死体でもウイルスに感染していないという保証はないからな。——だから」

大谷は電子顕微鏡から目を上げて、責めるように尾島の顔を見た。

「わざわざここに押しかけてくるのは、尾島、お前たちくらいだ」

「どうもすみません、大谷先生」

尾島の隣で、閑谷が恐縮して頭を下げた。尾島と閑谷は、大谷の机から二mほど離れた位置にパイプ椅子を置いて座っている。閑谷もオンラインでの会合を勧めたのだが、尾島がどうしても直接話がしたいと言って聞かなかったのだ。

「俺、苦手なんだよ。あのパソコンでみんなで話すヤツ」

悪びれずに尾島が肩をすくめた。

「俺がやろうとすると、必ず何かトラブルが起こるんだ。俺の声が出てなかったり、向こうの声が聞こえなかったり、カメラが起動しなかったり、いつも始まるまでに時間がかかる。だから直接会ったほうが時間が無駄にならないだろう？　その代わり、途中他人と接触しないよう車で移動してきたし、マスクも二重に掛けている」

「お前も妙な電磁波を、身体から発してるんじゃないのか？」

　大谷はあきれ顔で尾島に言うと、机の前の椅子に腰を下ろした。背理能力とは電磁波の感知能力と放射能力であると、大谷は仮説を立てた。そのことを踏まえた軽口だ。大谷にしても、尾島に来られるのが迷惑なら断ればいいのだが、渋々でも応じたということは、尾島同様たまには友人の顔を見たいのだろう。

　監察医の大谷無常は、かつて尾島と同期入庁の警察官だった。年齢も尾島と同じ三十九歳。捜査員としての限界を感じて退職し、医大に入り直して監察医になったという、異色の経歴を持つ。実家は京都の古刹《こさつ》らしいが、剃髪《ていはつ》しているのはそれとは関係なく、解剖時に髪の毛が落ちるのを防ぐためだと言っている。

「その電磁波人間の件だ。今回のマル能、解剖結果はどうだった？」

　急に真面目な顔になって、尾島が聞いた。

「今回の死体にも、やはり肉体的な変異が見られた」

　大谷も真面目な表情で頷いた。

「眼底部にある網膜に、紫外線、赤外線、放射線という三種類の不可視光線を知覚する視細《しさい》胞《ぼう》が生じていた。三鷹事件のマル能・水田茂夫と同様の変異だ。水田と異なるのは、電磁波を最も強く発生させる臓器・心臓が肥大傾向にあったことだ。これが、お前を持ち上げるほどの強い力を発揮した要因かもしれない」

「その電磁波を発するメカニズムってのは、わかりそうか？」

尾島が聞くと、大谷は首を横に振った。

「残念ながら、これ以上は死体では無理だ。生きたマル能でなければ」

「生きたマル能を解剖するのか？」

「馬鹿なことを言うな」

大谷が顔をしかめた。

「いくら俺でも、生きた人間を解剖する訳がないだろう。生体の医学的な実験と継続的な観察、それに分析が必要だという意味だ」

「実は、今回のマル能について、一つ気掛かりなことがあるんだ」

尾島が大谷に、自分の懸念を説明した。

今回のマル能・宇津辺晴人は動画パフォーマーだったが、その動画チャンネルは警察の要請で、全ての動画とウェブページをバックアップした後、サーバーから完全に削除された。アップされていた動画は全部で二十八本あった。

宇津辺が自分の「能力」に気が付いたのは、半年と少し前のようだ。それを誰かに誇示したくなって半年前に開設したのが、「『えすぱーはる』の超能力チャンネル」だ。しかしネットユーザーは、合成かトリックだと思って宇津辺を笑い者にした。あまりにも鮮やかな能力に、却《かえ》ってリアリティーが感じられなかったのかもしれない。

　それに憤慨した宇津辺は、最新の動画で「数日中にライブで、あっと驚くようなことをやる」と予告していた。それが今回の銀行強盗だった。日本中の注目を集め、テレビカメラの前で自分の能力を誇示しようとしたのだ。別の言葉で言えば、宇津辺は能力の最も有効な使《つか》い途《みち》にたどり着いたとも言える。即ち、犯罪だ。

「こうした能力を誇示する動画を公開する一方で、宇津辺は同時に、ネットユーザーに能力の覚醒を呼びかける動画も発表していたんだ」

　宇津辺は「超能力講座」という名前を付けたシリーズで、ネットユーザーに能力の開発方法を伝えようとしていたのだ。


——絶対に動くと心の中で強く念じながら、右手の指を広げて、掌を対象に向けるんだ。君たちの中にもできる奴がいるかもしれない。是非、やってみてくれ——。


　そう言いながら宇津辺は、動画の中でボールペンを宙に浮かせて見せていた。

「現在のところ、こいつの動画を見て能力に目覚めた者は、発見できていない」

　尾島は慎重な言い回しで言った。

「こいつの動画のコメント欄に、自分にもできたというような書き込みは見られないし、同じような動画を公開し始めた者もいないようだ。だが、こんな危ない奴に続々出てこられちゃかなわない。どうだろう、こういう呼びかけをされて、気付かなかった能力に覚醒することがあるんだろうか？　お前はどう考える？　無常」

「これは、全て推測になるが」

大谷も慎重に回答した。

「呼びかけによって、自覚していなかった能力が覚醒することも、あるのではないか」

「本当か」

尾島が顔をしかめた。大谷も難しい顔で頷いた。

「今回のマル能・宇津辺自身、ある日、何かの拍子に、自分にすごい能力があることに気が付き、誰かに自慢したくなって動画チャンネルを開設したと考えられる。ということは、宇津辺以外にも、能力を発揮できる肉体的変異を手に入れていながら、それに気付いていない者がいるということだ」

自覚していないマル能が、まだまだいるかもしれないのか――。尾島は暗澹《あんたん》たる気分になった。もし宇津辺が生きていれば、そいつらが次々と能力に目覚めた可能性もあった。そういう意味では碓氷の誤射も、不幸中の幸いだったと言えるかもしれない。

「それだけではない」

さらに大谷が続けた。

「俺の予測が正しければ、これから背理能力者が爆発的に増加していく可能性すらある」

「何だって？」

尾島がぎょっとした顔で聞いた。

「どういうことだ？　何か根拠があるのか？」

「パンデミックだ」

憂いに満ちた表情で、大谷が答えた。

「現在、世界的に蔓延している新型コロナウイルスのせいで、背理能力が日本中に、いや世界中に拡散していくかもしれない。その可能性は否定できない」

尾島が途方に暮れた顔で聞いた。

「コロナのせいで、どうしてマル能が増えるんだ？」

大谷はその質問を予想していたように、説明を始めた。

「パンデミックはおよそ百年周期で訪れるという説がある。今回の新型コロナウイルスは二〇一九年に中国・武漢で発見され、二〇二〇年から爆発的な流行が始まった。今から遡ること百年、一九二〇年頃にはスペイン風邪と呼ばれるＨ１Ｎ１亜型インフルエンザの大流行があり、一八二〇年頃はコレラ、一七二〇年頃はフランスでペストが猛威を振るった」

なるほど、と尾島は思った。確かにおよそ百年周期で疫病の大流行が起きている。

「不思議ですね。どうして百年周期で世界的な疫病の流行が起こるんでしょう？」

隣で閑谷が首を捻ると、大谷はこう言った。

「その答えは、パンデミックはなぜ起こるのかという、根源的な問題に触れることになる。とりあえずこの話は脇に置いておく」

そう断って、大谷は話に戻った。

「今回の新型コロナウイルスによるパンデミックも、過去のパンデミックがそうであったように、四年から五年で収束するだろう。なぜなら新種のウイルスは、出現当時は猛威を振るうものの、毒性の強い株は宿主が死亡することによって次第に淘汰され、毒性が弱い株が数を増していく。別の言い方をすれば、新種のウイルスは徐々に毒性を弱めながら、宿主である人間との共生に向かって進化していく」

閑谷が顔を輝かせた。

「じゃあ、もうすぐコロナは収まるんですね？」

「その筈だ。そもそも宿主を激減させたら、宿主なしでは増殖できないウイルス自身もまた、絶滅に向かうことになるからな。新種のウイルスと人間の共生は、ウイルスの進化と人間側の集団免疫の獲得によるが、これに至るまでの期間は四年から五年であることが、過去の歴史から確認されている」

肯定したあと、大谷は話を再開した。

「そして百年前、つまりスペイン風邪による前回のパンデミックが始まる少し前、我が国に三人の背理能力者が出現した。この三人の言動を、当時の東京帝国大学助教授で心理学者の福来《ふくらい》友吉《ともきち》が記録している」

「前回のパンデミックの直前に、マル能が？」

驚く尾島と閑谷に、大谷はその名前を列挙した。

まず高橋《たかはし》貞子《さだこ》（一八八六年〜没年不明）。透視・念写能力を持つ者として、福来による「超能力実験」の被験者となった。一九一三年の実験では、写真看板に文字を念写することに成功している。

次に御船《みふね》千鶴子《ちづこ》（一八八六年〜一九一一年）。透視能力を持つ者として、福来に紹介された。一九〇九年の東京朝日新聞は「不思議なる透見法《とうけんほう》」と題して、千鶴子が京都帝国大学の前総長・木下《きのした》広次《ひろじ》の心霊治療を行ったことを報じている。翌一九一〇年には福来が「千里眼」の実験を行っている。

そして長尾《ながお》郁子《いくこ》（一八七一年〜一九一一年）。透視・念写能力者として福来に紹介された。御船千鶴子に触発されて修練を積み、超常的な能力を手に入れたと本人が語っている。

「さらにアメリカでも、同時期に有名なエドガー・ケイシーが出現した」

エドガー・ケイシー（一八七七〜一九四五）。催眠状態で相手の肉体や精神を透視したり、過去や未来を幻視したりする「リーディング」によって、一万四千件に及ぶ治療や予言を行い、「眠れる予言者」と呼ばれた——。

「つまり、こういうことか？」

尾島が戸惑いながら、大谷に聞いた。

「百年前、スペイン風邪のパンデミックの少し前、次々と超能力者と呼ばれる人々が出現した。そして同じように、新型コロナウイルスのパンデミックの直前にも、久我山事件と都知事選事件の伊沢昌浩、三鷹事件の水田茂夫、そして今回の中野事件の宇津辺晴人と、背理能力者が次々と出現している」

「その通りだ」

大谷は大きく頷いた。

「でも、どうしてそんなことが起きるんでしょう？　パンデミックが始まる前になると、背理能力を持った人間が次々と出現するなんて」

真剣な表情で聞く閑谷に、大谷はこう答えた。

「さっきの君の質問と同じく、その答えは、パンデミックがなぜ起こるのかという理由に帰結する。なぜパンデミックは百年周期で起こるのか。なぜ二度のパンデミックの直前、同じように背理能力を持った人間が次々と出現したのか」

そして大谷は、宣言するように言葉を放った。

「パンデミックとは、人類という生物種を進化させるため、ウイルスや細菌などの病原体を利用して、一部に出現した新しい遺伝子情報を全体へ拡散させる、百年周期の遺伝子の更新だと考えられるからだ。遺伝子をコンピュータのOSに例えれば、百年に一度のヴァージョンアップ・ファイルの配布に相当する」

「遺伝子情報の、ヴァージョンアップ」

尾島は呟くように、大谷の言葉を繰り返した。

「そうだ。またパンデミックが百年周期なのは、この間におよそ三世代が交代することになり、前回のヴァージョンアップが人類に定着するのに充分な間隔となるからだろう」

「しかし本当なのか？　ウイルスが遺伝子を拡散するって」

「ウイルスだけではない。同じく複製により増殖する原核生物、例えばコレラやペストといった感染症を引き起こす細菌《バクテリア》もまた、遺伝子の水平伝播《すいへいでんぱ》、つまり親子の遺伝によらない遺伝子情報の伝播を司《つかさど》っている。この点において、病原体がウイルスか細菌かを区別する必要はない」

　誤解を恐れず簡略化すれば、と前置きして、大谷は説明を始めた。

　細菌の遺伝子の中に、ある共通の配列が広く存在するのがわかったのは一九八七年のことだ。やがてこの配列は、過去に攻撃を受けたウイルスの情報を記録し、耐性を獲得するという「免疫機構」であることが解明された。のちにこの配列はＣＲＩＳＰＲ《クリスパー》と名付けられる。

　このＣＲＩＳＰＲの周辺には特定の遺伝子群が存在し、連携してウイルスの情報をコピーして体内に取り込む仕組みを構成していた。つまり遺伝子を編集する仕組みだ。新型コロナウイルスのワクチンも、現在この仕組みを利用して製造が進められている。

　一方で人間には、皮膚から腸内まで百兆個を超える各種細菌が存在し、人間と共生しており、これを常在細菌叢《じょうざいさいきんそう》と呼ぶ。この細菌叢は人間の遺伝子を蓄えるプールの役割を担っているのだが、近年、これらの細菌叢には異種の細菌間で遺伝子情報を交換し、水平伝播させる仕組みがあることがわかってきた。

「そして現在、各種生物の全ゲノム解析が進み、実際に遺伝子情報が水平伝播したという痕跡が、多数見つかりつつある。つまりウイルスと細菌は、人間をはじめとする生態系内の各種生物間を行き来し、遺伝子情報を水平伝播する仕組みを担っている。まるで郵便や宅配便の配達員のようにだ。よって」

「ちょ、ちょっと待ってくれ、無常」

尾島が慌てて大谷の話に割り込んだ。

「仕組みはともかく、ウイルスや細菌が遺伝子情報を伝播させることはわかった。じゃあ、今回のパンデミックの前に、マル能が次々と出現したってことは」

「そうだ」

大谷は静かに頷いた。

「背理能力者の遺伝子情報が、人類が共有する遺伝子プールに蓄積され、新型コロナウイルスのパンデミックによって、全世界に拡散するかもしれないのだ」

尾島と閑谷は絶句した。それはつまり、今後は世界中にマル能が出現し、背理犯罪が続々と勃発し始めるということではないか。

「幸いなことに百年前のパンデミックでは、背理能力は人類に拡散・定着しなかったように見える。――いや、楽観は禁物だろう。もしかすると、現在我々が捜査している背理能力者たちの遺伝子情報は、百年前の超能力者と呼ばれた女性たちから遺伝子プールを経て水平伝播したのかもしれないからな」

達観したように、大谷は静かに喋り続けた。

「そして、この新型コロナウイルスによるパンデミックは、今度こそヒトをはじめとする全生物の新たな爆発進化の契機となるかもしれん。名付けるとすれば、現代即ち新生代の『第四紀爆発』の兆《きざ》しだ。これは、五億四千二百万年前から五億三千万年前に起きた『カンブリア爆発』に比肩するほど、画期的な進化になるかもしれん」

尾島は茫然としたまま、しばらく口が利けなかった。隣の閑谷も同様だった。

人類は、いや生物は、大きな変化の時を迎えているのだろうか。この変化がいわゆる進化なのか、退化なのか、それとも異化なのか、それは尾島にはわからなかった。

「で、でも、おかしいじゃないですか」

閑谷が突然、口を尖らせた。

「パンデミックが、遺伝子のヴァージョンアップのための地球規模のイベントだとして、なんでその直前に、都合よく背理能力者が次々と現れたりしたんですか？　まるでこれからパンデミックが起きることを、遺伝子が知っていたみたいじゃないですか。あまりにも都合が良すぎますよ」

閑谷の疑問はもっともだった。そして大谷は、この質問も予期していたようだった。

「これは、僭越《せんえつ》にもダーウィン進化論に修正を加えるようで、一介の監察医としてはあまり言いたくない仮説なのだが」

そう前置きした後、大谷は閑谷に自説を語った。

「俺が考えるに、先程話した遺伝子プールには、あるいは地球上の遺伝子の集合体には、ある種の『シミュレーション機能』が備わっているんだと思う」

　閑谷が虚を衝かれた顔になった。

「シミュレーション、ですか？」

「そうだ。遺伝子にどのような変異が起きたら、生物の形質や機能にどのような進化が現れるのか。従来は、何万年もかけての試行錯誤の結果、全てを生存競争に委ねることによって、勝ち残った形質と機能を獲得すると説明していた。これがダーウィン進化論の基本概念となる、いわゆる自然選択説だ。――しかし」

　そこで間を置くと、大谷は尾島と閑谷を順に見た。

「実はそうではなく、遺伝子プールの中であらかじめ進化のシミュレーションが行われ、有益な進化をもたらす遺伝子の変異を前もって選定し、優先的に伝播させているのではないか。これが俺の仮説、『シミュレーション選択説』だ」

　進化とは、ただの無作為な試行錯誤ではない。シミュレーションの結果、あらかじめ遺伝子の変異の取捨選択が行われ、ある程度の計画性を持って進められている――。確かに尾島にも、生物の手や指、足、羽などの器官や目や耳などの感覚器《センサー》が、全て偶然によって獲得されたと考えるよりも、遥かに説得力があるように思えた。

「要するに、だ」

　尾島もようやく口を開いた。

「現在の新型コロナのパンデミックによって、背理能力の世界的な拡散が始まるかもしれないんだな？」

　大谷は慎重に頷いた。

「その可能性が否定できない、ということだ」

「どうすればいいんだ？」

　尾島が聞いた。その声は嗄《しわが》れていた。

「どうしようもない」

　大谷は無表情に首を横に振った。

「人間が自然の摂理に逆らえる筈もない。人間もまた自然の一部であり、生態系の一員であるからだ。ならば、全ての生物とウイルスが従っている生態系の摂理に、人間もまた従って生きるしかない。生態系を外れることは、絶滅を意味するからな」

　尾島と関谷は暗澹たる表情のまま黙り込んだ。しばらくの間、三人がいる部屋を沈黙が支配した。

「――とにかく」

　重苦しい空気を振り払うように、尾島が口を開いた。

「俺たち警察にできることは、犯罪を捜査して事実関係を解明し、ホシを逮捕することだけだ。相手が普通の人間であれ、あるいはマル能であれ、やることはかわらない。後に続く捜査官たちの参考になるように、俺たちがここで頑張るしかない」

「そうですね、トウさん」

関谷も思い直したように頷いた。

「一つ一つ解決していかなくちゃ。とりあえず中野の銀行籠城事件は一段落しました。僕たちが解決しなければならないのは伊沢と王城、それに中園都知事の事件《ヤマ》です」

「ああそうだ、無常」

尾島が何かを思い出して大谷を見た。

「何だ？」

「マル能を、外見的に見分ける方法はないだろうか？」

尾島はすがるように大谷に聞いた。

「背理犯罪が発生した時、被疑者《マルヒ》がマル能かどうか判断できれば、ぐんと捜査が捗《はかど》る。今回の宇津辺にしても、あらかじめ本物のマル能であることがわかっていれば、また別の対応の仕方があったと思うんだ」

だが、大谷はあっさり否定した。

「人間に背理能力を生じさせているのは、電磁波を受容する視細胞など神経系や、電磁波を発する心臓や脳などの内臓だ。外的器官は関係ない」

「駄目か」

尾島は肩を落とした。すると、思い直したように大谷が続けた。

「しかし、マル能には外的特徴が全くない、とは言い切れないかもしれない」

「あるのかないのか、どっちなんだ？」

焦れる尾島に、大谷は慎重に答えた。

「背理能力が遺伝子の変異によるものならば、同時に身体の他の部分にも遺伝子の変異が影響している可能性も否定できない。その変異が外見に関わるものである可能性も、絶対にないとは言い切れない。背理能力の獲得は、それほど劇的な遺伝子の変異だからだ」

尾島が勇んで身を乗り出した。

「あるかもしれないんだな。例えば、どこに現れるんだ？」

「あるとすれば、色素だ」

「色素？」

「そうだ。目の色、肌の色、髪の色などに何らかの特徴が生じる可能性がある。我々黄色人種の場合だと色素が薄くなって、虹彩が銀色や灰色、青や緑などになったり、肌の色が白くなったり、髪や眉毛などの体毛が金髪や白髪になったりするかもしれない。もっとも、だからといって色素が薄い者がマル能だと言える訳ではない」

その時、ふと尾島はマル能・伊沢昌浩のことを思い出した。

王城の運転手、平在富士夫が伊沢を殺人現場へ運んだ自家用車から、伊沢の髪の毛三本が発見されたが、その髪の毛はいずれも金髪に染められていた。そのうち二本は黒髪を脱色して染めたものだが、残る一本は白髪だったことがわかっている。

――しかし。尾島は逆の例を思い出した。かつて新宿で出会った背理能力者の青年・高山宙だ。彼の目の色や髪の色には、特に目立つ特徴は見られなかった。髪の色は染めていたのかもしれないが、それも一見しただけではわからない。いずれにせよ、外見で背理能力者を見分けることはできない、そう考えたほうがいいのだろう。

「無常、いろいろありがとう。今日のところは引き揚げる」

そう言って尾島が立ち上がろうとした時だった。

「あの」

突然、閑谷が口を開いた。

「大谷先生はさっき、マル能が電磁波を発するメカニズムの解明は、死体では無理だとおっしゃいましたよね?」

「確かにそう言った」

「じゃあ」

真剣な表情で、閑谷が重ねて聞いた。

「もし、生きたマル能が実験に協力すれば、背理能力は完全に解明できるんでしょうか?」

大谷は少し考えたあと、しっかりと頷いた。

「断言はできないが、おそらくかなりの部分が解明できるのではないか。だから、もし次のマル能が現れたら、何とかして生きたまま確保してほしい。そういう意味では、今回のマル能・宇津辺も、三鷹事件のマル能・水田同様、死体になってから俺の所へやってきたのは残念だった」

「そうですか――」

閑谷は暗い表情で小さく頷いた。

宇津辺を生きたまま確保できなかったことに、閑谷は責任を感じているのだ――。そう尾島は考えた。狙撃した碓氷は、臨場する時から銃が苦手だと言っていた。閑谷はその碓氷と一緒に行動しながら、銃を撃たせてしまったことを悔いているのだろう。もしかすると、自分が急所を外して撃つべきだったと考えているのかもしれなかった。

しかし尾島としては、将来ある閑谷が人を撃たずに済んだことに安堵していた。その点に関しては、碓氷に感謝しなければならない。

「イチ、お前は何も悪くない。悪いのは俺だ」

尾島は閑谷を励まそうと、その肩をぽんと叩いた。

「俺が我を忘れてホシに飛びかかったせいで、碓氷さんは俺を助けようと発砲した。そして、拳銃に慣れていない上に、初めて人間を撃つというプレッシャーもあり、不運にもホシの胸を撃ち抜いてしまった。俺がもうちょっと慎重にやれば、宇津辺を生きたままパクれたかもしれなかったんだが」

そして尾島は、自分に言い聞かせるように言った。

「とにかく、そらを見つけるんだ。そらが全ての鍵を握っている」

「そら？」

大谷が怪訝な表情で聞いた。尾島は慌てて大谷に謝った。

「ああ、すまない。俺としたことが言っていなかったか。そらとは前にも話したが、俺が一度だけ出会ったマル能、高山宙のことだ」

尾島はそらについて、一から大谷に説明した。

殉職した同僚の刑事・笹野雄吉は、二十三年前に起きた久我山0号事案という不可解な強盗殺人事件をずっと追っていた。そして殺された夫婦の娘・滝川毎水が、犯人の子供を身籠もって出産し、そらと名付けたらしいことを摑んでいた。

そらを発見してDNAを採取し、伊沢のDNA型と照合して親子であることが証明できれば、久我山0号事案の強盗殺人犯が伊沢であると断定できる。そうなれば「背理犯罪は立件せず。捜査し、記録し、報告し、そして蓄積するのみ」という警察庁の通達に抵触することなく、堂々と伊沢を逮捕できる。

そして、高山宙という背理能力者の青年こそがそらである、そう尾島は考えていた。まず背理能力者であること。これは水平伝播するまでもなく、父親の遺伝だと考えられる。次に高山の年齢。久我山事件で妊娠したと考えれば計算がぴたりと合う。さらに宙という名前。宙という字はおおぞらとも読むから、そらという意味で名付けられたのではないか。

「高山と再会できれば、伊沢が逮捕できるだけでなく、背理能力の解明にも協力してもらえるかもしれないんだ」

尾島の言葉に、大谷も大きく頷いた。

「そうか。では、高山という青年が見つかることを、俺も楽しみに待つとしよう」

――しかし。尾島は内心で大きな溜め息をついた。

問題は、事情聴取中の碓氷進だ。ただでさえ三人しかいない特殊八係で、一人が欠けるのは非常に痛い。勿論それ以上に、尾島を助けようとマル能を射殺してしまった碓氷への処遇が心配だ。犯人がマル能であることを監察官は知らない。いや、マル能の存在そのものを知らない。だから結果として碓氷は、丸腰の犯人を射殺したことになる。

福田首席監察官はどう判断するだろうか。職務上の止むを得ない射殺と判断してくれるだろうか。それとも碓氷は特別公務員暴行陵虐致死罪、下手をすれば殺人罪に問われ、裁判にかけられてしまうのだろうか。そうなったら最悪の場合、通常より長期の懲役刑になる可能性もある。

　そして尾島は気になることを思い出した。福田首席監察官は、元々警察庁から出向してきた人物だ。まさか警察庁の中邑核刑事局長が、俺たち特殊八係の捜査活動を妨害するため、福田監察官に手を回して、碓氷さんを検察送致するということは――。

　じりじりと焦燥に身を焼かれながら、尾島はただひたすら、監察官の判定が下るのを待ち続けるしかなかった。

04 武器

「新しい銃がほしいってのか？」

巌田尊捜査第一課長が、目の前に座っている尾島到を怪訝な表情で見た。

「銃でも武器でもありません。新しい捕具です」

尾島が訂正した。

「先日の中野での銀行強盗籠城事件、記者会見では課長が上手く誤魔化して下さいましたが、ホシの宇津辺晴人はかなり強力な背理能力を持つマル能でした。もし碓氷さんが発砲しなければ、俺はきっと殺されてたでしょう。そして碓氷さんは、運悪くホシの左胸を撃ち抜いてしまって、丸腰の相手を撃ったことが問題にされてしまった」

真剣な表情で尾島は訴えた。

「マル能は普通の人間じゃありません。素手であっても、銃器や刀剣と同じ殺傷能力を持っています。でも現状、警察に許されている武器は拳銃しかありませんから、素手で確保できなければ、発砲するしかありません。そして発砲すれば、常に相手を射殺する可能性があります。今回の碓氷さんのように」

確かにそうだという顔で、巌田課長が唸った。

「だから、銃じゃない得物がほしいって訳か」

「その通りです」

　尾島は大きく頷いた。

「今回のヤマで、俺たちは背理犯の逮捕における無力さを痛感させられました。マル能と対峙した時、殺すか殺されるかではなく、マル能を殺さずに確実に確保するための、新しい捕具が必要だと思います。特殊警棒か拳銃かという極端な選択ではなく、その中間の選択肢がほしいんです」

　巌田課長が聞いた。

「で、要するにお前は何がほしいんだ？」

「テーザー銃です」

　きっぱりと尾島は言い切った。

「いろんな方法を検討しましたが、マル能を確実に確保するには、テーザー銃の使用以外にないと思います。特殊八係に配備して頂けませんか」

　四月十日、午前十時二十分――。

　尾島は警視庁本部の十二階、捜査第一課長の巌田の個室に来ていた。自らが率いる特殊八係に、新たにテーザー銃の導入と貸与を直訴するためだった。

　テーザー銃とは、アメリカで開発された発射式の拳銃型スタンガンだ。麻酔銃、催涙弾、音響閃光弾《せんこうだん》などと共に低致死性武器《レスリーサル・ウェポン》に分類される。一九六〇年代、アメリカの航空宇宙科学者ジャック・カバーによって開発された。

カバーは警察用の非殺傷銃を開発するにあたり、子供の頃に読んだＳＦ小説に出てくる電気銃を思い出して、離れた相手を電気ショックで無力化する銃を考案。そのＳＦ小説の主人公トーマス《Thomas》・Ａ・スイフト《Swift》の頭文字ＴＡＳに、電気のＥとライフルのＲを加えて、ＴＡＳＥＲ《テーザー》と名付けた。これが製造する会社の社名にもなっている。

テーザー銃は、電線付き電極を装塡して高圧ガスで発射、標的に二本の電極を突き刺して、電流を発して感電させる。射程距離は機種により五ｍから八ｍ。電極の針は約五㎝の厚さの衣服を貫通する。電圧は五万Ｖ《ボルト》、出力は二十六Ｗ《ワット》。攻撃を受けた者は瞬時に倒れるが、電流はわずかに〇・五二ｍＡ《ミリアンペア》なので、数分で回復するという。

現在、アメリカのほぼ全土とカナダのブリティッシュ・コロンビア州の警察には配備されているが、日本では未だかつて導入されたことがない。その理由は、日本では銃の所持が禁じられているため犯罪者が銃を使用する例が少ないこと、それに薬物中毒で理性を失くした凶暴な犯罪者が少ないことだろう。

「銃と言っても、ヒモ付きか」

巌田課長は渋い表情を見せた。

「八ｍまで接近しないと使えねえ銃なんて、役に立つのか？」

警察で制式採用されている拳銃、ニューナンブM60、Ｓ《スミス》＆Ｗ《ウェッソン》 Ｍ３６０Ｊ・ＳＡＫＵＲ

Ａ、シグ・ザウエルＰ２３０ＪＰなどは、どれも五十ｍ前後の有効射程を持つ。

「ＸＲＥＰ《レップ》という、ワイヤレスで射程三十ｍのショットガンタイプもあったようなんですが、安全性に問題があったようで現在は製造されていません。それにテーザー銃は対象の身柄を確保する前提で使用しますので、すぐに確保できるよう至近距離から使用する必要があります。射程八ｍでも問題ありません」

尾島が細かく説明した。

「中国の警察で採用されている対人麻酔銃も検討しましたが、即効性はないようですし、他国では使用された実績がなく、効果も安全性も不明です。また催涙弾ではこっちにもダメージが生じますし、スタン・グレネードなどの音響閃光弾だと隠密性がありません。やはり現実的なのは、アメリカやカナダで使用実績のあるテーザー銃です」

さらに尾島はテーザー銃の利点を並べ立てた。

テーザー銃には照準のための赤色レーザーポインタが搭載されているが、このレーザー照射は威嚇《いかく》射撃と同じ効果を発揮する。また発射時には銃のシリアルナンバーが記入された紙吹雪が撃ち出され、記録ユニットに使用時の映像やデータが記録されるので、使用者と使用状況が確認できる。

拳銃との比較においても、テーザー銃のほうが有利な点もある。例えば実弾では、相手の急所に当たらない場合に反撃されることがある。麻薬中毒者など痛覚が麻痺している犯罪者もいるからだ。アメリカでは、このような凶悪犯を相手に実弾を七発発砲しても止められず、逆に銃を奪い取られた事例が報告されている。

「日本で拳銃を使用する場合は、まず威嚇射撃することが必要とされているので、使用できる実弾は装弾数よりも数発少なくなります。相手が襲ってくる場合、少ない弾数で動きを止めるのは非常に困難です」

尾島は熱っぽく説得を続けた。

「しかしテーザー銃なら急所に当たらなくてもいいので、一撃で相手の動きを止めることができます。勿論弱点もあって、分厚い服や緩い服を着た者や、極度に肥満した者には筋肉まで電極が届きませんが、その時は脚を撃てばいいんです。こう考えると」

「わかった。もういい。よくわかった」

巌田課長が降参するように両手を軽く上げた。

「問題は、なぜ特殊八係だけがこんな装備を必要としているかって説明だ。何しろ銃の購入を管理してるのは警察庁《サッチョウ》だからな。理由もそうだが、価格の問題も大きい」

一年間に警察庁が購入する拳銃の数はおよそ四千丁、単価は十万円を切る。テーザー銃の価格はおよそ十六万円。拳銃と比較するとかなり割高だ。

「だがまあ、とりあえずは導入を検討するための現場実験って名目なら、サッチョウに上げずとも、社内で何とかできるかもしれん。刑事部長に掛け合ってみるから、予備を含め六丁を購入する稟議書を書いておけ。許可が下り次第、警務部経由でアメリカの本社から直接正規品を購入する」

「ありがとうございます」

　尾島は深々と頭を下げた。

「俺たちが相手にするマル能は、身体が発している電磁波を操ります。電流を使用するテーザー銃なら、その電磁波の妨害や攪乱《かくらん》が期待できます。もしマル能を生け捕りにできれば、能力の解明も進むでしょう」

　そう補足したあと、尾島は真面目な表情で付け加えた。

「何より、これで碓氷さんのような死亡事故が防げます」

「その碓氷だが」

　巌田課長も険しい表情になった。

「お咎《とが》めなしって訳にはいかねえかもしれねえな。わざとじゃねえにしろ、丸腰の人間を撃ち殺しちまったんだ。そいつがマル能って剣呑な奴だったってことは、俺たち含め一部の人間しか知らねえからな」

　巌田課長の言う通りだった。警察官が銃を使用する場合、問題とされるのは以下の三点だ。まず、撃たなければ直ちに自分または他者に生命の危険があったか。次に、特殊警棒など拳銃以外の装備の使用による確保が不可能であったか。三つ目に、事前に威嚇射撃を行って相手に銃の使用を予告したかどうか——。

　監察官には、碓氷はどの要件も満たしていないように見えるだろう。実際には、碓氷が撃たなければ尾島が殺された可能性が高かったのだが、マル能の存在を知らない監察官にはわかる筈もない。やはり職務執行に問題があったと見られるのだろうか――。

尾島がそう考えていると、個室の奥にある巌田課長の机で電話が鳴った。

「巌田だ」

巌田課長が立ち上がり、受話器を取り上げて言った。そしてそのまま、しばらく無言で相手の話を聞いていた。そして巌田課長は「わかった」とだけ言って、電話を切ると、立ったまま尾島に向き直った。

「警務部からだ。碓氷がこれから戻るそうだ」

「え？　ということは」

尾島が緊張した声で聞くと、巌田課長がにやりと笑みを浮かべた。

「無罪放免だ。発砲の正当性が認められたとのことだ」

「本当ですか！」

よかった。本当によかった――。尾島の顔が、みるみるほころんだ。危うく自分のせいで、碓氷の人生を台無しにするところだった。尾島は監察官の判断に心から感謝した。

「席に戻ります！　閑谷にも教えてやらないと」

失礼します、と頭を下げ、尾島は慌ただしく巌田課長の個室を飛び出した。

「お帰りなさい！　碓氷さん」

閑谷が満面の笑みで、特殊八係の部屋に入ってきた碓氷を迎えた。

「なんだかまた痩せたみたいですけど、大丈夫ですか？」

「いやあ、ひどい目にあったよ。根掘り葉掘り、厳しい取り調べだった。お陰でまた頭が薄くなったような気がするよ」

そう言いながら碓氷は、自分の頭を撫で回した。その変わらずユーモラスな言動に、尾島と閑谷は顔を見合わせて笑った。

巌田課長からの内々の話によると、監察官の判断は以下のようなものだった。

まず犯人は銀行に籠城中、人質の男性銀行員一人を殺害していた。さらに犯人が現金を持って逃亡するために銀行外へ出た時、特殊な訓練を受けた捜査官が、為《な》す術《すべ》もなく倒され、負傷していた。

これを見た碓氷警部補は、犯人には投降の意思がなく逃亡を企てていると判断、また武器・凶器を所持してはいないが、他人を殺傷し得る何らかの技術を身に付けていると認識した。事実、後になって、犯人は気功と催眠術の巧みな使い手で、他人を暗示にかけて自傷させることが可能だったとわかった。

その直後、碓氷警部補の上司である尾島警部補が、負傷した捜査官を助けようと犯人の前に進み出て、犯人による何らかの加害により危険な状態に陥った。そのため碓氷警部補は、尾島警部補が犯人に殺害される可能性が高いと判断、発砲した。この時、緊急性を鑑みて威嚇射撃は行わなかった。

この発砲は、ここに至るまでの犯人の行動を見る限り、やむを得ない判断であったと言うしかない。また調査の結果、碓氷警部補には犯人を射殺する意志はなく、脚部を狙ったものがたまたま左胸部に命中したものと見られる。

以上によって、碓氷警部補による犯人の射殺は、警察官職務執行法・第七条の要件を満たす正当な職務行為にあたると判断する――。

「じゃあ巌田課長の『気功と催眠術だ』って誤魔化しが効いたんですね？」

関谷が嬉しそうに碓氷に聞いた。

「ああ、そうだな。全く課長には頭が上がらないよ」

笑顔で頷いた後、碓氷は真面目な顔になった。

「これからは射撃練習をもっとしっかりやろうと思う。近い将来、また同じような状況に遭遇しないとも限らないからね」

しかし、本当によかった――。二人の会話を聞きながら、尾島は安堵に大きく息を吐いた。巌田課長もお咎めなしという訳にはいかないだろうと悲観していたし、尾島もまた碓氷が告発される覚悟はしていた。だが監察官からは、望外の寛大な処分が下された。大問題に発展して、マスコミに叩かれるのを避けたかったのかもしれない。

兎《と》にも角《かく》にも、碓氷はまた捜査の現場に復帰することができた。これは特殊八係の長としても大いに喜ぶべきことだった。これで人員を減らすことなく、また三人で伊沢と高山の捜索にあたることができる。

しかし問題は、このコロナ禍のせいもあって防犯カメラを駆使した捜査が難航していることだった。背理犯罪ゆえ捜査は極秘に進める必要があり、情報を公開して他部署に協力を仰ぐことはできない。特殊八係三人と捜査支援分析センター《SSBC》・機動分析第二係の特別捜査官、並木想作だけが戦力なのだ。

そう言えば、マル能・宇津辺の事件のせいで、ここ数日はＳＳＢＣの並木とも連絡を取っていない。何か進展はないだろうか――。

尾島が考えていた、丁度その時だった。

尾島のスラックスのポケットで、スマートフォンが電子音を奏でた。音声通話の着信だった。そして画面に表示された発信人は、ＳＳＢＣの並木だった。

並木が――？　尾島は急いで電話に出た。

「尾島です。並木さん、どうした？」

「尾島さん、とうとう見つけましたよ」

その自慢げな声に、尾島は一気に緊張した。

「見つけた？　誰をだ？」

「高山宙です」

「高山？　本当か！」

その声に今度は碓氷と閑谷がぎょっとした顔になった。

「どこにいる？」

尾島の問いに、並木はこう答えた。

「ええと、地上八・五mを西に向かって移動中です」

「地上八・五m？　移動中？」

戸惑う尾島に、並木が電話の向こうでもどかしげに言った。

「わかりません？　首都高ですよ。高山は今、首都高速七号小松川《こまつがわ》線を、車で西に向かって時速八十kmで走行しているんです」

05　再会

「イチ、あれは何という車なんだ？」

走行している車の助手席で尾島到が聞いた。一台を挟んだ先に、見慣れない2《ツー》ボックスの小型車が走っている。明らかに現代の車ではない。まるでブリキのおもちゃのような雰囲気がある。

「ルノー4《キャトル》ですよ。昔のフランス車です」

羨ましそうにも見える様子で、運転席の閑谷一大が答えた。

「純正のWサンルーフ付きの5《ファイブ》ドア車だから、一九九〇年に入ってからの後期型GTLですね。それにしても綺麗に維持してるなあ。ベージュの塗装もまだ艶があるし、バンパーとホイールカバーのメッキもぴかぴかだ。高山もいいセンスしてますねえ」

「お前、古い車に詳しいんだな」

尾島が感心すると、閑谷は恥ずかしそうに頷いた。

「ええ。子供の頃貧乏だったので、ミニカーが欲しかったけど買ってもらえなくて、道を走ってる車を眺めては、図書館においてある図鑑や雑誌で名前を覚えてたんです。いつか自分もかっこいい車に乗れるかもしれないって思いながら。でも、まだ自分の車は買えていませんけど」

四月十日、十二時十五分――。

尾島と関谷は特殊八係に配備されたスカイライン４００Ｒで、首都高速四号新宿線の左側車線を走っていた。一台を挟んだ前を走るベージュのルノー４ＧＴＬ、その左側運転席に、探し続けていた背理能力者の青年、高山宙が座っている。

高山は千葉方面から西へ向かって移動しているから、幸いにも警視庁のある桜《さくら》田門《だもん》あたりを通過するコースで走行していた。しかもスピードの出ない古い車だ。そのお陰で尾島たちも、労せずして追いつくことができたという訳だった。

「高山が見つかったんですか？」

およそ二十分前。ＳＳＢＣの並木想作から、高山宙発見の報告が飛び込んでくると、碓氷進が興奮を隠さずに叫んだ。

「今すぐ追いかけましょう！　俺が運転します。首都高速七号ですね？」

「ちょっと待って下さい、碓氷さん」

関谷が急いで声をかけた。

「車は僕が運転します。碓氷さんはこれからＳＳＢＣへ行って、並木さんが高山の車を追尾する横で、僕たちに指示を出して下さいませんか」

「いや、あの車は俺のほうが慣れてるし、折角現場に戻れたんだ、出動させてくれよ」

関谷は首を横に振ると、諭すように言った。

「でも、戻ったばかりだからこそ、しばらくは極力出歩かないほうが」

「碓氷さん。悪いが今日のところはそうして下さい」

尾島が割って入った。

「イチは碓氷さんのことを心配してるんですよ。俺もしばらく大人しくしておいたほうがいいと思います。申し訳ありませんが、今日のところは指示役に回って下さい。高山の尾行は、俺とイチで行きます」

「はあ、係長がそうおっしゃるんなら」

渋々という様子で碓氷が頷いた。

そして尾島たちは覆面車で出動、霞《かすみ》が関《せき》から首都高の都心環状線に上がると、碓氷の誘導によって首都高を走行。ここ首都高速四号新宿線に入ったところで、ついに高山が運転するルノー4の後ろ姿を捉えたのだった。

「どこまで行くんだろうな」

尾島がルノー4のリアウインドウをじっと見ながら呟いた。このまま尾行して、高山が高速道路を降りて車を停め、降りたところで声をかける予定だった。高山は被疑者ではない。あくまでも捜査協力を求める相手だ。

「このままですと、もしかすると中央道に入るつもりかもしれませんね」

関谷が答えた。確かにこのままっすぐ進めば、高井戸ＩＣから先は中央自動車道富士吉《ふじよし》田《だ》線に繋がっている。

「でも、並木さんってすごいですね。このコロナ禍の中、去年新宿署で撮った顔写真だけで、高山を発見するなんて」

　心底感心したという口調の関谷に、尾島が答えた。

「睡眠、飲食、車らしいな」

「え？　何がですか？」

　不思議そうに関谷が尾島を見た。


　首都高を移動する高山の車を発見した時、並木が電話で尾島に言った。

「睡眠、飲食、車なんですよ」

「コロナ禍でも、人がマスクをしていない時間です。寝ている時、飲食している時は当たり前ですけど、車を運転する時もほとんどの人はマスクを外すんですよ。無数の防犯カメラの映像を観察していて、僕が発見した法則です。タクシーとか他人を乗せる車は別ですけど、一人で自家用車を運転している時はね」

　得意げな声で並木が自慢した。

「睡眠中と食事中を撮ってるカメラはまずないんで、チェックするなら車の運転中です。だから、街頭防犯カメラは思い切って切り捨てて、常時録画式交差点カメラとNシステム、Tシステムの映像、それにオービスの画像で、車の乗員に特化して認証システムを走らせたんです。そうしたら今日、ついに魚が網にかかったって訳です」

Ｎシステムとは赤外線自動車ナンバー自動読取装置、Ｔシステムとは旅行時間測定システム、オービスとは自動速度違反取締装置。いずれも警察が運営する道路交通管理システムだ。

「でかした。さすが並木さんだ」

尾島が感心すると、並木が真剣な口調になった。

「でも、急いで下さい。車が東京都を出て他の県に入ったら、道路に設置されたカメラを覗けなくなりますから。他道府県との合同捜査案件ではないんでしょう？」

そして都内の高速道路を走っている間に、何とか高山の車を捕捉することができたという訳だった。


高山のルノー４は、やはり高井戸ＩＣを直進してそのまま中央道に入り、西に向かって走り続けた。調布《ちょうふ》、稲城《いなぎ》、国立府中《くにたちふちゅう》、八王子《はちおうじ》、そして圏央道《けんおうどう》と交差する八王子ＪＣＴを通り過ぎて神奈川県に入ると、相模湖《さがみこ》ＩＣまであと五百ｍのところで、中央の車線を走っていたルノー４が左端の第一走行車線に移動、さらに左にウインカーを出した。

「降りるぞ、相模湖インターだ」

閑谷もウインカーを出して左端の車線に移動、そのまま高速の出口へ入った。

「あの、トウさん」

突然、閑谷が遠慮がちに尾島に聞いた。

「高山って、犯罪者傾向じゃないマル能なんですよね？」

「そう思う」

尾島も頷いた。

「少なくとも西新宿で出会った彼は、善良な好青年だった。出会ったきっかけも、高山がこっそり犯罪の告発をしようとして、逆に俺に疑われたことだったしな」

高山宙というマル能の青年に出会ったのは、西新宿の電気街。コインロッカーの中に覚醒剤入りのバッグを透視して発見した高山は、誰かに見つかるよう扉を開けて立ち去ろうとした。そこに尾島が通りかかり、任意同行を求めたのだった。

そういえば閑谷は、高山と会うのは初めてなんだな——。改めて尾島は気が付いた。

マル能・水田茂夫が起こした三鷹事件で、尾島は当時三鷹署にいた閑谷とコンビを組んで捜査にあたった。だが、当初は真相が見抜けず、三鷹事件は一旦病死事案として処理され、閑谷とのコンビも解消した。そんな時に高山と出会ったお陰で、背理能力者というものの存在を初めて知り、閑谷と共に三鷹事件を再捜査することになったのだ。

「じゃあ、高山にはＤＮＡ型鑑定用に、検体の採取だけを協力してもらえばいいんですよね？　それで高山がそらかどうかわかりますからね」

確認する閑谷に、尾島は首を傾げた。

「そのつもりだが、どうしてそんなことを聞くんだ？」

「高山を危ない目に遭わせたくないんです。だってマル能とはいえ民間人ですから。平在みたいなことにならないように」

　閑谷の心配ももっともだった。都知事選事件の証人だった運転手の平在は伊沢に殺害され、その時臨場していた笹野も殉職することになったのだ。

「安心しろ、イチ」

　尾島は運転席の閑谷に向かって頷いた。

「高山に協力してもらうのはＤＮＡ型の鑑定だけだ。ただし、もし高山が久我山事件の結果生まれた子供、そらだということが判明したら、伊沢の逮捕後、裁判で証言してもらうかもしれないが、でも、協力してもらうのはそれくらいじゃないだろうか。決して危険な目には遭わせない」

「わかりました」

　安心したように閑谷が頷いた。

　相模湖インターを降りた高山のルノー４は、そのまま相模湖の脇を通過して南へ走り、旧津久井町《つくいまち》を通り抜け、道志川《どうしがわ》と並行して走る国道四一三号へ入った。このあたりはキャンプ場が点在する自然豊かな地域だ。そしてその国道沿いに造られた、ハイキング客用の川を見下ろす駐車場に、高山は車を停めた。尾島たちの車も駐車場に進入した。

　高山は車を降りると、身体をほぐすように大きく両手を上げて背伸びをした。初めて会った時と変わらない細身の体型、長髪、足にはスニーカー。デニムパンツに白いＴシャツ、その上に黒いコットンシャツを、前を開けたまま上着代わりに着ている。
尾島もドアを開けて車を降り、ゆっくりと高山に歩み寄った。閑谷も背後に続いた。

「久しぶりだな。今日は一人でドライブか？」

高山は思わぬ人間との再会に、目を丸くした。

「あれ？　刑事さんじゃないですか。まさかこんな所でお会いするなんて。ええと、尾島さんでしたっけ？」

高山は嬉しそうに言った後、尾島と閑谷を交互に見た。

「こんな所へ何しにいらしたんです？　休暇を取ってハイキング、って訳じゃなさそうですね。お二人ともスーツに革靴だし」

「君に会いに来たんだ」

「僕に？」

高山は自分の鼻を指差して、不思議そうに首を傾げた。

「そうだ。君に大事な用があって、ずっと君を探してた」

「トウさん、この人がそうなんですか？」

閑谷が緊張した声で言った。尾島は大きく頷いた。

「そうだ。俺が去年出会った背理能力者、高山宙さんだ」

閑谷は無言のまま警戒の表情で、じっと高山を観察した。

閑谷が警戒するのも無理もないことだった。これまでに遭遇した背理能力者は、三鷹事件の水田茂夫、中野事件の宇津辺晴人、それに久我山事件の犯人にして都知事選事件の実行犯・伊沢昌浩。いずれも凶悪な殺人犯だった。背理能力者は、武器や道具などを使わずとも、簡単に人を殺すことができるのだ。

「へえ、背理能力者。警察じゃそう呼ばれるようになったんですか、僕たち」

高山は閑谷に目を移した。目が合うと閑谷は、思わず一歩後ろへ下がった。

「初めまして。背理能力者の高山です」

高山は閑谷に右手を差し出した。

その手を閑谷が用心深く見下ろし、そして高山の顔に視線を戻した。

「閑谷です」

そして閑谷は前に進み出ると、握手に応じようと慎重に右手を伸ばした。

「おっと」

急に高山は、自分の手を引っ込めた。

「いくら山の中で密じゃないとは言え、このコロナ禍じゃ握手はよくないですよね。やめときましょう。閑谷さんだって、無症状感染者かもしれませんからね」

そう言うと高山はにっこりと笑った。

閑谷は高山の顔を睨み付けながら、差し出した右手をゆっくりと引っ込めた。

どうやらこの二人、あまり相性は良くないようだ――。二人のやり取りを見ながら、尾島は内心でそっと溜め息をついた。

ぽきり、と高山が枯れ枝を折って、無造作に焚《た》き火《び》に投げ入れた。焚き火の上で、オレンジ色の火の粉がぱっと舞った。

焚き火という言い方は正確ではないかもしれない。石を積み上げて三方を囲い、その中で河原の流木を燃やしているから、簡単な竈《かまど》と言ったほうがいいだろう。この石積みの上に鉄製の頑丈な網を置き、薪《まき》の火にかけた鉄鍋で湯を沸かしたり料理をしたりするのだと高山は言った。

まだ午後三時を回ったあたりだが、四月とはいえ山の空気は冷たい。赤々と燃え上がる火から伝わる、遠赤外線のぽかぽかとした熱が、頬に心地いい。

ここはさっき車を停めた駐車場を出て、細い道路を車で坂道を下りた所にある、道志川の河原だ。さあさあという川の流れる音が、ぱちぱちという竈の火の燃える音に混じって聞こえてくる。

「コロナ禍でずっと外出も外食もできなくて、ストレスが溜まってたもんですから、我慢できなくなって、一年ぶりにソロキャンプに出掛けたところだったんですよ。そこをいきなり見つかっちゃうなんて、やっぱり警察ってすごいですね」

竈の正面で大きめの石に腰掛けた高山が、楽しそうに言った。その高山から二mほどの距離を置いて、尾島と閑谷は三角形の配置を取り、やはり石の上に座っている。

「キャンプって、キャンプ場に行ってテントを張ることだと思ってたが」

尾島が言うと、高山は首を横に振った。

「僕、キャンプ場は使わないんですよ。いつも河原で車中泊です」

さっき車を駐車場に停めたのは、河原まで車で下りられる道路を歩いて探すためだ、と高山は説明した。

「コロナのせいで、キャンプ場は最近すごく混むようになって、深夜まで騒ぐ人たちもいるので静かに過ごせませんしね。それに、水道もトイレも売店もあって便利なのは確かですけど、結構お金がかかりますから」

河川敷は、河川法で「公共用物」と定められていて、基本的に自由な使用が許されているから、個人的なキャンプには許可も使用料も不要なのだ。

「夜は、マットレスを敷いた車の後部座席で寝るんです。シガーソケットで充電できるポータブル電源があるので、照明や電気毛布も一晩中使えますしね。トイレは凝固式の携帯トイレです。キャンプらしいことは、河原で火を燃やしてコーヒーを沸かしたり、簡単な料理を作ったりすることくらいかな」

尾島は背後をちらりと振り返った。高山のルノー４と尾島たちのスカイライン４００Ｒが、並んで河原に停まっている。

閑谷はずっと無言だ。高山をじっと観察しているようにも見える。

「ところで、高山さん」

尾島が話題を変えた。

「どうしてあの後、行方をくらました？」

高山は無言のまま、次の言葉を待った。尾島は続けた。

「君はあの時、人知れず世の中の役に立つ妖精のような存在になりたいと言った。そして三鷹事件では俺に助言し、階下に住む大家の水田がマル能だという事実に気付かせてくれた。しかし君はそのあと、突然アパートを引き払って、姿を消した」

「不安になったんですよ」

高山は仕方ないという様子で肩をすくめた。

「警察に協力していたら、いつか表に引っ張り出されるんじゃないかと思って。僕はやっぱり、世間から好奇の目で見られたくないんです。能力のことは隠して、普通の人間として生きたいんですよ。刑事さんには僕の秘密を知られちゃったでしょう？　だから、もう会わないほうがいいかなと思って」

「信じられないなあ！」

関谷が大きな声で言うと、高山を警戒の目で見た。

「トウさん、この人が本当にマル能なんですか？　ちっともそう見えませんけど」

「何です？　まるのうって」

高山が訝しげに関谷を見た。

「能力の能を、マルで囲んでマル能。『能力を持つ犯罪者予備軍』を指す隠語ですよ」

関谷は説明すると、探るように高山を見た。

「ねえ高山さん。あなたがトウさんに見せた能力って、本当は何かのトリックを使ったインチキだったんじゃないですか？　だからトウさんにインチキがバレないように、アパートを引き払って姿を消したんじゃ？」

　すると高山は、無言で右手を前に伸ばし、掌を火にかざした。

　突然、竈で燃えている火の中から、無数の赤い火の粉がぶわりと舞い上がった。火の粉は次々と上昇して竈の真上に集まると、小魚の群れのように回転しながら球状になり、次の瞬間、閑谷の頭に向かって突進した。

「あちちちちち！」

　慌てて閑谷が、頭に降りかかった火の粉を両手で払った。ちりっという音がして、蛋白質《たんぱくしつ》の焦げる臭いが尾島の鼻にも漂ってきた。

「信じました？」

　高山が平然と聞くと、閑谷が激高して立ち上がった。

「熱いじゃないですか！　髪の毛が全部燃えて丸坊主になったらどうするんです！」

　高山が閑谷を見上げて苦笑した。

「大袈裟《おおげさ》ですよ。火の粉は飛んでる間に冷えてたでしょう？」

「イチ、落ち着け、座れ」

　尾島も立ち上がると、閑谷を右手で制した。

「お前、今日はどうしてそんなに喧嘩腰なんだ。いつものお前らしくない。俺たちはこの人に、捜査協力を依頼しに来たんだぞ？」

「捜査協力？」

高山が尾島を見た。

「そうだ。もう一度、君の力を借りたい」

尾島は頷いて本題に入った。

「単刀直入に言う。現在俺たちは、先の都知事選で候補者二名を殺した男を追っている。その捜査に協力してほしいんだ」

「候補者二名って、亡くなったキャスターの早見《はやみ》さんと都議の藪田《やぶた》さんですか？」

高山が不思議そうな顔で聞いた。

「大変な出来事でしたけど、あの二人、どちらも車の事故で亡くなったんでしょう？　早見さんは自損事故で、藪田さんは演説中に大型タンクローリーに突っ込まれた。それが本当は、どちらも殺人だって言うんですか？」

尾島は大きく頷いた。

「そうだ。犯人はその二人を殺すために、現場にいた無関係な人たちも大勢死傷させた。さらに自分を殺人現場まで車で運んだ運転手も殺し、そして、この犯人を追っていた俺たちの同僚の刑事も殺害し、逃亡した」

尾島の言葉に怒りが滲んだ。その尾島を、高山は窺うように見た。

「いいんですか？　僕のような部外者に、そんな捜査情報を漏らしちゃって」

尾島は首を左右に振った。

「君は部外者じゃないんだ」

「どういう意味です？　僕はあの事件には全く無関係ですよ？」

「今まで俺の話を聞いて、犯人について何か思うところはないか？」

高山は少し考えた後、納得したようにゆっくりと頷いた。

「なるほど。犯人は僕の同類だってことですね。能力を使って、死亡事故に見せかけて、大勢の人を巻き込んで二人を殺した」

高山は竈で燃える火を見ながら続けた。

「実は、あの二つの事故が起きた時、そうかもしれないとは思っていたんですよ。選挙中に候補者が二人も事故で死ぬなんて、そんな偶然はなかなかありませんし、その二つの事故にしても、どちらも何だか不自然に思えましたしね」

そして高山は顔を上げ、不思議そうに尾島の顔を見た。

「でも、僕が部外者じゃないってどういうことです？　たとえ同類が起こした事件だろうと、僕は何の関係もない筈です」

尾島は高山の顔をじっと見つめ、それから口を開いた。

「君が、そらだからだ」

「そら？」

高山はきょとんとした顔になった。尾島は頷いた。

「そうだ。君のお母さんの旧姓は滝川、名前は毎水《うみ》、今年で三十八歳。そうだろう？　お母さんは自分がうみだから、子供の君にそらと名付けた。君の名前の宙《ひろし》とは、そらという意味だ」

高山は黙り込んだ。その顔を尾島はじっと観察した。

間違いない。この高山宙がそらだ――。そう尾島は確信していた。

二十三年前に起きた久我山事件。家族三人が住む平和な一軒家に、強盗グループ四人が押し入った。住人の滝川夫妻は惨殺され、一人娘の毎水は犯人の一人である伊沢昌浩に暴行された。そして伊沢は仲間三人も殺害、金品を独り占めして逃亡した。

その後毎水は、伊沢の子供を身籠もっていることを知った。

新潟の伯父夫婦に引き取られた毎水は、堕胎手術を受けさせられたが、手術は原因不明の事故によって失敗に終わった。そして毎水はいかなる理由か、お腹の子供を産むことを決意した。その後毎水は密かに東京に戻り、どこかで出産したと見られる。

あたしがうみだから、子供はそらと名付けたい――。

滝川毎水は周囲にそう語っていたという。だから宙という名前は、そらという意味で付けられた筈だ。そして久我山事件は二十三年前。その時に妊娠した子供は今年二十二歳、高山の年齢とぴたりと合致する。何より、高山が背理能力を持つのは、父親である伊沢の能力が遺伝したと考えられる。

滝川毎水と高山宙。姓が違うのは、毎水が悲惨な過去を捨て去るために改姓したからだろう。方法はいくらでもある。一度結婚すれば離婚後も夫の姓を使える。誰かと養子縁組してもいい。あるいはやむを得ない事由、例えば暴行事件の被害者である事実を伏せたいと言えば、家庭裁判所で氏《うじ》の変更許可を得ることも不可能ではない。

——そして。目の前にいる高山が、滝川毎水の子供・そらであるならば。

高山のＤＮＡ型と、笹野が命と引き換えに手に入れた伊沢のＤＮＡ型を照合すれば、伊沢が二十三年前の久我山事件の犯人だと断定できる。そうすれば伊沢がマル能であることとは関係なく、五人を殺害した強盗殺人犯として逮捕し、裁くことができる。背理犯罪の立件を禁じた警察庁も、これなら文句を言えまい。

そして、伊沢の口を割らせることができれば、黒幕である中園薫子都知事と中公会の王城竜介の逮捕が見えてくるのだ。

「君がそらならば、君は俺たちが追っている事件の部外者じゃない。当事者だ」

尾島は高山の顔を観察しながら続けた。

「もう一度聞く。君のお母さんの名前は、毎日の毎に水と書いて毎水さんだろう？　そして父親はおらず母子家庭で育った。であれば、君はそらだ」

「さあ、どうなんでしょうね」

高山はようやく口を開くと、困ったような笑みを浮かべた。

尾島が焦れたように聞いた。

「どうなんでしょうねって、君、母親の名前を知らないのか？」

「僕、捨て子なんですよ」

「は？」

尾島が虚を突かれて固まった。高山は頷いて、こう言った。

「僕、児童養護施設育ちなんです。赤ん坊の時、施設の玄関前に置き去りにされていたそうです。だから、実の母親の名前も知らないんですよ」

06　説得

「捨て子――」

予想外の高山の話に、尾島は一瞬言葉を失った。

「ええ。前に新宿署で聴取を受けた時は言いませんでしたけどね。この生い立ちのせいで、これまでずっと偏見を持って見られてきましたから」

高山は肩をすくめると、話を続けた。

「そういう訳で、僕、自分を産んだ母親の名前を知らないんです。名字も名前もです。高山というのは僕が育った施設の、女性園長さんの姓なんです。だから、滝川毎水《うみ》さんという人が母親かどうかは、僕には判断が」

尾島は急いで聞いた。

「じゃあ、君の名前は？　宙という名前は誰が付けたんだ？」

「宙というのは、施設の前に捨てられていた時に着ていた、産着《うぶぎ》に書いてあった名前だそうです。園長先生が言っていました」

「――そうか、産着に」

尾島はその話にほっと安堵し、小さく何度も頷いた。産着に書いてあったのなら、母親が付けた名前だと考えていい。

「間違いありませんよ、トウさん」

閑谷も興奮して尾島を見た後、高山に言った。

「高山さん、やっぱりあなたがそらなんですよ。お母さんの毎水さんが、そらという意味を込めて宙と名付けたんです。そうに違いありません」

尾島も頷いた。

「そして高山さん。非常に言い辛い話だが、言わなくちゃならない」

高山が嫌な予感に、警戒の表情を浮かべた。

「何を言おうっていうんです？」

「君の父親は二十三年前、毎水さんが十五歳の時、滝川家に侵入した強盗殺人犯なんだ」

「僕の父親が、強盗殺人犯？」

高山は、思わず目を大きく見開いた。

「そうだ。伊沢昌浩というのが君の父親の名前だ。伊沢はその時、毎水さんの両親を手に掛けた後、一緒に強盗に入った仲間三人も殺害し、金品を独り占めして逃走した。そして一人だけ生き残った娘の毎水さんは、翌年、君を産んだ」

尾島は事実関係だけを、淡々と話した。

「伊沢は君と同じ背理能力者だ。そして伊沢は昨年末、都知事選の候補者二人と、現場に居合わせた大勢の人を殺害した犯人でもある」

「ちょ、ちょっと待って下さい」

高山が混乱した様子で、尾島に右手を向けて制した。

「逃走した強盗殺人犯が僕の父親ってことは、そいつはその時、その家の娘を、つまり僕の母を――」

「そうだ」

尾島は沈痛な表情で頷いた。高山はそのまま絶句した。

高山にとっては、知りたくなかった過去だろう。しかし、事実を知らせないことには、高山に捜査協力を求める理由を説明することはできない。

「だから高山さん、君を捨てたお母さんを恨まないでくれ。君のお母さんは暴力で君を身籠もったが、君の命を守り、十六歳の若さで君を産んだ。でも、若い女性が一人で子供を育てていくには、世の中はあまりにも厳しい。ぎりぎりまで頑張ったが万策尽き、君を育てることができなくなって、泣く泣く養護施設に置き去りにしたんだろう」

高山はじっと火を見つめたまま、無言だった。尾島は話を続けた。

「なあ高山さん、お願いだ。君のＤＮＡ型を採らせてくれないか？　そうしたら、伊沢が君の父親だということが確認できる。君と伊沢が親子だと証明されたら、次は警察庁のＤＮＡ型データベースに残る滝川夫妻のＤＮＡ型と照合する。そして、君が伊沢と毎水さんの間に生まれた子供だと断定されたら、伊沢を強盗殺人容疑で逮捕できる」

「僕が、強盗殺人犯の子供だとおっしゃるんですね？」

高山が静かに聞いた。

「残念だが、そうだと思っている」

尾島は真剣な表情で頷いた。

「そして僕に、実の父親を逮捕する手伝いをしろと？」

「そうだ。俺たちに力を貸してほしい。ＤＮＡ型を採らせてもらい、伊沢を逮捕し、二十三年前の犯行を証明する証人となってほしい」

尾島は両手を膝に突き、深々と頭を下げた。

「高山さん、僕からもお願いします」

閑谷も辛そうな顔で口を開いた。

「殉職した笹野さんの仇《かたき》を取るためにも、どうしても伊沢を逮捕したいんです。どうかそのために、あなたのＤＮＡ型を採らせて下さい」

閑谷も同じように、深々と頭を下げた。

「全く、とんでもなく自分勝手な人たちですね」

高山は無表情に言うと、頭を下げている二人を醒めた目で見た。

「人の車をこっそり尾行してきて、これから楽しくキャンプしようとしているところに突然現れたかと思ったら、僕の知りたくもなかった過去を残酷に暴き立てて、お前は凶悪な強盗殺人犯の子だと言い放った挙げ句、しかもその父親を逮捕するから捜査に協力しろだなんて。一体どういう神経をしてるんです？」

「すまない。この通りだ」

尾島は再び頭を深々と下げた後、顔を上げて高山を見た。

「俺たちはどう思われてもいい。だが、どうしても君の協力が必要なんだ。自分の父親が凶悪犯だという事実はショックだったろうし、実の父親の逮捕に協力するのは当然抵抗があるだろう。だが、俺たち警察は何としても伊沢を逮捕しなくちゃならないんだ。それだけが、伊沢に殺された人々のためにできることなんだ」

高山は竈の火に目を落としたまま黙り込んだ。尾島と閑谷も無言のまま、高山の言葉を待った。しばらくの間、近くを流れる川のせせらぎと、ぱちぱちという枯れ枝のはぜる音だけが聞こえていた。とうに傾いていた陽は山肌を赤く染め始め、三人がいる河原は薄暗くなってきた。


どれくらい時間が経ったろうか。ようやく高山が顔を上げ、尾島を見た。

「ＤＮＡ型の鑑定に、協力すればいいんですね？」

「協力してくれるか！」

尾島が思わず、上ずった声を出した。閑谷も顔を上げ、目を輝かせた。

「しょうがないですね。断ろうと思っていろいろ理由を考えましたけど、あまりにもおっしゃることが真っ当すぎて、断る理由が見つかりませんでした。警察は犯罪者を捕まえて罰しなきゃならない。当然のことですから」

高山は諦めたように大きく息を吐き、肩をすくめた。

「それに僕は両親の記憶がないから、伊沢とかいう人に対して何の思い入れもない。そりゃあ、実の父親が強盗殺人犯だというのは気持ちのいいものじゃないけれど、でも、僕は僕です。たとえ父親が犯罪者だろうと、僕は今まで悪事を犯したことはないし、これからも犯すつもりはない」

「その通りだ」

尾島も大きく何度も頷いた。

「ありがとうございます！　高山さん」

閑谷も嬉しそうに、身体を折って頭を下げた。

「では早速、手続きに入りますね。こちらの鑑定資料任意提出書に署名と捺印をお願いします。あ、指印《しいん》で結構です。普通は親指じゃなくて、左手の人差し指が多いですね」

喋りながら閑谷は、スーツの内ポケットから書類の入った封筒とペン、朱肉のケース、それに半透明の四角いプラスチックの箱を、いそいそと取り出した。

「それからこちらのキットで、高山さんの口腔《こうくう》内細胞と唾液《だえき》を採取させて頂きます。終わったら目の前で袋を封印しますから、確認して頂いて、その袋にも署名をお願いします。書き損じても予備があるので大丈夫ですよ。念のため、こちらにご住所と携帯番号を記入して下さいね。できたら、チャットＳＮＳのアカウントも交換したいんですが」

そして、綿棒を使用した高山の口腔内細胞の採取が終わり、閑谷がそれを袋に入れている時だった。

「実は高山さん、もう一つ頼みがある」

尾島が真剣な口調で高山に言った。

「え？」

高山と関谷が同時に手を止め、尾島を見た。

「君は、能力者がそこにいれば、その存在がわかると言ったな？」

前回出会った時、高山は尾島の前でこう言った。

――道を歩いてる時でもたまにすれ違いますよ。僕だけかもしれませんけど、なんとなくわかるんですよね、ああ、こいつも同類だって――。

「ええ、わかります」

高山は頷いた。

「気配、っていうんでしょうかね。ああ、あいつ同類だろうなというのはわかります。なぜわかるのか、その理由は自分でも説明できないんですけど」

おそらく電磁波だ――。尾島は高山が同類の存在を察知する感覚の正体を推測した。監察医・大谷無常によれば、背理能力は全て人体が発する電磁波に由来するものだという。だとすれば高山は、同類が発する特殊な電磁波を感知し、判別しているのだ。

「その君の感覚を、捜査に使わせてくれないか」

尾島が高山に言った。

「俺たちは伊沢をずっと探しているが、未だに発見することができていない。もし君が伊沢を探し出す捜査に協力してくれたら、伊沢の居場所を突き止めることができるんじゃないだろうか。どうだろう、やってくれないか」

「トウさん、何を言い出すんです！」

閑谷が慌てた。そして必死の形相でまくし立てた。

「話が違うじゃありませんか！　伊沢は何十人も殺傷した凶悪なマル能なんですよ？　証人だった平在も殺されたし、笹野さんだって殺されたんですよ？　民間人の高山さんを捜査に参加させるなんて、どう考えても危険すぎます！　万が一、高山さんの身に何かあったらどうするんです？」

高山との折り合いの悪さは別にして、閑谷は高山の身を非常に案じているようだった。証人の平在と先輩刑事の笹野を死なせてしまったショックが、今も閑谷を苦しめているのだ、と尾島は思った。

「高山さんの身の安全は、俺が必ず守る」

尾島は厳しい表情で閑谷に言った。

「あの時、俺たちには伊沢に対抗する武器は何もなかった。だが今度は違う。巌田課長に直訴して、テーザー銃の使用許可を得ることができた。いくらマル能でも、碓氷さんも合わせた三人でかかれば必ず確保できる。拘束用の捕具もあるからな」

「いや、でも――」

相変わらず閑谷は不服の表情を崩さなかった。

「高山さん、頼む。君の力を貸してくれないか」

尾島は高山をじっと見ながらかき口説いた。

高山は考え込んでいたが、やがて口を開いた。

「僕が捜査のお役に立てるかどうか、わかりません。——ですが」

そう言った後、高山は吹っ切れた表情で尾島を見た。

「もし、あなたたちが追っている殺人犯が僕の父親だとしたら、子供の僕には、父親を逮捕させる責任があると思います」

「高山さん、正気ですか！」

閑谷が慌てた。

「わかってるんですか？　伊沢はあなたの父親かもしれませんけど、あなたとは全然違う種類の人間なんです。殺人に何のタブーも持たない、正真正銘《しょうしんしょうめい》の殺人鬼なんですよ？」

「だからこそ、ですよ。閑谷さん」

高山が穏やかに微笑《ほほえ》んだ。

「自分の父親がこれから先も罪を重ねて、殺される人や泣く人が増えるなんて、そんなの僕には耐えられないんです。早くあなたたちに捕まって罪を償ってほしい。捕まったらきっと死刑でしょうけれど、それだけのことをやってきたんですから仕方がないことです。いえ、早くそうなるべきです。これ以上、他の人に迷惑をかける前に」

「で、でも、高山さん」

「尾島さんは、僕を守ってくれるとおっしゃいました」

高山は尾島をちらりと見た後、閑谷に視線を戻した。

「閑谷さんも、僕を守ってくれるんでしょう？」

「ええ、それは勿論ですけど、でも――」

なおも不安そうな閑谷の代わりに、尾島が頭を下げた。

「ありがとう高山さん。ご協力に心から感謝する」

厳しい口調で尾島は高山に約束した。

「絶対に伊沢を逮捕する。信じて俺たちに任せてくれ」

すると高山はこう返事した。

「その代わり、二つ条件があります」

「何でしょう？　できることでしたら、何でも」

尾島は真顔で応じた。

「まず一つは、僕を実験のモルモットにしないこと」

厳しい顔で、ぴしりと高山が言った。

「そもそも前回、尾島さんの前から姿を消したのも、そうなるのが嫌だったからです。父親を逮捕するお手伝いはしますが、尾島さんたち以外の人の前で見世物になったり、科学的な計測をされたり、医学的な検査を受けたりするのはお断りします。僕は実験動物じゃないので」

「わかった。約束する」

尾島は大きく頷いた。

「君を実験動物のように扱うことは絶対にしない。捜査への協力内容は事前にちゃんと説明し、君が嫌だということは決して強要しない。——で、もう一つの条件とは？」

「ちょっと待って下さい」

高山は立ち上がると、河原の入り口に駐めた愛車に向かって歩き始めた。そしてリアハッチを開くと、車の中から弦《つる》の付いた大きなステンレスの鍋を取り出した。高山はそれを提げて二人のいる所へ戻ってくると、竈の脇にがしゃんと置いた。

「今日は僕と一緒に、ここで晩ご飯を食べて下さい。これが二つ目の条件です」

「飯？」

尾島が目を丸くすると、高山はにっこりと笑った。

「そろそろ腹が減りましたしね。それに同じ釜の飯を食うって、仲間になるってことでしょう？　僕たちは秘密を共有することになる訳ですから」

気が付くとすっかり日も暮れて、あたりは青い闇に包まれようとしている。

「じゃあ僕、カレー作ります！」

いきなり閑谷が立ち上がった。

「キャンプと言えば、カレーですよね。ここに来る途中、二kmくらい手前に小さな商店街があって、そこにスーパーもありました。車で買い出しに行ってきます」

「カレーか。いいな」

そう言った尾島に「でしょう?」と返すと、関谷は高山のルノー4の隣に駐めてあるスカイライン400Rに向かって駆け出した。

「スーパーまで僕が助手席で道案内しましょう。あの人、そそっかしそうだから」

そう言って高山も立ち上がった。


「うーん、美味《おい》しい!」

折り畳み式のステンレス製スプーンで、アルミ皿に盛ったカレーを頬張りながら、嬉しそうに関谷が言った。

「静かな夜の河原で、赤々と燃える火を見ながら、自分で料理したカレーを食べるなんて、本当に最高です! ねえ、トウさん?」

「そうだな。——でも」

尾島も左手でカレーの皿を持ちながら、遠慮がちに言った。

「その、レトルトカレーにパックご飯でも、料理って言うのか?」

夜七時十分——。尾島、関谷、それに高山の三人は、道志川の河原で石組みの竈を囲んでカレーを食べていた。

三十分程前、買い出しから帰った関谷は、肉や野菜や米の代わりに大量のレトルトカレーとパックご飯を買ってきた。カレーと聞いて、飯盒炊爨《はんごうすいさん》と鍋での料理を想像した尾島は少々落胆し、つい皮肉っぽい口調になったかもしれない。

「そう思ったんですけど、ジャガイモが置いてなくて自然薯《じねんじょ》しかなくって、人参も玉葱《たまねぎ》も売り切れで大根と細葱しかなくって、出来上がりを想像したら、何だか作る気がしなくなっちゃったんです。その代わりコーヒー用に、ペットボトルのミネラルウォーターを買ってきました」

尾島は深々と溜め息をついた。もっとも、仮に材料が全て揃ったとしても、部下である閑谷に作れと命じるのは、パワハラめいたものを感じて気が進まない。かと言って、尾島にはカレーを作った経験はない。協力を依頼しに来た高山に作らせるのかと考えれば、それもおかしな話だ。結局、レトルトカレーでよかったのだろう。

男の料理という意味では、これ以上男らしい料理はないかもしれないな——。そう考えて尾島は一人苦笑した。

二人のやり取りを聞いていた高山が、微笑みながら言った。

「食後のコーヒーは僕が淹《い》れますよ。ゴミが出ないようにインスタントですが」

「でも、カップは人数分あるのか？」

尾島が聞いた。高山は今日、ソロキャンプの予定だったのだから、自分の分しか持っていないだろうと考えたのだ。

しかし、高山は立ち上がりながら言った。

「ご心配なく。車に予備のマグがあります」

「それは嬉しいな、ありがとう」

　高山に礼を言ったあと、尾島は閑谷に、空になったアルミ皿を差し出した。

「イチ、カレーのお代わりはあるか？」

「はい！」

　笑顔で返事をすると、閑谷は木の枝を箸《はし》のように使って、鍋からパックご飯とレトルトカレーを摘《つま》み上げ、受け取ったアルミ皿に熱そうに盛った。

　晩飯が終わると、高山は食器類をそのままビニール袋に仕舞った。そして鍋の湯を一旦捨てるとミネラルウォーターを沸かし、それをアルミ製のマグですくってコーヒーを淹れてくれた。三人は燃える竈の火を囲みながら、熱いコーヒーを飲んだ。河原はもう真っ暗だ。川の流れる音、それに竈で流木が小さくはぜる音。

「飯を食ったら、なんだか眠くなったな」

　そう言った尾島の口から生欠伸《なまあくび》が漏れた。それを見て高山が笑った。

「お二人とも、少し車で仮眠していったほうがいいかもしれませんよ。帰りの中央道は混みますから、渋滞で居眠りして事故ったら大変です。スカイラインのようなセダンでも、シートを目一杯倒せば結構フラットになりますよ」

　閑谷も嬉しそうに頷いた。

「そうしましょうか、トウさん。車中泊気分で楽しいですよ。そう言えば車のトランクに毛布が何枚か積んであります」

「毛布？　そんなものあったか？」

　尾島が首を捻ると、閑谷は当然のように答えた。

「ええ。逮捕した被疑者《マルヒ》に頭から被せるヤツ」


　尾島と閑谷は、スカイライン４００Ｒの運転席と助手席を倒し、並んで寝そべりながら天井を見上げていた。

　二人ともスーツの上着は後部座席に置き、ネクタイを緩め、身体の上に毛布を掛けている。専用の手錠カバーがない時、被疑者の手を隠す目的で常備してある毛布だ。手錠を隠す習慣は、ある殺人事件の被疑者が、有罪が確定していないのに手錠や腰縄を付けた姿が晒されるのは人権侵害だと訴え、勝訴したことによるらしい。

「よかったですね、トウさん。高山がＤＮＡ型鑑定に応じてくれて」

　閑谷の言葉に、尾島も頷いた。

「ああ。でも、まだ高山がそらだと確定したわけじゃないがな。鑑定結果を見ないと」

「大丈夫です。彼がそらですよ。絶対間違いありません」

　閑谷が自信たっぷりに答えた。

「でも念の為、高山の経歴をこっそり調べておきます。本当に彼の言う通り、捨て子で養護施設育ちなのかどうか。当時の園長さんにも連絡を取ってみます」

小声で言う閑谷に、尾島も頷いた。

「俺もウラを取ろうと思っていた。よろしく頼む」

「ただしトウさん、高山が本当にそらだった場合、捜査協力してもらうにあたっては、彼の安全だけは充分に配慮して下さいね。マル能とはいえ、僕らと違って銃を持たない民間人ですし、何より高山は、伊沢の二十三年前の強盗殺人を裏付ける、たった一人の証人なんですから」

閑谷の不安そうな閑谷に、尾島は改めて約束した。

「よくわかってる。決して無茶なことはさせない。碓氷さんにもよく言っておく」

「そうですか、よろしくお願いします」

暗闇の中、閑谷はほっとしたように言った。

「今日、社に戻ったら、まっすぐ科捜研《かそうけん》に行って高山の検体を提出して、特急で照合をやって頂きます。明日中には結果が出ると思います」

「わかった」

科捜研、正式名称は科学捜査研究所。各都道府県警察本部の附属機関で、法医学、心理学、文書鑑定、物理学、化学の各分野で最先端の技術を持つ研究者が、警察の科学捜査をサポートする。刑事部のＤＮＡ型鑑定も、科捜研の法医鑑定室に依頼される。

採取された高山のＤＮＡ型は、伊沢昌浩のＤＮＡ型と、二十三年前に久我山で殺害された滝川夫妻のＤＮＡ型と照合される。そして双方と血縁関係があると判定されれば、高山が滝川毎水の息子・そらだと断定できる。即ち高山は、伊沢が久我山事件の真犯人であることを裏付ける証人となるのだ。

強盗殺害の容疑が固まれば、伊沢がマル能であるかどうかは関係ない。警察庁の「背理犯罪は事件化せず」という通達に反することなく、堂々と逮捕することができる。そして伊沢に都知事選事件の全貌を吐かせることができれば、中園薫子都知事と中公会幹部・王城竜介の殺人の共謀も証明できる――。

「今、ソロキャンプとか車中泊って、密かに流行《はや》ってるんですよね」

閑谷が嬉しそうに言った。河原での焚き火が余程楽しかったようだ。

「そうらしいな。コロナのせいで旅行や外食に行きづらい中、ソロキャンプや車中泊なら感染の心配も少ないし、他人にも迷惑かけなくて済む」

尾島の返事に、閑谷も明るく応じた。

「コロナを抜きにしても、河原で火を燃やしているだけで、もう楽しいです！　僕、子供の頃にキャンプなんか行ったことなかったので」

その言葉で、尾島は思い出した。

確か三鷹事件の捜査中だったか。捜査の打ち合わせをしようとして、他人の耳を避けるためにカラオケボックスに入った。その時、閑谷は母子家庭の育ちで、子供の頃には母親と二人でカラオケボックスを転々としていたらしいとわかった。閑谷の母親はきっと、毎日の生活に追われて、息子をキャンプなどに連れていく余裕はなかったのだろう。

尾島が考えていると、運転席の閑谷が尾島に顔を向けた。

「トウさんって、独身ですよね」

「ああ。それがどうかしたか？」

「僕の母も独身なんです」

「ふうん？」

意味がわからず尾島が生返事をすると、閑谷は身体をもぞもぞとくねらせながら、スラックスのポケットに手を突っ込み、スマートフォンを取り出した。

「母の写真見ます？　こないだの非番の日、久しぶりに会った時に撮ったんです」

閑谷が差し出したスマートフォンを受け取り、尾島は言われるままに表示された写真を見た。紺色のワンピースを着た女性が、自宅のキッチンらしき場所で、椅子に座ってカメラ目線で微笑んでいた。閑谷が撮ったスナップ写真のようだ。

「綺麗な人だな。それに、随分とお若く見える」

尾島は感心しながら正直な感想を述べた。確か閑谷は二十二歳、その母親なら四十代後半から五十代の筈だが、とても美しく、閑谷の姉と言われても通りそうだった。

「童顔なだけですよ。名前はつねみっていいます」

つねみということは、閑谷恒美《つねみ》か。それとも常美《つねみ》と書くのだろうか。

「おじまつねみ、うん。いい感じじゃないですか？　なんだかしっくりきます！」

閑谷が一人悦に入った。

尾島はあきれた。ここに至って、ようやく閑谷の意図がわかったのだ。

「何を言ってるんだ、お会いしたこともないのに」

「じゃあ、今度会ってみます？」

身を乗り出す閑谷に、尾島は慌てた。

「人をからかうんじゃない。俺は仮眠する。一時間経ったら起きて社に帰るぞ」

そして尾島は毛布を頭まで被り、閑谷に背を向けて目をつむった。

「母さんとトウさん、お似合いだと思うんだけどなあ」

暗い車内に、閑谷の溜め息混じりの呟きが響いた。

やがてすうすうと、閑谷の寝息が聞こえてきた。若いとは言え、長距離の尾行で疲れていたのだろう。

現金な奴だ、と尾島は感心した。尾島は高山と会ったことがあり、マル能ながら善良な人間であることを知っているが、閑谷は初対面だ。マル能と言えば、三鷹事件の水田、都知事候補殺しの伊沢、それに銀行籠城事件の宇津辺といった凶悪な殺人犯しか知らない筈だ。現に最初は閑谷も警戒し、喧嘩腰とも取れる態度だった。

それなのに閑谷は、今も河原で火を燃やしている高山のことを、もう何も気にしていないようだった。きっと、高山が危険な人物ではないことを、いち早く見抜いたということなのだろう。

――しかし。尾島の顔が厳しくなった。

そらと思われる高山宙と再会できたにも拘わらず、依然としてマル能・伊沢昌浩の行方は杳《よう》として摑めない。このままでは、マル能で初めて警察の味方になった高山の存在も、宝の持ち腐れだと言うしかない。

一刻も早く、伊沢を発見しなければならない。何か方法はないか――。

仮眠どころか、尾島の頭はじりじりと焦燥に炙《あぶ》られ、冴えていく一方だった。

07 糸口

「そらが、何ですって？」

電話の向こう側で、若い女性が眠そうな声を出した。

「とうとうそらが見つかったんだよ」

尾島到が興奮を隠さず、大きく頷いた。

「たった今、科捜研から連絡があった。ＤＮＡ型鑑定の結果、やっぱり高山がそらだってことが証明されたんだ。これで伊沢を逮捕できる可能性がぐんと上がった。だから伊沢を逮捕する前に、もう一度手順の確認がしたい。明日は時間あるか？」

「ちょっと待って」

尾島の話を、女性の声が遮った。

「そらっていうのは、頭の上に広がってるアレじゃなくて、誰かの名前なのね？　それで高山っていうのは誰なの？」

「言ってなかったか？」

「うん。聞いてない」

女性が声に怒りを滲ませた。

「とにかく、最初っから詳しく話してくれない？　あなたが深夜二時過ぎ、人がぐっすり寝ているところにいきなり電話してきて、一体何をこんなに興奮して喋っているのか、その理由をね」

高山宙と再会した日の二日後。四月十二日、深夜二時二十五分――。

尾島到は、警視庁本部特殊八係にある自分の机で、都知事選事件の担当検事である小幡燦《おばたあき》子《こ》検事と電話で話していた。

小幡検事は確か今年で二十八歳。のちに死刑となったマル能・水田茂夫が犯した殺人事件、三鷹事件を担当、その後もマル能絡みの可能性がある事件は全て小幡検事が担当している。マル能の存在は、警察内でも一部の者しか知らない伏せられた事実であり、検察側にも厳田尊捜査第一課長経由で厳重な情報管理を求めているからだ。

つい先日の動画パフォーマー・宇津辺晴人による銀行籠城事件も、宇津辺が碓氷によって射殺されるという結果に終わったが、被疑者死亡のまま書類送検とした後は、小幡検事が被疑者死亡による不起訴を裁定した。

それに先立ち、小幡検事はマル能・伊沢昌浩が起こした都知事選事件の捜査に専念していた。だが、警察庁・中邑核刑事局長の突然の命令により、背理犯罪は事件として扱わないことが決定、それ以降小幡検事と顔を合わせることもなく、また新型コロナの流行もあって、密に連絡を取る状態ではなくなっていた。

そのため尾島も、伊沢の容疑を二十三年前の久我山事件の強盗殺人容疑に切り替えたことを、小幡検事にちゃんと伝えていなかった。それに、そもそも尾島が背理能力の存在に気がついたきっかけが、高山宙という背理能力者の青年との、偶然の出会いであったことも――。

「それで閑谷に、採取した高山の検体を、DNA型の鑑定のため科捜研の法医鑑定室に届けてもらった。そうしたらたった今、鑑定書がメールで送られてきた。そして、やはり高山がそらだったことが証明されたんだ」

DNA型鑑定結果：親子関係＝【肯定】

擬父・伊沢昌浩は、被検者・高山宙の生物学上の父親であることが廃除されず。擬父が被検者の生物学上の父親である可能性は、未鑑定の候補（事前の可能性＝０・５）と比較して99・９９９９９７％以上。

また滝川夫妻と被検者とのDNA型鑑定も行った結果、滝川夫妻が被検者の生物学上の祖父母であることも同様に廃除されず。可能性は99・９９９９８３％以上。

これが、警視庁科学捜査研究所の法医鑑定室から送られてきた検定結果だった。

二十三年前、久我山事件に臨場した笹野雄吉は、殺された滝川夫妻のDNA、それに伊沢に殺害された仲間の強盗三名のDNAを採取、記録していた。のちに伊沢のDNAが発見された場合、混同することがないようにだ。このお陰で今回、高山と滝川夫妻のDNA型を照合することができたのだ。

さらに関谷一大が、高山が育ったという施設に連絡し、当時園長だった女性にも話を聞いてきた。高山は確かに二十二年前に施設の前に捨てられていた子供で、高山という姓は園長だった女性のもので、宙という名前は産着に書いてあったものだった——。関谷はそう報告した。

「すごいじゃない！　マル能が、しかも伊沢の実の息子であるマル能が、警察の捜査に協力してくれることになったのね？」

小幡検事が上ずった声で言った。

「ということは、これでついに背理能力の存在が法廷で証明できるのね？　だって味方になってくれるマル能を手に入れたんだから。背理能力の原理を解明して、マル能自身が証言台に立ってくれれば、マル能が被疑者の裁判で、能力が存在するかどうかなんて不毛な議論をする必要がなくなるわ」

小幡検事は早口に喋り続けた。どうやら興奮で眠気も吹き飛んだようだ。

「警察庁の、背理犯罪は証明不能だから検察送致しないって決定も、もはや意味をなさなくなる。あのいけ好かない中邑って刑事局長にも、ひと泡吹かせることができる。本当に楽しみだわ」

「いや小幡さん。すまないが、そうもいかないんだ」

尾島は謝りながら説明した。高山にＤＮＡ型鑑定と捜査協力を取り付けた一方で、人前に引っ張り出すことはせず、背理能力の実験や検査も一切行わないと約束した。だから、証人として裁判に出廷してもらうこともできないのだ。

「じゃあ、ダメだわ」

急に小幡検事の声が冷たくなった。

「私たちの最終目標は、マル能・伊沢に大勢の人々を殺害させた中園薫子都知事と王城竜介を、あなたたちが逮捕し、私が起訴して、裁判で有罪判決を勝ち取ることよ。実行犯だけを処罰して、犯罪を企図《きと》し指示した正犯二人に手が出せないんじゃ、事件を解決したことにはならないわ」

小幡検事の言う通りだった。背理能力の原理を解明し、その存在を証明できなければ、中園および王城とマル能・伊沢を繋ぐ糸がぷっつりと切れてしまうのだ。

「でも小幡さん」

尾島は辛抱強く説明を続けた。

「少なくともこれで、都知事選事件の実行犯・伊沢昌浩を、二十三年前の久我山事件の被疑者として別件逮捕できる。強盗殺人で五人を手にかけた以上、まず死刑だ。伊沢を逮捕できれば、もう二度と再び中園と王城が伊沢を使って悪事を働くことはできない。まずはあの二人の武器を奪って、それからじっくり追い詰めていくしかない」

「まあ、それはそうだけど」

渋々と小幡検事が認めた。

「その高山って人が実験に協力してくれないのなら、別のマル能に頼むしかないわ」

「別のマル能？」

「伊沢昌浩本人よ」

当然のように小幡検事が答えた。

「自分が逮捕されて死刑になろうという時に、自分に殺人を命令した中園と王城が逮捕もされずにのうのうと生活していたら、伊沢だって面白くないでしょう。二人を道連れにするために、全てを洗いざらい喋るかもしれないわ。背理能力の存在を証明する実験にも、進んで協力するかも」

なるほど、と尾島は納得した。確かに、伊沢はおそらく金で雇われているだけで、中園と王城への義理や忠誠心があるとは思えない。二人が伊沢に罪を着せて頬かむりする気なら、伊沢が全てをぶちまけても不思議はない。

「そうなったら、無常が喜ぶだろうな」

「むじょう？」

怪訝そうな小幡検事の声に、尾島は慌てて補足した。

「言ってなかったか？ 東京都監察医務院の監察医、大谷無常だ。俺と同期入庁だった元刑事で、三鷹事件では被害者《ガイシャ》とマル能・水田の検死と解剖を行った。先日発生した中野の銀行籠城事件の宇津辺の遺体も、無常のところに届けられている」

ああ、と小幡検事は合点したようだった。

「思い出したわ。三鷹事件で殺された女性の、死体検案書を作成した監察医さんね。検案書に署名があった気がする」

「そうだ。背理能力に関しては、おそらくあの男が誰よりも深く考察し、仮説を持っている。伊沢を使って実験できるとなれば、無常なら背理能力の原理を解明できるかもしれない。物理学や生物学の専門家に協力を仰ぐ必要はあるだろうが」

「背理能力って、どういう原理なの？　科学で解明できるものなの？」

　疑わしげな小幡検事に、尾島は請け負った。

「原理がわからないから理屈に背《そむ》いているように見えるだけであって、そこには必ず何らかの力学上の原理が存在し、物理的な現象が生じている筈だ――。無常はそう言った。俺には上手く説明できないが、電磁波と素粒子《そりゅうし》を利用していると仮定すれば、全てに説明がつくんだそうだ」

「ふうん。電磁波に素粒子ね」

　どうやら小幡検事も理系の話は苦手なようだった。

「とにかく、こうなったら伊沢昌浩を絶対に生きたまま逮捕することよ。居場所を発見できても宇津辺みたいに死なせてしまったら、中園と王城は金輪際逮捕できなくなるわ」

「わかってる」

　尾島も頷いた。三鷹事件の水田茂夫、偶然出会った高山宙、都知事選事件の伊沢昌浩、銀行籠城事件の宇津辺晴人と、現在までに四人の背理能力者に遭遇したが、水田は死刑となり、宇津辺は碓氷に射殺された。高山には実験への協力を断られた。あとは、伊沢ただ一人しかいないのだ。

それから小幡検事は、最終目的である中園薫子と王城竜介の逮捕までの手順を、整理して尾島に伝えた。

一、伊沢昌浩を二十三年前の殺人で、生きたまま逮捕する。
二、伊沢が背理能力を持っていることを証明する。
三、背理能力が、殺人が可能な能力であることを証明する。
四、警察庁の中邑核刑事局長を説得、背理犯罪の立件を解禁させる。
五、伊沢を再逮捕し、中園薫子と王城竜介を逮捕、起訴する。

「この五段階通りに進むことをしっかりイメージしながら、伊沢昌浩の捜査と逮捕にあたって頂戴。そうしたらきっと、失敗しないと思うわ」

「わかった。ありがとう」

尾島も大きく頷いて、電話を切った。

それにしても——。尾島は椅子に背中を預け、一人唇を噛んだ。

宇津辺を死なせたのは痛かった。逮捕したのちに上手く話を持っていけば、きっと背理能力の実験に進んで協力してくれたのではないか。宇津辺にとっても、今まで誰も信じてくれなかった彼の能力を、警察が科学的に証明しようというのだから、断る理由がなかった筈だ。

そして伊沢昌浩を逮捕できたら、宇津辺はきっと、伊沢の裁判で背理能力の存在に関する証人になってくれたのではないか。背理能力をネタにした動画を公開していたほど、自己顕示欲と承認欲求の強い男だ。裁判の証言台にも喜んで立っただろう。そうすれば、中園薫子と王城竜介の有罪も、必ず勝ち取ることができたのに――。

――いや。もうやめよう。尾島は首を左右に振った。

死んだ男のことを考えても仕方がない。それに碓氷は、宇津辺に首を絞め上げられている自分を助けるために狙撃し、手元が狂って射殺してしまったのだ。誰も悪くない。強いて言えば、宇津辺に殺されそうになった自分が悪い。

高山宙が実験を拒むことも恨んではいけない。見世物にされたくない気持ちはよくわかる。実の父親である伊沢を逮捕するための捜査に、快く協力してくれるだけでも充分に有り難い。感謝しなければならない。

迷いを捨て去るように、尾島は両手で自分の顔をぱんと叩き、そして立ち上がった。

08　発見

「碓氷さん、紹介します。高山宙さんです」

長机に両腕を置いた尾島到が、自分の左に座る青年をちらりと見た。

青年は碓氷進に向かってぺこりと頭を下げた。白いTシャツの上に、淡いブルーのコットンジャケット、下はカーキのカーゴパンツを穿《は》いている。肩に付きそうな長さの髪、今時の若者らしい髪型だ。

尾島は高山の紹介を続けた。

「知っての通り、高山さんは俺が去年出会った背理能力者で、三鷹事件の真犯人《ホンボシ》について大きなヒントをくれた人です。今回、都知事選事件の実行犯、伊沢昌浩の捜査に協力してもらうことになりました。そこで早速、まだ面識のない碓氷さんとの顔合わせも兼ねて、今日のミーティングに参加してもらったという訳です」

碓氷が用心深く、尾島に聞いた。

「要するに、この人が、そらなんですね？」

「そうです」

尾島が頷いた。碓氷も、高山がそらであることを、つまり久我山事件の被害者・滝川毎水が産んだ伊沢の子供であることを知っている。

「だから高山さんは、父親の伊沢と同じ背理能力者なんです。背理能力についての助言をはじめ、我々にはない視点からの捜査協力をしてくれると思います」

四月十三日、午前十時五分――。

警視庁本部庁舎の六階、刑事部捜査第一課・特殊八係の奥にある狭い会議室。四角く並べた四つの長机には、それぞれ尾島、高山、碓氷、閑谷一大が着席していた。

今朝は元々、今週の捜査方針について三人で打ち合わせを行う予定だった。だが、背理能力者・高山宙を発見し、捜査協力を得られることになったため、このミーティングに参加してもらうことにしたのだ。

「しっかし係長、本当なんですか？　この人がマル能だって」

碓氷は不躾《ぶしつけ》に、上から下まで高山を眺め回した。

「見た感じ、ごく普通のお坊ちゃんにしか見えませんけどねぇ」

「碓氷さん、失礼ですよ！」

慌てて閑谷が囁いた。

「お会いした時、僕もこの目で能力を見ました。間違いないです」

「俺は、見てないんだよね」

そう言うと碓氷は、机に置いていたボールペンを前に押し出した。

「ねえ、高山さん。ちょっとこれを空中に浮かしてみてくれませんか？　そうしたら信じますから」

「見世物じゃないので」

無表情に高山が言った。怒っていることは明らかだった。

「そんなこと言わずに、お願いしますよ。浮かしてくれたら信じますから」

「碓氷さん」

たまらず尾島が割って入った。

「この人は本物の背理能力者です。私が請け合います」

関谷も碓氷に小声で言った。

「それより碓氷さん、そういうこと言わないほうが。危ないですから」

「危ないって、何が危ないんだ」

碓氷は不服そうに口を尖らせ、熱い緑茶の入った紙コップに手を伸ばした。すると突然、その紙コップの中から、緑色の熱い液体がピンポン球ほどの球体になって宙に浮かびあがり、碓氷の頭の真上にすいと移動して、薄くなった頭頂部に落下した。

「あちゃちゃちゃちゃちゃ！」

碓氷は慌てて、両手で頭にかかったお茶を振り払った。それからハンカチを取り出して頭と顔を拭きながら、無言のまま茫然と高山を見た。

「信じましたか？」

無表情に高山が聞いた。

「それで、懸案となっている伊沢昌浩の行方です」

尾島が三人を見回しながら言った。

「高山さんという頼もしい協力者が加わったことだし、一刻も早く伊沢の居場所《ヤサ》を突き止め、逮捕しなければなりません。そうしないと、いつまた王城が伊沢を使って新たな事件を起こさないとも限らない」

「あのう、係長」

遠慮がちに碓氷が手を挙げた。反省したようで、すっかりしおらしくなっている。

「こちらの高山さんって、伊沢の居場所がぱっとおわかりになったりしないんですかね？　GPSで探すみたいに。お互い能力者だし、それに実の親子なんですよね？」

高山は首を横に振った。

「残念ですが、僕にはそこまでの力はありません。ごく近い距離、例えば同じ建物の中に他の能力者がいたら、気配でわかるんですが」

「じゃあ高山さん。質問ですけど」

碓氷が遠慮がちに高山に聞いた。

「今、この警視庁本部庁舎内に、あなたと同じ背理能力者はいますかね？」

尾島は緊張した。今までそんなことを考えたことはなかった。だが、確かに警察官の中にマル能がいないという保証はない。

「まさか、いる訳ないですよ」

閑谷が強張った顔で否定すると、高山が右手を上げた。

「お待ち下さい」

そう言うと高山は机の上で、ストーブに両手をかざすかのように両掌を広げ、それから目を閉じた。精神を集中して、同類を探しているようだった。尾島と碓氷、それに閑谷は、無言で高山をじっと観察した。会議室にしばらく沈黙が流れた。

「いませんね」

ふう、と小さく息を吐いた後、高山は三人を見渡して言った。

「気配を感じません。この庁舎内に同類はいません」

三人もまた、同時にふうと大きく息を吐いた。

いる、と言われた場合はどうすればよかったのか、尾島にもわからなかった。だが、とりあえず余計な問題を抱え込む事態は避けられたようだった。

「それで、伊沢について考えたんですけど」

閑谷が口を開いた。

「潜伏してるってことは、滅多に外に出ないってことですよね。食事はどうしてるんでしょう？ 自炊するにしても、頻繁にスーパーに買い物に行く必要がありますし、多分、毎日のようにデリバリーで済ませてるんじゃないでしょうか」

「出前か。なるほど。それはアリだね」

碓氷が大きく頷き、身を乗り出した。

「じゃあ、あの最近流行りのウーパーだかルーパーだかに聞いてみるかい？　毎日のように出前頼んでる男の客はいますかって。他にも同業他社はあるだろうけど」

「どうでしょうね」

高山が首を傾げた。

「今はコロナ禍でみんなが外出を自粛していますから、毎日のようにデリバリーを頼んでいる人も、結構多いんじゃないでしょうか。現に僕も、一時期は毎日のように頼んでましたし。それに店によってデリバリー業者はまちまちですから、同じ業者からしか頼まない人は少ないでしょう。業者に聞いても、客の行動が正確に把握できてるかどうか」

「なるほど。それも一理ありますね」

碓氷は簡単に掌を返し、肩を落とした。

「イチ君、出前ってのは着眼点としては良かったけれど、今がコロナ禍だってのが運が悪かったね。普段だったら、毎日出前を頼むような奴は相当珍しかっただろうけど」

「そうですね」

閑谷も頷くしかなかった。

尾島も改めて、新型コロナ流行下での犯罪捜査の難しさを思い知らされた。まず、防犯カメラを使用した顔認識システムが上手く機能しない。ほとんどの人間がマスクを掛けているから、顔認証の精度ががくんと低くなってしまっているのだ。これは犯罪の目撃証言を得る上でも大きな障害になっている。目撃者が顔を説明できないのだ。

それに加えて、出前の増加のような生活様式の変化だ。誰もが人と会おうとせず、自宅に閉じこもり、まるで潜伏する犯罪者のような生活をしている。以前であれば、そんな人物がいたら結構目立っていただろうに――。

「あ！」

突然、碓氷が声を上げた。

「どうしたんですか？　碓氷さん」

閑谷が聞くと、碓氷はゆっくりと閑谷のほうに顔を巡らせ、閑谷の顔を指差しながら、興奮を隠さず早口に言った。

「出前だよイチ君！　そうだよ出前だ！」

「でも、食事のデリバリーは、今や珍しい行動じゃないって」

「わからないかなあ。出前って食べ物だけじゃないんだよ？」

碓氷にそう言われて閑谷は、ぶつぶつ呟きながら考え始めた。

「食事じゃない出前って――。ええと、何でしょうね。音楽や映画は今やオンラインで鑑賞できるし、ネット通販はそれこそ誰でも頼んでるし、最近は花や観葉植物のサブスクもあるみたいだけど、まさか伊沢がそんなものを頼むとは」

「ま、君は真面目そうだから、わからないかもしれないけどね」

勝ち誇ったような顔で、碓氷は続けた。

「女性だよ」

「じょせい？」

閑谷がぽかんとすると、碓氷は大きく頷いた。

「そう、女性の出前。デリバリーヘルス、略称デリヘルだ」

デリバリーヘルス、警察用語では「派遣型ファッションヘルス営業」。ウェブサイトなどで予約を取り、客の自宅やホテルに性的サービスを行う女性を派遣する、無店舗型の性風俗業だ。性風俗関連特殊営業業者の約半分を占めると言われている。

碓氷は熱っぽく説明を始めた。

「二十三年前の久我山事件を見ても、伊沢昌浩は性欲が強く女好きなことは疑いようがない。そんな奴が一人で潜伏生活を送っていたら、必ず女が欲しくて我慢できなくなるんじゃないかな。でも、実店舗に行くのは雇い主の王城が許可しないだろうから、となると、デリヘルの女性を自宅に呼ぶしか――」

そこまで喋った後、碓氷は、その久我山事件で生まれた高山がいることに気が付き、慌てて付け加えた。

「いや、高山さん、申し訳ない！　言い方が悪かった。つまり、俺にしてもそんな禁欲生活を送っていたら、きっと絶対にムラムラすると思うんで、だから、その」

「構いません。続けて下さい」

高山が無表情に先を促した。碓氷はほっとしたように説明を再開した。

「それでですね、デリヘルは女性一人で客のいる所に行くんで、店の人間の目が届かないから、客とのトラブルが絶えないらしいんですよ。だから、あの伊沢がデリヘルを頼んだら、一回くらいは何かやらかしてると思うんです」

なるほど、と尾島も思った。伊沢は、久我山事件では当時中学生だった滝川毎水を襲ったほど乱倫《らんりん》な男だ。碓氷の言う通り、デリヘルを常用していたとしても不思議ではない。そして凶暴な伊沢なら、デリヘルの女性とトラブルを起こしていてもおかしくない。店のブラックリストに載ったり、警察沙汰を起こしたりしているかもしれない。

ただ、デリヘルなどの性風俗業は、余程のことがないと客とのトラブルを警察に届けたりしない。中には違法に売春の周旋を行っている店もあり、働く女性が店に黙って自ら売春に手を染めていることも多い。それが警察の耳に入れば経営者は逮捕され、営業停止になり、店は潰れるからだ。捜査は簡単ではない。

だが、他に伊沢を発見する手掛かりもない――。

「やってみましょう」

尾島は三人を見回して、頷いた。

「刑事部の他、生活安全部と地域部にも、都内で発生した性風俗業関連の事件または事故が集約され、記録されている筈です。伊沢が府中《ふちゅう》刑務所を出所してから現在までの、三年間の記録を洗いざらい調べ上げましょう」

09　事件

「だから、突然死なんですよ。それだけなんです」

黒革のソファーに座った白いスーツを着た中年男が、うんざりした様子で尾島の顔を見た。頭は明るい茶髪、黒いマスク。顎の先に短く髭を蓄え、グラデーションの入った薄い青のサングラスを掛けている。ノーネクタイの黒いシャツの襟元には、ゴールドのネックレスが覗いている。

「警察《おたく》にもちゃんと通報して、検死の結果は突然死だったって言われてるし、何にもやましいことはありませんよ。うちは採用面接も厳しいし、クスリやってる子なんかいませんから。コロナや性病の検査も定期的にやってますしね。何しろ女の子の質が売りの、高級デリヘルなんで」

「クスリを疑ってる訳じゃないんですよ。我々はそういう部署じゃない」

男の向かい側に座った尾島到が、男の表情を観察しながら言った。

「ある人物を探してましてね。その人物がこの件に関係してるかもしれないので、もう一度、当時の詳しい状況を伺いたいんです。協力してもらえませんかね？」

四月二十日、午後六時、新宿区百人町《ひゃくにんちょう》――。

総武線《そうぶせん》大久保《おおくぼ》駅から山手線《やまのてせん》新大久保《しんおおくぼ》駅に至る、低層階に飲食店の入った雑居ビルやマンションが立ち並ぶ地域。その猥雑な一角に建つ、とある細長いマンションの一室に、尾島と閑谷一大は来ていた。高級デリバリーヘルス「アフィナージュ」を経営する男の事務所兼住居だ。

碓氷進の発案を受けて、ここ三年間に発生した性風俗業関連の事件と事故をリストアップし、マル能・伊沢昌浩の影を探すこと一週間。そして尾島たちは地域部の自《じ》ら隊《たい》、即ち自動車警《けい》ら隊《たい》の記録にあった一つの事故案件に目を留めた。発生したのは、都知事候補連続死亡事件のおよそ三ヵ月前。

その日の深夜零時十一分、大久保の繁華街一帯を警邏《けいら》していた一台のパトロールカーに、警視庁通信指令室から出動命令が下った。霞が関にある本部指令センターに一一〇番通報が入り、若い女性が死体で発見されたというのだ。場所は新宿区大久保一丁目にあるマンションの一室。

警ら隊員が現場に急行すると、その部屋はデリヘルで働く女性の「待機部屋」だった。マンションの一室がパーティションでいくつにも区切られており、それぞれの中で女性が待機、ネットや電話で指名が入ると、客の自宅か指定のホテルとの間を、スタッフの運転する車で送迎される。

そして死体は、そのパーティションの一つで発見された。

現場で待っていた経営者の話によると、深夜零時頃、電話で客からある女性に指名が入った。すぐに待機部屋にいるその女性の携帯電話に連絡したが、返事がなかった。そこで経営者の男が様子を見に行くと、女性が与えられたパーティションの中で死んでいた。驚いた経営者はすぐに一一〇番通報した。

　女性は心肺停止状態で、救急車で中野の警察病院に搬送されたが死亡が確認され、検死の結果「急性心臓死」と判定された――。以上がこの案件の顚末《てんまつ》だ。

　この事案自体は、客と女性のトラブルではない。ただの病死だ。それにも拘わらず、尾島がこの事案に目を留めたのは、死体で発見された女性の死因だった。

　急性心臓死――。この死因判定が、尾島にあの三鷹事件を想起させたのだ。

　尾島が初めてマル能、即ち背理犯罪者による殺人に遭遇したこの事件。犯人のマル能・水田茂夫は、自宅二階の賃貸部分に住む女性を天井越しに盗視しており、女性の不貞行為に怒りを感じて殺害した。その時、背理能力によって心臓を停止させたため、この女性は当初、急性心臓死と判定されていた。

　尾島が経営者の男に質問した。

「女性が電話に出なかったので、あなたが自分で様子を見に行ったんですね？」

「ええ。心配になって駆け付けました」

「あなたはその時、どこにいましたか？」

「ここですよ。ここで一人で酒飲んでました」

尾島はさらに質問した。

「ここから大久保にあるデリヘルの待機部屋までは、どうやって行かれたんです？」

「タクシーですよ。酒飲んでましたからね。配車アプリで呼んで行ったんです。これは当時もお話ししましたよ？」

「ええ。警ら隊の記録にも、そう書いてありました」

「じゃあ、何度も聞く必要ないじゃないですか」

男は舌打ちすると、わざとらしく腕時計を見た。文字盤にダイヤが入ったコンビのロレックス・オイスターに見えるが、本物かどうかはわからない。

「刑事さん、そろそろよろしいですかね？　私もいろいろ忙しいんで」

「おかしいですね」

困った顔で、尾島が溜め息をついた。

「何が？」

経営者の男は不安を顔に浮かべた。尾島は続けた。

「亡くなった女性が電話に出なかった時、同じ待機部屋には、他の女性が何人もいたんですよね？　どうして駆け付ける前に、他の女性に様子を見てもらわなかったんです？」

「それは、あの」

男の目が左右に泳いだのを、尾島は見逃さなかった。隣の閑谷を見ると、閑谷も尾島を見て小さく頷いた。間違いない。この男は何かを隠しているのだ。

「それに、普段から女性の指名が入ると、送迎の運転手がすぐに急行するシステムなんですよね？　あなたが自分で行くよりも、運転手に行かせたほうが断然早い筈だ。なぜ、従業員の女性が電話に出ないというだけで、社長さん自ら、わざわざタクシーを呼んで、急いで駆け付けたんです？」

　経営者の男は苦しそうに釈明した。

「それは、そう、嫌な予感がしたんですよ。俺の勘って結構当たるんで」

「社長さん、本当のことを喋って頂けませんか？」

　関谷が、経営者の男をじっと見た。

「ここに来る前に、配車アプリの会社全てに確認したんですよ。そうしたらどの会社も、当日この住所にタクシーを配車した記録はないって言うんです。つまり、あなたが嘘をついてるってことになります。どうしてそんな嘘をついたんですか？」

　さらに尾島が重ねて聞いた。

「知り合いの新宿署の刑事に聞きましたら、あなたのデリヘル、売春《ウリ》をやってるって噂があるそうですね。デリヘルではなくて、実はコールガールクラブだという訳です。だから我々警察にいろいろ首を突っ込まれたくなくて、隠してるんでしょう？」

　新宿署の刑事というのは、実は存在しない。このデリヘルが管理売春を行っているという噂も聞いたことがない。しかし、隠し事をしているからには、何か警察に探られたくないやましいことを抱えている筈だ、そう考えてのハッタリだった。

「そんな、売春なんてやってる訳ないじゃないですか。言いがかりですよ」

経営者の男は強張った笑いを浮かべながら、必死に否定した。

「じゃあ、これから大久保の待機部屋に行きましょうか？　そこにいる女性たちに話を聞けば、いろんなことがわかるでしょう」

「いや、あの、仕事中だし、それはちょっと」

激しく狼狽する男を見て、尾島は続けた。

「でも、あの女性が亡くなった日に何があったのか、正直に本当のことを話してくれるんなら、今回だけは待機部屋に行くのをやめておきましょう。当時、警察の聴取に際して嘘をついたことも、全て不問にしましょう」

「本当ですか？」

男が急に顔を上げた。尾島は頷いた。

「ええ。ただし、見逃すのは今回だけです。今後は二度と売春の周旋など行わないように。これからは警察も要注意店としてマークしますので、バレたら即逮捕ですよ」

わかりましたと深く頭を下げた後、経営者の男は思い切ったように話し始めた。

「実はあの女の子、待機場所じゃなくて、客の部屋で死んだんです」

「客の部屋？」

尾島と関谷が、同時に聞き返した。

「はい。あの日の深夜零時頃、送迎担当の運転手から私に電話がありまして、送迎した女の子が客の部屋で心臓麻痺で急死した、車の後部座席に寝かせてあるが、どうしたらいいかと切羽詰まった声で言ったんです。今どこにいるのかと聞いたところ、客のマンションの下だが場所は言いたくない、の一点張りで」

経営者の男は、真剣な表情で喋り続けた。

「警察に通報して、客の部屋で死んだって言ったら、当然その客も調べられる、そうしたらうちの店がウリをやってることもバレてしまう。でも通報しない訳にもいかないし、悩んだ結果、待機部屋で死んだことにしようって。運転手と私で、他の女の子に気付かれないようにそっと運び込んで、それから警察に通報したんです」

運転手が死体を乗せたままこのマンションに来て、経営者の男を助手席に乗せ、待機部屋に行ったのだ。つまり、女性が客の部屋で死んだことを隠すために、一人でタクシーで行ったことにしたという訳だ。

「その客って常連客ですか？　電話番号と住所は控えてますよね？」

閑谷が急いで聞くと、経営者の男は首を横に振った。

「いえ。ふりの客なんで何もわからないんです。名前なんてどうせ偽名でしょうし、電話番号は残っていますけど、〇五〇ナンバーだったから使い捨て番号だろうし」

つまりＩＰ回線を使用した電話だったのだ。風俗業では万一に備え、興信所を使って客の携帯電話番号から個人情報を入手するというが、ＩＰ電話ではそれも不可能らしい。

尾島はさらに食い下がった。

「でも、運転手が女性を送っていったんですよね？　じゃあ、その運転手は客のマンションの場所を覚えてますよね？　運転手の連絡先を教えてくれませんか？」

「もう辞めてるんですが、携帯番号ならわかります」

　経営者の男はスマートフォンを取り出し、画面に〇九〇から始まる十一桁の番号を表示した。その番号を閑谷は、自分のスマートフォンで撮影した。


「刑事さん、俺、できればあの夜のことは思い出したくないんですよ」

　夜八時頃、尾島はデリヘルの経営者のマンションを出ると、元デリヘルの運転手に電話した。電話は生きていた。

　この番号はあなたが勤務していたデリヘルの経営者に聞いた、デルヘルの女性が死んだ夜の話を聞きたい。そう伝えると、元運転手は自宅アパートに来てくれと言った。警察に電話番号がバレた以上、住所を隠しても無駄だと思ったのだろう。賢明な判断だ。

「どうして思い出したくないんです？」

　尾島が聞くと、元運転手はそれには答えず、こう訴えた。

「俺、今度結婚するんですよ。風俗とは関係ない普通の女性と。だからあの業界から足を洗って、今は宅配便の会社に勤めてるんです。あの後ネットニュースで見ましたけど、レオナさんは突然死だったって警察も発表したじゃないですか。今さら何を聞きたいっていうんです？」

死んだ女性は、店ではレオナという源氏名《キャスト》だったらしい。尾島はさらに質問した。

「デリヘルの社長さんから聞きましたが、あの女性、本当は客の部屋で亡くなったんですよね？　我々はその客の居場所を知りたいんです。教えてくれませんか」

一瞬、顔に動揺を見せたが、それでも元運転手はきっぱりと拒絶した。

「言いたくありません」

「なぜ言いたくないんです？　デリヘルの社長に、レオナさんの死を連絡した時も、亡くなった場所は絶対に言わなかったそうですが」

元運転手は無言だった。仕方なく尾島はこう言った。

「今日話して下さらないと、これから何度でもお願いに上がることになります。婚約者の方にも、あなたの説得をお願いするかもしれません。あなたが風俗業界に勤めていて、その店が売春周旋を行っていたことは、婚約者の方には話されてないんですよね？」

「警察が市民を脅そうっていうんですか？」

元運転手の目に怒りが浮かんだ。

「申し訳ありません。私もこんなことはやりたくない。しかしこれは、大勢の人が犠牲になった重大な犯罪の捜査なんです。あなたが本当のことを話して下されば、もう二度とあなたにつきまとわないし、婚約者の方にもお会いしません。それに、今日あなたが話された内容は、絶対に誰にも漏らしません。約束します」

そして尾島は深々と頭を下げた。

「どうか話して頂けませんか、あの夜、どこで、何があったのかを」

元運転手の男は諦めたように、ぽつりぽつりと話し始めた。


店に電話してきたその男は、レオナさんを夜九時から二時間コースで指名しました。

男は派遣場所に自宅を指定、住所と建物名、部屋番号を言いました。名前を聞くと、男は「カネダ」と名乗りました。

俺が待機部屋でレオナさんを拾って、カネダが言った自宅の住所に行くと、教えられた建物が見当たりません。不思議に思って、カネダの〇五〇で始まる携帯電話に電話してみると、「住所を間違えた」と言います。正しい住所を聞いて、カーナビに入力して、ようやくカネダの部屋があるマンションに着きました。

カネダの部屋は最上階の十三階でした。入り口のインターホンで部屋番号を押して呼び出し、オートロックを解除してもらい、レオナさんがマンション内に入るのを見届けて、俺は脇道に駐めた車に戻りました。

カネダは二時間のロングコースだったので、車の中で仮眠して待つことにしました。プレイが終わったら、女の子が電話してくる決まりなので、それで起きればいいのです。

電話の呼び出し音で目が覚めました。

すっかり熟睡していたようでした。画面を見ると、電話の発信人は客のカネダでした。俺がかけた電話の履歴に折り返してきたのです。腕時計を見ると、まだ終了までは一時間近く残っていました。

「はい。運転手ですが、何でしょう？」

「上がってこい」

　カネダが低い声で言いました。何の感情も感じられない声でした。

「あの、女の子に何か失礼がありましたか？」

「いいから来い」

　何が起きたのかわからず不安でしたが、とりあえずカネダの部屋に向かうことにしました。レオナさんのことも心配でした。エレベーターで最上階まで上がって、ドアの脇の呼び鈴を押すと、すぐに解錠する音がしました。俺はドアを開けました。

　目の前に男が立っていました。この男がカネダなのでしょう。

　カネダはフード付きのバスローブを着て、フードを目深に被り、黒い紙マスクを掛けていました。髪は金髪に染めていて、その髪から水が滴《したた》っていました。裸足の脚も濡れていました。俺に電話するまでシャワーを浴びていたのでしょう。バスローブの下は裸だと思われました。

　カネダは無言で、じっと俺の顔を見ました。そのカネダの目を見た瞬間、俺はぞくりと寒気を感じました。何と言えばいいのか、まるで全身から瘴気《しょうき》を発しているような、それとも人間の姿をした化け物のような、そんな恐怖をカネダに感じました。俺の身体は硬直し、両足がすくみました。逆らえば殺される、俺は根拠もなくそう確信しました。

「あ、あの、レオナさんは？」

かろうじて俺がそう聞くと、カネダは顎をしゃくって奥に入っていきました。ついてこいという意味のようでした。俺も仕方なく靴を脱ぎ、玄関を上がると、カネダの後について奥に進みました。

ドアを開けた先は、広いワンルームでした。壁際にダブルベッドが置いてありました。その上に、白いマネキンのようなものが仰向けに横たわっていました。

それは全裸のレオナさんでした。見た瞬間、普通の状態ではないとわかりました。身体は血の気が全くなく青白い色をして、両手両足を不自然に放り出し、両目は開けっ放しで、口も弛緩したようにわずかに開いていました。真っ白い身体に、股間の翳《かげ》りだけが黒々としていました。

「死んだ。心臓麻痺だ」

カネダが低い声で言いました。

どうやらレオナさんは、プレイ中に心臓麻痺を起こして死んだようでした。電話で話した時はよくわかりませんでしたが、カネダの声は磨《す》りガラスを引っ搔いた時のような、聞いただけで神経に障る声でした。

「け、警察に電話しなきゃ」

俺はスマホを取り出して一一〇番にかけようとしました。

その時、スマホを持つ左手に、電気が走ったかのような鋭い痛みを感じました。

「つうっ！」

俺は痛みに耐えかね、思わずスマホを取り落としました。何が起きたのかわかりませんでした。カネダは離れたところに立ったまま、俺をじっと見ていて、何かを投げたり向けたりした様子もありませんでした。ですが俺には、カネダが俺に何かをやったのだとしか思えませんでした。

「電話するな」

カネダが無表情に言いました。

「で、でも」

俺が腰を屈めてスマホを拾い上げると、カネダは顔を横に振りました。

「警察には言うな。お前が持って帰れ」

カネダに言われて、俺は仰天しました。

「し、死体をですか？」

カネダは無言で頷くと、部屋の中央にあるソファーセットに向かって顎をしゃくりました。

ソファーの背もたれに、レオナさんの来ていた服が、下着も含めて乱雑に掛けてありました。

ソファーの座面には、レオナさんのハンドバッグとスマホも置いてありました。これらも全部持っていけということなのでしょう。

俺は迷った末に、カネダの言葉に従うことにしました。無視して一一〇番に電話しようとしたら殺されるかもしれない。本気でそんな恐怖を感じました。

しかし、死体を裸のまま運ぶ訳にもいきません。俺はレオナさんの死体に苦労して下着を着けさせ、さらに服も着せました。レオナさんの身体はまだ生温かく、死体を触っているという現実感がなかったのは幸いでした。

服を着せ終わった後、どうやって運ぼうか考えた末に、レオナさんの右腕を持って、背負い投げをするようにして死体を背中に乗せました。それから腰を屈めたまま歩いて、レオナさんのハンドバッグを左手で拾い上げました。カネダはそんな俺を、手伝いもせずじっと見ていました。

「行け」

レオナさんを背負った俺に、カネダは無表情に言いました。俺は無言で頭を下げると、何とかドアを開け、エレベーターに向かいました。

エレベーターに他の住人が乗ってきたら、何と言って誤魔化せばいいんだろう？　酔っ払った女性を運んでいるように見えればいいが——。

俺はびくびくしながら一階に向かって降下しましたが、誰にも会わなかったのは幸いでした。あのマンション、住人はほとんどいないのかもしれません。一階の郵便受けも、ほぼ名札が付いていなかったので。最近は外国人に投資用として買い占められて、ほとんど人が住んでいないマンションも多いのです。

　車を駐めた場所まで行き、後部ドアを開け、座席にレオナさんの死体を転がし、運転席に腰を下ろした途端、無事に生きて戻れた安堵感がこみ上げてきて、泣きそうになりました。同時に激しい疲労感に襲われ、一瞬ふっと気が遠くなりました。しかし失神している場合ではありません。俺は急いで社長に電話しました。

　俺の声は震えていたと思います。何かただならぬことが起きたのを、社長も感じたのでしょう。レオナさんは待機部屋で死んだことにしようと言ってくれたので、レオナさんの死体を積んだまま社長のマンションに行き、社長を拾って、待機部屋のあるマンションへと向かいました。あとは社長に聞いて下さい。

　とにかく俺、もうあの男のことは二度と思い出したくないんです。

あんなに心の底から恐怖を感じたことは、後にも先にもありません。社長にカネダの住んでいる場所を言わなかったのは、社長を危ないことに巻き込みたくなかったからです。あの男の話をしたら、あの男がやってきて殺される、なぜかそう思えて、怖くて誰にも言えませんでした。まるで、そう、死神みたいな男でしたから。

　警察に嘘をついたのは悪かったと思ってます。ですが、本当にもう、あのことはなかったことにしたかったんです。どうか許して下さい——。

カネダという男が伊沢昌浩である可能性は、非常に高い——。尾島はそう判断した。マスクをしていたとのことで面通しはできないが、髪を金髪に染めている点も一致するし、何より怪しいのは、元運転手の男が警察に通報しようとした時、左手に電撃のような痛みが走り、スマホを取り落としたという話だ。警察に電話させないために、伊沢が背理能力を使用したのではないか。

地域部と刑事部の記録によると、このあと経営者の男の通報を受けて、自動車警ら隊が女性の遺体を中野の警察病院に搬送。遺体は検視官の検視と医者の検案が行われ、急性心臓死と判定されて、解剖に回すことなく検死を終えている。あの三鷹事件で、マル能・水田に殺害された被害者が急性心臓死と判定された時と同じ流れだ。

閑谷が興奮を隠さず、早口に聞いた。

「そのカネダって男の電話番号と、マンションの場所を教えてくれませんか」

元運転手は顔を左右に振った。

「電話番号は履歴から削除しました。どうせ使い捨て番号でしょうし。住所を書いたメモも捨てました。とにかく、もうあのことは全部忘れてしまいたかったんですよ」

経営者の男も、カネダの携帯番号は使い捨て番号だと言っていた。

「でも、マンションまで行ったんだから、場所は覚えているでしょう？　地図で教えることはできる筈です」

元運転手は、カネダのマンションの場所を教えるのを最後まで渋った。だが、結婚を控えている以上、早くこの件を終わらせたかっただろうし、警察に虚偽の通報をしたやましさもあったのだろう。ようやくスマートフォンを取り出し、渋々操作し始めた。

「ここです」

男は地図アプリを表示した画面を、尾島と関谷に見せた。

「ここが、カネダという男のいたマンションです。建物名は覚えていませんが、確か部屋は十三階建ての最上階、一三〇三号でした」

10　住人

深夜、東京都新宿区山吹町《やまぶきちょう》――。

旧牛込《うしごめ》区で、現在も牛込と呼ばれる一角にあり、丁目設定のない古い地名を残す町。この山吹町という町名は、室町時代の武将・太田道灌《おおたどうかん》が鷹狩《たかが》りでこのあたりを訪れた時、急な雨に襲われ、蓑《みの》を借りようと訪ねた家の娘から、「蓑なし」と「実のなし」という意味を掛けて、実を結ばない山吹《やまぶき》の花を差し出されたという伝承による。

昭和四十三年までは近くを都電が通って栄えていたが、それが廃線となった現在は、幹線道路からも外れ、一戸建てと中層マンションが立ち並ぶ閑静な住宅街となっている。反面、繁華街も商店街も観光名所もなく、住人以外はなかなか足を踏み入れる機会もないため、「東京のエアポケット」と言われることもある。

そして、カネダと名乗った男の住むマンション「リージェンシー牛込」は、この山吹町の一角に建っていた。

「ここから文京区の目白台までは、神田川を挟んで徒歩十五分ほどだ」

路上に停めたスカイライン４００Ｒの助手席で、尾島がフロントウインドウ越しにマンションを見上げながら囁いた。目白台とは、王城竜介の運転手だった平在が、マル能・伊沢昌浩を事件現場まで運ぶ時、待ち合わせに使った建築中のビルがあるところだ。

「ますます臭くなってきましたねえ、係長」

　運転席の碓氷進が、低い声で呟いた。

「高山さん、どうです？　感じます？　僕には何もわかりませんけど」

　後部座席の左側に座った閑谷一大が、隣の高山宙に小声で聞いた。

「これだけ距離があると、僕もわかりません」

　高山も小声で応じながら、眉を寄せた。車はカネダのマンションから約三十mの路上に駐車している。

「できれば同じ建物の中、最低でも建物のすぐ近くに行かないと、同類の気配を感じ取るのは難しいと思います」

　四月二十二日、夜十一時――。

　デリヘル経営者と元運転手に話を聞いた翌々日、尾島、碓氷、閑谷、そして高山の四人は、カネダという謎の男が住むマンション近くの路上にいた。

　デリヘルに勤務する女性が急性心臓死で死んだということだったが、実は女性が死んだ場所は、山吹町にあるカネダという客のマンションだった。

　これだけでカネダの部屋を訪れ、事情聴取のため警視庁への任意出頭を求める理由としては充分だ。

だが、カネダの正体が背理能力者・伊沢昌浩であるならば、話は別だ。その場合、デリヘルの女性は伊沢によって殺されたのだ。理由はわからないが、伊沢が女性とトラブルになり、怒って殺害した可能性が高い。三鷹事件の水田茂夫と同じく能力を使って心臓を停止させたため、検視官も医師も殺人だと見抜けなかったのだ。

一昨日、即ち四月二十日の夜、カネダが伊沢である可能性が高いとわかると、翌二十一日、尾島たちは「リージェンシー牛込」の管理会社を調べて電話をかけた。カネダが住む一三〇三号について「巡回連絡しているが、いつも不在なので」と言って、所有者と居住者を尋ねたのだ。

管理会社の担当者によると、一三〇三号の持ち主は中国・上海《シャンハイ》市に住む資産家の中国人だった。息子が日本の名門私立大学への留学を希望したので、徒歩で通えるこのマンションの一室を購入した。しかしその息子が大病を患い留学は中止。マンションは投資用資産として保有したまま、不動産屋に預けて賃貸に出したという。

賃貸契約日は四年前の十二月一日。これは伊沢昌浩が府中刑務所を出所する一ヵ月前だ。賃貸契約期間は二年間。一度更新を行い、現在の賃貸契約は今年の十二月まで。なお珍しいことに、入居時も更新時も二年分の全家賃、敷金・礼金・管理費込みで合計約四百万円を現金で前払いしているという。

その一三〇三号を借りているのは金田《かねだ》一郎《いちろう》。おそらく偽名だろう。賃貸契約書によると、転居前の住所は岐阜県郡上《ぐじょう》市。これもおそらく出鱈目《でたらめ》だ。東京から見てあまり馴染みのない住所にしたのだろう。契約書に記載された連絡先電話番号にもかけてもらったが、使われていない番号だった。

　カネダが伊沢昌浩だと考えて矛盾はない。尾島はそう考えた。だとすればこのマンションを借りたのは、おそらく中公会の若頭《わかがしら》補佐・王城竜介だ。

　まず、伊沢が府中刑務所を出る一ヵ月前に契約している点。次に、入居時と更新時に二年分の家賃を全額現金で前払いしたという奇妙な行動。これは銀行振り込みにして送金口座から足がつくのを避けるためではないか。そしてこのマンションの立地。殺された王城の運転手が伊沢を車に乗せた目白台まで徒歩圏内だ。

　しかし、まだカネダが伊沢だという確証がある訳ではない。尾島たちはカネダという男の顔を見ていないのだ。そのためにまず、カネダの住むマンションに高山宙を連れてきたという訳だった。高山なら他の背理能力者の存在を感知できるからだ。

「ここにいてもしょうがありません。近くへ行ってみましょう」

　後部座席の高山が、隣に座る閑谷に囁いた。

「大丈夫ですか？」

　聞き返した後、閑谷が迷ったように尾島を見た。

「トウさん、どうします？」

　尾島も迷った。ある懸念を感じていたからだ。

　その懸念とは、あのマンションに伊沢がいた場合、逆に高山の存在を感知される可能性だった。背理能力者が同類の存在に気が付くことができるとしたら、逆に高山の存在を相手に気付かれるということも、考えられるのではないか？

しかし、ここでは探知できないと高山が言っている以上、危険を冒してでもマンションに接近するしかない。それに、こちらは伊沢の存在を知っているが、伊沢は高山の存在を知らない筈だ。同類に探られているとは思っていないだろうし、気付かれる可能性は低いように思えた。

「行ってみよう」

尾島は腹を決めると、ルームミラーで閑谷を見ながら頷いた。

「イチ、何が起こるか全く予想が付かない。高山さんにぴったりと付いて護衛してくれ。碓氷さんは車で待機を」

「わかりました」

閑谷も緊張した顔で頷いた。

「気を付けて下さいよ、みんな」

碓氷も心配そうに声をかけた。

尾島と閑谷、それに高山はさりげない様子で静かに夜道を歩き、カネダが住むマンションの真下までやってきた。エントランスはガラス製のオートロック・ドア。その脇の壁にテンキーの付いたインターホンがある。管理人は常駐していないようだ。

庫　新刊案内

今野

任俠

、

鬼太郎4

ばけ猫や妖狐など動物妖怪が出没。海を越えてやってきた吸血鬼や妖怪大統領の襲撃に、日本の妖怪たちは力を合わせて立ち向かう。全16話を収録。

●924円

吉祥寺のスーパーが結成したお笑い芸人の「実業団」。夢に向かって走る彼らが、経営乗っ取りの危機から会社を救う!?〈『夢は捨てたと言わないで』を改題〉

●924円

奇跡

保護犬施設「ワン子の園」には、心身ともに傷を負った犬たちと様々な里親希望者がやってくる。犬と人間の共生が抱える闇と希望を描く心温まる長編小説。

●968円

つぎの1ページも、あなたと共に。

中公文庫は、2023年で創刊50周年を迎えます。1973年6月の創刊以来、長年にわたるご愛顧に感謝して、2023年1月より記念企画やプレゼントキャンペーンを実施いたします。

中公文庫 50th

記念企画ぞくぞく刊行

話題作
『流人道中記』浅田次郎
『52ヘルツのクジラたち』町田そのこ
『どくとるマンボウ航海記　増補新版』北 杜夫
『文庫の読書』荒川洋治
『文庫で読む100年の文学』読売新聞文化部他編
『50歳からの読書案内』中央公論新社編（単行本）

中公文庫プレミアム
『対談　日本の文学』（全3巻）

コミック
「決定版　ゲゲゲの鬼太郎」シリーズ
水木しげる

新シリーズ
上田秀人 書き下ろしシリーズ
アンソロジー
〈掌の読書会〉シリーズ『柚木麻子と読む林芙美子』

本屋さんでのお楽しみ
◎特別フェアを開催
◎好きな一文が書き込める
「#書けるしおり」を配布（フェア実施店のみ）

◀最新情報はこちら
https://www.chuko.co.jp/bunko/50th/

中央公論新社　https://www.chuko.co.jp/
〒100-8152 東京都千代田区大手町1-7-1 ☎03-5299-1730（販売）
◎表示価格は消費税（10%）を含みます。◎本紙の内容は変更になる場合があります。

管理会社によると最上階にある住居は三軒、その一三〇三号に、マル能・伊沢昌浩かもしれない男が住んでいる。もっとも、一三〇三号は分厚いカーテンが閉じられているようで、明かりは見えない。今現在、部屋の中にいるかどうかはわからないが、いる可能性は高い。

尾島は、伊沢らしき男が何階に住んでいるのかを、高山には教えていなかった。高山に予備知識を与え、結果を誘導してしまうのを避けるためだ。

「星が綺麗ですね」

閑谷が空を見ながら呟いた。凶悪なマル能がすぐ近くにいるかもしれないのに、全く呑気な奴だ――。尾島は改めて閑谷の性格にあきれた。

「イチ、星よりもホシだ。高山さん、どうだ？」

そう囁くと、尾島は高山を見た。

「います」

高山が即答した。尾島の顔に緊張が走った。

「本当か？」

「ええ。確かに気配を感じます。同類の気配です」

「どのへんから感じる？　何階あたりだ？」

高山は右手を空に向かって伸ばし、指差しながらはっきりと言った。

「かなり高い場所です。たぶん最上階だと思います」

翌日、四月二十三日、午後一時——。

尾島たちは午前中から、ＳＳＢＣ即ち捜査支援分析センターの特別捜査官・並木想作と綿密な打ち合わせを行った。そして午後になって管理会社に出向き、カネダが手配中の犯人らしいことを告げ、正式に捜査協力を依頼した。

依頼内容は、マンションの十三階通路の天井、一三〇三号のドアが見える位置に、動体センサーを装備した超小型無線カメラを設置させてもらうことだった。作業は埋込型天井照明の修理を装って行われ、カメラはその照明器具の中にセットされた。こうすればカメラの姿は見えず、明るさも得られ、電源も取ることができる。

このカメラは動くものを感知すると自動的に撮影を開始、同時にインターネット経由でＳＳＢＣにフルＨＤ画質の映像と音声を送る。ＳＳＢＣではそれを自動録画し、同時に顔認証システムが、笹野が撮影した伊沢の映像などと比較、伊沢の可能性が高いと判断すれば。並木に「伊沢発見」を通知する。

「これで、カネダという人物がドアの外に出た瞬間に探知し、全身の動きを録画することができる。まずは、カネダが伊沢昌浩であるという証拠を掴む必要があるからな」

特殊八係に戻ってきた尾島たちは、会議に入った。長机を並べて作った正方形の各辺に、尾島の他、碓氷、閑谷、それに高山が座っている。

「カネダの撮影に成功し、カネダが伊沢であることが立証できたら、二十三年前の久我山0号事案における強盗殺人の疑いで逮捕状を請求、突入して逮捕する」

そこで尾島は、高山を見た。

「高山さん、いろいろご苦労だった」

尾島は高山に向かって頭を下げた。

「君のお陰で、伊沢の逮捕に大きく近づくことができた。ＤＮＡの提供とマンションでの捜査協力に、改めてお礼を言わせてもらう」

「お役御免ってことですか？」

そう聞く高山に、尾島は頷いた。

「そう、君の任務は全部終了だ。どうもありがとう。大変助かった」

すると高山が首を横に振った。

「僕の仕事は、まだ終わっていません」

「え？　高山さん、どういう意味だい？」

不思議そうに碓氷が聞いた。高山は尾島を見た。

「逮捕状が出たら、伊沢の部屋に踏み込むんですよね？　逮捕のために」

「そうだ。やれるだけの準備はしているが、非常に危険な任務だ。これ以上君を危険に晒すことはできない。それにもう、君にやれることはない」

「伊沢の逮捕時にも、僕を使うべきだと思います」

高山はきっぱりと断言した。

「使うって、まさか高山さん」

尾島が不安を顕《あら》わにした。

「能力を使って、伊沢と戦おうっていうんじゃないだろうな？」

高山と最初に会った時、線路に落下した幼児を持ち上げて助けたのを見た。かなり強い力を発揮できるのは間違いない。しかし高山は、伊沢のように何十人も平気で殺してきた根っからの犯罪者ではない。他人に暴力を振るうことができるのだろうか？

少しでも躊躇《ちゅうちょ》や手加減をしたが最後、逆に伊沢に殺されてしまうだろう。暴力は慣れているほうが勝つ。これは生身の戦いと同じだ。それに勝ったとしても、万が一伊沢を殺してしまったら、中園都知事も王城も逮捕することができなくなってしまう。

「馬鹿なこと言わないで下さい！　伊沢に殺されたらどうするんです？」

関谷も必死に説得を試みた。

「我々は警察官です。逮捕術の訓練も受けています。テーザー銃や実弾の入った拳銃で武装するつもりですし、それにマル能用の捕具も用意しています。丸腰の高山さんが逮捕現場についてきたりしたら、真っ先に伊沢に狙われるのはあなたですよ？　はっきり言って足手まといですから！」

高山は当然だと言わんばかりに頷いた。

「確かに伊沢は、他人の身体をハッキングするという、とんでもない能力を持っていると聞きました。残念ながら僕にはそんな力はありません。まともに戦ったら僕に勝ち目はないでしょう。あっという間に殺されてしまうんじゃないでしょうか。――ですが」

閑谷に向かって、こう続けた。

「僕が伊沢の能力を、無効化することができるとしたら？」

高山の言葉に、会議室がしんと静まり返った。

しばらくのちに、ようやく碓氷が口を開いた。

「あの、高山さん。今、何て言いました？」

「僕は、他の背理能力者の能力を、全て消し去ることができるんです」

噛んで含めるように、高山は答えた。

「だから伊沢を逮捕する時には、僕を連れていくべきです。皆さんの命を守ることができますし、より確実に伊沢を逮捕することができます」

「どうして、そんなことができるって言えるんです？」

碓氷が疑いの目で高山を見た。

「他のマル能の能力を、無効化したことがあるんですか？」

すると高山はこう言った。

「僕がこの能力に気が付いたのは、コロナ禍が始まった頃、電車内で電話で喋っている人に遭遇した時です。足を高々と組み、マスクを顎の下にずらして、楽しそうに大声で、唾を飛ばしながら喋り続けていました。そして僕は運悪く、その喋っている人の真向かいに座っていたんです」

三人を見回しながら、高山は淡々と説明を続けた。

「周囲の人も明らかに嫌がっていました。僕もウイルス感染の恐怖を感じ、電話が切れるよう強く念じました。そうしたら急に男が会話をやめ、もしもしと何度も呼びかけた後、諦めてスマートフォンをポケットに仕舞ったんです。その時僕は、自分が携帯電話の電波を、つまり電磁波を遮断できるとわかったんです」

高山が尾島を見た。

「尾島さん、能力って電磁波なんですよね？　じゃあ無効化できると思います」

尾島は絶句した。確かに、背理能力も電磁波だという大谷無常の仮説に基づけば、高山は確かに背理能力を封じることができることになる。

「冗談だよね？」

碓氷がぎこちなく笑った。

「そんなすごい能力があるなんてさ。そんなことができたら苦労はないよ」

尾島は、興奮のために自分の心臓が高鳴るのを抑えられなかった。

伊沢が使う能力を、全て無効化できる――。もし本当にそうであれば、背理犯罪の捜査において、高山はまさに最終兵器だ。伊沢昌浩のような、恐ろしい殺傷能力を持つ背理能力者を、無力な普通の人間にすることができるというのだ。まるで夢のような話ではないか。全ての問題がこれで解決する。

――だが。

「高山さん」

尾島は努めて冷静に、高山に話しかけた。

「もし君が、本当にそんな能力を持っているのであれば、我々は是非とも、伊沢の身柄確保に協力してほしい。君自身にも危険は及ばないだろうからね。――でも」

尾島は高山の目をじっと見ながら続けた。

「残念ながら我々には、その能力を確認する術《すべ》がない。君の他に協力的な背理能力者を知らないから、実際にやってもらって確かめることができないんだ。そうなるとぶっつけ本番ということになるが、それはあまりにも危険すぎる。君を伊沢の逮捕に連れていくことはできない」

「あなたたち、死にたいんですか？」

高山が無表情に尾島たち三人を見回した。

その言葉に三人が気圧され、押し黙った。

「僕が思うに、伊沢には拳銃もテーザー銃も何の役にも立ちません。対面したが最後、あっという間に身体を操られ、撃つ暇などないからです。そのことは笹野さんという刑事さんが殉職された時にわかった筈です。僕の言うことを信じて、僕を連れていくしか、伊沢を拘束する方法はありません」

「しかし――」

尾島は反論しようとしたが、できなかった。高山の言うことは正しかった。

巌田課長に直訴してテーザー銃を配備してもらったが、本当に伊沢の逮捕に役立つのかは全く未知数だ。高山の言う通り、使う暇すらない可能性もあるのだ。鉛板入りのアイマスクと革製のミトンという捕具も、テーザー銃で伊沢を感電させられなかったら、何の意味もない。

どうしたらいい？　高山を連れていくべきなのか？　尾島は迷った。

「あの」

関谷が口を開いた。三人が同時に関谷を見た。

「高山さんが他人の背理能力を無効化できるかどうか、多分、簡単な実験でわかるんじゃないでしょうか」

尾島と碓氷は、思わず身を乗り出した。

「本当か？」

「イチ君。どんな実験だい？」

「よいしょっと！」

どん、という音とともに、関谷が会議室の長机の上に、一抱えほどもある四角いものを置いた。

「これで、準備完了です」

得意げな関谷に、碓氷が聞いた。

「こんなもの、どっから持ってきたんだい？」

「給湯室ですよ。この会議室、コンセントはありましたっけ？　――あ、あった！」

床に埋込式のコンセントを発見し、関谷は長机の下に潜り込むと、持ってきた四角いものから伸びている電源コードを差し込んだ。

関谷が持ってきたのは、給湯室に設置されている電子オーブンレンジだった。さらに関谷はこのレンジの庫内に、半分ほど水の入った陶器のマグカップを入れ、扉を閉じた。

「これで準備ＯＫです」

そう言うと関谷は両手をはたき合わせ、尾島と碓氷を見た。

「六百Ｗで一分もレンチンすれば、マグカップの中の水は熱湯になります。でも、高山さんが電子レンジのマイクロ波を、つまり電磁波を遮断することができれば、水はいつまで経っても水のままです」

監察医・大谷無常の仮説によると、背理能力とは電磁波を感知し、また自らの身体から電磁波を発して物体や人間に作用するものである。この仮説の上に立てば、もし高山が背理能力を無効化できるとしたら、電磁波を出す機械、例えば電子レンジの作動を邪魔することができるのではないか？　これが関谷一大が考えた判定方法だった。

尾島が聞いた、

「それでイチ、高山さんはどういう原理で電磁波を遮断するんだ？」

「さあ？」

関谷はあっけらかんと答えた。

「理屈はどうあれ、高山さんが電磁波を遮断できればいいんでしょう？」

すると碓氷が、心配そうに高山を見た。

「高山さん、いいのかい？　こんな実験やって。警察に協力する条件に、背理能力の実験でモルモット扱いしないというのがあった気がするけど」

高山は仕方なさそうに頷いた。

「知らない人たちの前で、見世物にされるんでなければいいですよ。それにこの実験をやらないと、僕の言うことを信じてもらえそうにないし」

「実験の経過を録画していいですか？」

関谷がスマホを手に高山に聞いた。高山が肩をすくめた。

「構いませんよ。その代わり邪魔にならないよう、僕の後ろでやって下さい」

そう言うと高山は、電子レンジの正面に立った。

関谷が電子レンジの設定を六百Wで一分にセットし、尾島を見た。

「トウさん、合図したらレンジのボタンを押してくれませんか」

「え？　ああ、わかった」

関谷は高山の背後に回ると、スマートフォンを両手で構え、電子レンジに向けた。その中には水の入ったマグカップが入っている。

軽く息を吸い込んで、高山が背後の関谷に言った。

「いつでもどうぞ」

閑谷がスマートフォンの画面を指で押した。動画撮影のボタンをタップしたのだ。

「はい、スタート！」

閑谷が叫んだ。尾島は急いで電子レンジに手を伸ばし、スタートボタンを押して後ろに下がった。電子レンジの庫内に黄色い照明が灯り、唸るような音が響き始めた。

同時に高山が、右手を広げながら前に伸ばした。そのままの姿勢で、高山はじっと電子レンジを凝視している。その姿を閑谷が、背後からスマートフォンを両手で構えて撮影している。

電子レンジの数字が残り時間を告げる。五十五秒、五十秒、四十五秒、三十秒――。電子レンジは静かに唸り続けている。高山も閑谷も、同じ姿勢のまま微動だにしない。

ピーッという音が三回鳴った。一分が経ったのだ。

「はい、終わりです」

閑谷の声に、高山がゆっくりと右手を下ろした。

閑谷は、スマートフォンをスーツのポケットに仕舞いながら電子レンジに駆け寄り、扉を開け、マグカップを慎重に取り出した。

「冷たいです！　水のままです、トウさん！」

閑谷が歓声を上げると、マグカップを両手で包むように持ち、そのまま尾島に渡した。尾島は取っ手を左手で持つと、右手の人差し指を中に突っ込んだ。中の水は確かに冷たいままだった。

「冷たいな」

碓氷も尾島からマグカップを受け取り、そのままぐびりと一口飲んだ。

「本当だ。全然熱くなってない」

首を捻りながら、碓氷はマグカップを再び電子レンジの庫内に戻した。

「この電子レンジ、壊れてんじゃないだろうね？　ちょっといいかな？」

碓氷は再び六百Ｗで一分にセットして、スタートボタンを押した。やがて電子音が響いて加熱が終わると、碓氷はマグカップを取り出して再び口に運んだ。

「あちゃちゃちゃちゃちゃ！」

碓氷は慌てて口の中のものを吐き出すと、マグカップを机に置き、顔をしかめながら口の周りをハンカチで拭った。どうやらマグカップの中の水は熱湯になっていたようだった。

「もっとわかりやすい実験があります」

高山が碓氷に目を遣った。

「碓氷さん。あなたのスマホで、何か音楽をストリーム再生してもらえますか？　曲は何でも結構です」

「え？　じゃ、じゃあ、ＶｉｅｗＴｕｂｅでお気に入りのＰＶを」

碓氷は自分のスマートフォンを操作して机の上に置き、音楽動画の再生マークをタップした。スマートフォンは、警視庁本部の無線ＬＡＮにＷｉ《ワイ》‐Ｆｉ《ファイ》接続されている。すぐに人気女性アイドルグループの踊っている動画がストリームで再生され始め、会議室にその歌声が流れた。

高山が右手を水平に上げ、そのスマートフォンに向けた。慌てて閑谷も高山の背後に回り、自分のスマートフォンを両手で構えた。

その途端、ふっ、と歌声が途絶えた。会議室はしんと静まり返った。

尾島が碓氷のスマートフォンに近づいて覗き込むと、扇形《おうぎがた》のＷｉ‐Ｆｉマークが消え、５Ｇ回線の表示もなく、圏外の表示が出ていた。

高山が右手を引っ込めた。するとすぐに動画の再生が再開され、再び歌声が響き始めた。今までＷｉ‐Ｆｉ電波、即ち電磁波が遮断されていたことは明らかだった。

「イチ君さあ」

碓氷が唇をさすりながら閑谷を見た。

「もしかして電子レンジの実験、要らなかったんじゃないか？」

「そうみたいですね。すみません、唇を火傷《やけど》させちゃって」

閑谷も恐縮して謝った。

尾島は茫然として高山を見た。高山は確かに電磁波を遮断した。つまり、伊沢の背理能力を無効化できるのだ。

「いかがでしょう、尾島さん」

高山が尾島を見た。

「僕はおそらく、伊沢の他人を操る能力を無効化することができます。伊沢を逮捕する時には、絶対に僕を同行させるべきだと思います」

「少し、時間をくれないか」

かろうじて尾島は、そう答えた。

「いずれにせよ、あのマンションの最上階に住んでいるのが伊沢昌浩かどうか、カメラの映像で確認する必要がある。そして確認後、裁判所から逮捕状を得て、ようやく突入することができる。それまでの間、考えさせてくれ」

「わかりました。では、ご連絡をお待ちしています」

高山はそう言うと、会釈して会議室を出ていった。

11　決定

「背理能力を無効化する、背理能力だと？」

電話の向こうで、大谷無常が怪訝な声で言った。

「そうだ。そんな能力が存在すると思うか？」

尾島到が疑問を投げると、大谷は少しだけ考えた後、こう言葉を返した。

「理論的には、あり得る」

「本当か？」

念を押す尾島に、大谷ははっきりと肯定した。

「本当だ。背理能力の正体は電磁波だという前提に立てば、自ら発した電磁波で周囲の電磁波を消し去ることも、理論的には充分に可能だ」


四月二十三日、午後十時四十分――。

高山宙が特殊八係の会議室で、電磁波を遮断する能力を披露してくれた日の夜。尾島は碓氷と閑谷を帰らせた後、監察医・大谷無常の携帯に「仕事が終わり次第、電話をくれ」というメッセージを送った。それから約三十分後、大谷から尾島の携帯に電話がかかってくると、尾島はいきなり冒頭の質問を投げかけたのだった。

尾島は大谷に、さらに質問した。

「理論的に可能って、どんな理論で背理能力を無効化するんだ？　聞いても俺に理解できるかどうかはわからないが」

「これも仮説だが、理論自体はシンプルだ」

そして大谷は、逆に尾島に質問した。

「尾島。お前イヤホンは使うか？」

「イヤホン？」

質問の意味がわからないまま、尾島は答えた。

「ああ、使う。音楽はあまり聴かないが、いつも電車の中じゃスマホでニュース動画を観ているから、その時は無線のイヤホンを使っている」

すると、大谷がさらに聞いた。

「では、ノイズキャンセリング機能の付いたイヤホンを使用したことはあるか？」

「今使っているイヤホンがそうだよ。量販店の店員に勧められて買ったんだが、あれはいいな。周囲の雑音が消えるから、電車の中でも音声がクリアに聞こえる」

「それが原理だ」

「え？　どういうことだ？」

大谷は説明を始めた。イヤホンやヘッドホンに搭載されるノイズキャンセリング機能とは、内蔵されたマイクで周りの騒音を集音し、その「逆位相《ぎゃくいそう》」の音波を出すことによって騒音を中和する仕組みだ。

音波は正確には電磁波ではない。電磁波は真空中でも伝わるが、音波は空気や水などの振動体を必要とするため真空中では伝わらない。しかし、音波も電磁波も同じくエネルギー波であり、振動だ。波長があり、振幅があり、周期があり、振動数を持ち、反射・吸収やドップラー効果が起こるなど、いくつもの共通点を持っている。

そして電磁波も音波と同じく、逆位相の電磁波を重ねることで打ち消すことができる。

例えば「光の干渉」と呼ばれる現象がある。身近な例では、シャボン玉や水に浮いたガソリンに光が当たると、虹色に見える現象がそうだ。シャボン玉やガソリンの表面で反射した光と、裏面で反射された光が干渉して波長が変わり、七色の光に変化するのだが、よく見ると色のない真っ黒な部分がある。逆位相の光により、光が消えた部分だ。

電磁波もまた電磁波なので、これと全く同じ干渉現象が起こる。この干渉を利用したのが電波を一定方向だけに放射する「指向性アンテナ」だ。放射器と導波器からの電波の位相をずらすことで、ある方向にだけ強い電波を放射し、他の方向への放射を消すことが可能となるのだ――。

「この逆位相による干渉という現象は、背理能力においても起こりうる。ある背理能力者が物体を動かそうとして電磁波を発した時、その電磁波の波長を感知して、逆位相の電磁波を発することができれば、背理能力は中和され、物体は動かせなくなる」

　これが、高山が他人の背理能力を無効化できる理由か――。大谷の言葉に、尾島は思わず大きく頷いた。

「実は無常。今日、高山宙という背理能力者が、電磁波を遮断してみせたんだ」

　尾島は大谷に、電子レンジとスマートフォンを使った実験について話した。

「お前、いつ背理能力者の協力者を見つけた？」

　驚く大谷に、尾島が恐縮の体《てい》で謝った。

「すまん。実はＳＳＢＣの尽力でついに高山宙を発見し、接触にも成功した。ＤＮＡ型鑑定の結果、伊沢の息子であることも確認された。そして、伊沢の捜査に協力してもらうことになったんだ」

「ではなぜ、さっさと俺のところへ連れてこない？」

「捜査に協力する条件というのが、背理能力解明のためのモルモットにしない、というものだったんだ。それでつい、お前への連絡が延び延びになってしまった」

　これを聞いた大谷は黙り込んだ。怒っているのだろうと尾島は判断した。背理能力の解明のためには、生きた背理能力者で実験する必要がある、大谷は繰り返しそう言っていたからだ。

「無常、お前の不満はよくわかる。俺としても、一刻も早く背理能力の原理を解明してほしい。だが、まずは伊沢の逮捕を最優先にしたいんだ。伊沢を早く拘束しないと、中園都知事と中公会の王城が、また伊沢を使って悪事を行わないとも限らないからな。そして昨日、高山のお陰でようやく伊沢の居所を突き止めたところだ」

尾島は急いで弁明し、話を続けた。

「それでどうだろう。実験の結果、高山には電子レンジやＷｉ‐Ｆｉの電磁波を遮断する能力があることはわかった。問題は、実際に伊沢の能力を消すことができるかだ。もし本当に消せるんなら、これ以上強力な援軍はいない。伊沢の逮捕に同行させたいと思うが、どうだろうか？　無論、危険に晒さないよう細心の注意を払う」

少しの間を置いて、大谷は答えた。

「おそらく、その高山という背理能力者には確信があるのだろう。自分が機械の発する電磁波だけではなく、他人の背理能力を無効化できるということに」

「確信？」

「そうだ。でないと、自ら逮捕に参加したいなどと言わない筈だ。もし伊沢の能力を封じることができなかったら、お前たちのみならず高山自身も殺される可能性が高いからな。つまり高山は、伊沢の能力を封じることができるのだ」

「本当か！」

尾島が喜ぶと大谷は、ただし、と言って付け加えた。

「ただし、そのためには高山の求める条件を全て調えてやることだ。そうでないと、おそらく高山は充分な結果を出すことができないだろう」

「ああ。そのつもりだ」

頷きながら尾島は、随分と細かい男だなと思ったが、口には出さなかった。

「しかし、不思議な男だ」

大谷が呟いた。

「不思議って誰がだ？」

「高山宙という青年だ」

どういうことだ？　尾島は訝しんだ。背理能力者だから不思議な存在なのは確かだが、そういう意味ではあるまい。しかし尾島には、背理能力者である以外、ごく普通の青年だとしか思えなかった。

「そもそも尾島。三鷹事件が背理能力者による殺人事件ではないかと疑ったのは、お前が高山と出会って、背理能力の存在を知ったからだったな？」

大谷に聞かれ、尾島は頷いた。

「ああ、そうだ。もし高山に出会わなかったら、背理能力者なんて奴らの存在には、一生気が付かなかったかもしれない。三鷹事件は病死として処理しただろうし、都知事選で起きた連続殺人事件も、事故死だと思っただろうな」

「ということは、全ての発端は、高山との出会いだった訳だ」

「そういうことになるな。俺が偶然、高山と出会ったのが全ての始まりだった」

「偶然なんだろうか？」

大谷が自問するように言った。

「どういう意味だ？　無常」

「高山とお前は会うことになっていた、そう考えられないか？」

「まさか」

尾島は眉を寄せた。高山宙と出会ったのは、所轄の新宿署で事務手続きを終えて警視庁本部へ戻る途中、西新宿の繁華街を歩いていた時のことだった。コインロッカーの扉を開け、中に入っていたボストンバッグを置いたまま立ち去ろうとした青年を見て、尾島は職務質問し、任意同行を求めた。その青年が高山だった。

もし、あれが偶然ではないとしたら、高山は尾島があの日西新宿に行くのを知っていて、そこで尾島を待ち伏せて、わざと怪しい行動を取って尾島に声をかけさせたことになる。そんなことがありうるのだろうか？

もっとも、あの日尾島が新宿署に行くことは、当時の部署・七係の同僚なら皆知っていた。だから、もし高山が七係に電話して、尾島の居場所を教えてもらえれば、新宿署から出てきた尾島を尾行することも可能だった。そして、尾島が西新宿の繁華街に来たところで、コインロッカーの前に先回りして――。

――ありえない。尾島は自分の想像をきっぱりと否定した。

警察官でもない高山が警察に電話してきて、尾島の行動予定を尋ねたところで、同僚が教える筈がないのだ。つまり高山が尾島を待ち伏せることは不可能だった。よって尾島と高山が出会ったのは、偶然なのだ。

「考えすぎじゃないか？　無常」

尾島がその理由を説明すると、大谷もすぐに納得した。

「どうやらそのようだな。きっと俺も昔刑事だったせいで、あらゆる出来事を疑う癖《くせ》が、今も抜けていないということだろう。——ただし」

大谷は今日二度目の「ただし」を言ってから続けた。

「高山がお前たちの捜査活動において、当初から常に重要な役割を果たしていることは間違いない。お前に背理能力者の存在を教えたのみならず、二十三年前の強盗殺人事件の生き証人でもあり、さらに他者の背理能力を無効化するという、とんでもない能力を有しているというのだから」

大谷は尾島に念を押した。

「高山を失うことのないよう、くれぐれも気を付けることだ」

「わかってるさ。言われるまでもない」

そして尾島は大谷の助言に対する礼を言い、電話を切った。

大谷との電話を終えた後、尾島は誰もいない特殊八係の部屋で一人考えていた。

この世界には、普通の人間が暮らす階層《レイヤー》と背理能力者が暮らす階層が、別々に存在している。そしてこの二つの層が重なった所で、背理能力者による殺人が発生する。だが普通の人間は、それが殺人だと気が付くことはない——。

尾島は高山と出会ったことで、この知られざる真実を知ることになった。三鷹事件が背理能力者による殺人だと気が付き、直後に起きた都知事候補の連続事故死もまた背理能力者による殺人だとわかり、その犯人である伊沢は、二十三年前に起きた久我山0号事案の真犯人であることが判明した。

そして今は、背理犯罪の捜査のために新設された特殊八係の係長を任され、背理能力者・伊沢昌浩の逮捕を目指している。つい半年ちょっと前までは、この世にそんな者たちがいるなど、全く夢にも思わなかったのに——。

そう考えた時、尾島はふと奇妙な感覚に襲われた。

尾島は自分の意志で、背理能力者の捜査に身を投じたと思っていた。しかし、こうやって振り返ってみると、何者かによって、伊沢昌浩を発見し逮捕するべく、案内されてきた——。そんな気がしてきたのだ。

——高山とお前は会うことになっていた、そう考えられないか——？

尾島の頭の中で、大谷の言葉が響いた。

そんな馬鹿なことがある筈がない。そう思いながらも尾島は、誰もいない深夜の特殊八係の部屋で、何か忘れ物をしているかのような気持ち悪さを感じていた。

12 逃亡

人間の形をした黒い板が立っている。その板の上を、小さな緑色の光が迷うようにふらふらと動いている。そして光は、黒い板の中央でぴたりと動きを止めた。

次の瞬間、ばしゅっという圧搾《あっさく》空気の噴出する音が響き、黒い板の中央とその五十cmほど下に、小さな金属製の筒が二本、たたっと突き刺さった。その小さな筒からは細いワイヤーが真っ直ぐに延びており、もう一方の端は四角く黄色い銃身の、ハンドガンの銃口に繋がっている。

再び、ばしゅっと発射音が響いた。ワイヤーの付いた二本の筒が、また黒い人間型の板の胸と腹部に、たたっと突き刺さった。

「碓氷さん。すごいです！　これで六回撃って、十二発のうち九発が命中ですよ！」

関谷一大が両手を上げ、はしゃいだ声を上げた。

「お見事です。これならもう実戦で使えそうだ」

尾島到も嬉しそうに、小さく拍手しながら言った。

「いや、イチ君も係長も褒めすぎですって。たまたまですよ、弾《たま》だけに」

碓氷進が、ふうと大きく息を吐いて、ようやく嬉しそうに笑みを浮かべた。

四月二十七日、午前九時――。

尾島、碓氷、閑谷の三人は、東京都江東《こうとう》区新木場《しんきば》にある「警視庁術科センター」に来ていた。警視庁警務部教養課が管理するこの施設には、警視庁に勤務する警察官のための拳銃、逮捕術、柔道、剣道、合気道等の総合訓練場がある。三人がいるのは、拳銃射撃の訓練設備がある「けん銃指導室」だった。秘密保持のため、三人の他には誰もいない。

碓氷が撃った四角い銃身のハンドガンは、制式配備される拳銃ではない。尾島の要望によってアメリカのアクソン・エンタープライズ社から空輸され、昨日警視庁に届いたばかりの二連装テーザー銃、TASER《テーザー》7だ。今回、三挺《ちょう》と電極カートリッジ十二ダース、それに専用ホルスターと充電器が、試用実験という名目で導入された。

小さな緑色の光は、銃身の下部から照射される照準用のレーザーポインタだ。黒い板に刺さった金属製の筒は、ダーツと呼ばれる電極を内蔵した射出体。一つのカートリッジで四本の電極を発射でき、予備のカートリッジへも一瞬で交換できる。

テーザー銃は低致死性武器《レスリーサル・ウェポン》と呼ばれるワイヤー針式スタンガンで、暴動鎮圧や犯罪者拘束のためアメリカやカナダの軍と警察で制式採用されている。五万Vの電撃で対象に激痛を与え、また全身を麻痺させて動きを封じる。最近は無線《ワイヤレス》タイプも開発されているが、大型で単発のため、小型で二連発の有線《ワイヤード》タイプを選択した。

射撃を終え、テーザー銃を台に置く碓氷を見て、尾島は密かに安堵の息を吐いた。

つい三週間ほど前、動画パフォーマーの背理能力者・宇津辺晴人が起こした銀行籠城事件、通称・中野事件で出動した際、尾島が危機に陥ったのを見て碓氷が発砲、宇津辺の胸を撃ち抜いてしまった。脚を狙ったらしいが、射撃の経験不足から、反動で銃口が跳ね上がるのを抑えきれず、銃弾が狙いよりも上に飛んでしまったのだ。

いかに刑事といえども、人間一人を射殺すれば精神に大きなダメージが残る。それがトラウマとなって、銃が撃てなくなる事態も想像された。しかし今日、碓氷は無事に射撃練習を終えた。使用したのが本物の拳銃ではなくテーザー銃で、しかも照準用レーザーポインタが付いていることもあるのだろう。

何にせよ、碓氷が戦力として参加できるのは、尾島にとっては朗報だった。特殊八係は尾島・碓氷・閑谷の三名しかいない。このたった三人で凶暴なマル能・伊沢昌浩の逮捕に臨まなければならない。一人でも欠ける事態は何としても避けたかった。

伊沢は他人の身体をハッキングして操るという、とんでもない能力を持つマル能だ。唯一心強いのは、伊沢の実の息子である高山宙が、他のマル能の能力を無効化できると言っていることだ。そして閑谷のアイディアで実験を行い、確かに高山が電磁波を遮断できることが証明された。

――しかし。尾島は気を引き締めた。最悪の場合も想定しておかなければならない。高山は電磁波の遮断はできるが、本当にマル能の能力を無効化できるのだろうか？　高山の他に協力的なマル能がいない以上、その予行演習を行うことはできない。つまり、ぶっつけ本番の一発勝負なのだ。

もし、高山が伊沢に対して無力だった場合、我々三人だけで伊沢を拘束、逮捕するしかない。その場合、我々の武器は、鉛板入りのアイマスクと、革製のミトンと、アメリカから取り寄せたばかりのテーザー銃三挺しかない。だからこそ、三人のうち一人でも欠けることなく、伊沢の逮捕にあたらねばならないのだ。

「よかったです。碓氷さん、頼りになりそうで」

関谷が尾島にこっそり囁いた。

「後はカネダが伊沢だと確認するだけですね。確認できたら、いよいよ突入です」

無言で頷きながらも、尾島は徐々に不安を感じ始めていた。

ＳＳＢＣの並木想作から、伊沢を確認したという連絡が一向に来ないのだ。ということは、伊沢の部屋のドアを狙って仕掛けた無線カメラが、伊沢の姿を一度も捉えていないのだ。つまりこの四日間、伊沢は一歩も外出せず、通販の宅配便や食事のデリバリーも受け取っていないということになる。

しかし、そんなことがあるのだろうか？　尾島は胸騒ぎを抑えられなかった。

直接訪問し、この目で顔を確認するべきではないか？　この四日間、尾島は何度もそう考えたが、結論はＮＯだった。もしドアの中にいるのが伊沢なら、普通の被疑者ではない。素手で簡単に人を殺す能力を持ち、殺人に禁忌《きんき》を持たない凶暴な殺人マシンなのだ。そいつの潜伏中の部屋を訪れるのは、ヒグマの巣穴を覗き込むに等しい。

しかし今日、状況は変わった。テーザー銃という強力な武器が到着し、試射の結果三人で使える目処《めど》が立った。それに高山宙という心強い味方もいるじゃないか。

――よし。尾島は腹を括った。

「碓氷さん、イチ、聞いてくれ」

尾島は碓氷と閑谷を呼ぶと、二人に告げた。

「本日、裁判所に逮捕状を請求する。発付され次第、カネダなる人物のマンションを訪問する。カネダが伊沢昌浩であることが確認された場合、そのまま身柄を確保、二十三年前の久我山事件における強盗殺人の疑いで逮捕する」

碓氷と閑谷の顔に緊張が走った。尾島は続けた。

「なお出動にあたっては、協力者である高山宙にも同行を依頼する。背理能力者であろうとも民間人だ。危険を徹底的に排除するよう、皆で全力を尽くす。いいな？」

「はい！」

「うぃっす」

閑谷が気合の入った声で、碓氷が緊張した低い声で、それぞれに返事をした。

ついに伊沢と対面するのだ――。尾島は気持ちが一気に昂《たかぶ》るのを感じた。

二十三年前の久我山事件をはじめ、表沙汰にならないものも含め数々の犯罪に手を染め、昨年末の東京都知事選では、現職の都知事・中園薫子の対立候補二名を殺害、さらに巻き込む形で、中公会幹部・王城竜介の指示で数十人の罪もない人々を殺傷した。そして伊沢は、久我山事件から伊沢を追い続けた刑事、特殊八係の同僚・笹野雄吉をも惨殺した。

　その伊沢をこの手で逮捕する時が、ついにやってきたのだ。


　翌二十八日、午後十時――。

　闇夜を背景に、新宿区山吹町の一角にそびえる十三階建てマンション、リージェンシー牛込。そこから三十ｍほど離れた路上に、ダークメタルグレーのスカイライン４００Ｒが、暗闇に溶け込むように駐車していた。尾島たち特殊八係に配備された覆面車だ。運転席に碓氷進、助手席に尾島到、後部座席の左側に閑谷一大、そして右側に高山宙。

「どうです？　高山さん。カネダは部屋の中にいますか？」

　閑谷が小声で聞いた。高山は無言のままマンションの最上階を凝視していたが、やがて首を横に振った。

「今、同類の気配は感じられません。距離が離れているせいかもしれません」

　尾島が頷き、碓氷と閑谷に小声で命じた。

「接近する。各自、テーザー銃確認」

「充電よし」

「ライト及びポインタよし」

「装弾よし」

「安全装置よし」

碓氷と関谷がそれぞれのテーザー銃をチェックし、応答した。

「イチ、捕具は」

「はい。ここに」

関谷の返事に尾島は頷いた。

「よし、行くぞ！」

尾島が助手席のドアを静かに開け、路上へ出た。残る三人もそれに続いた。四人は極力足音を立てないよう、目的地のマンションへ徒歩で接近していく。先頭が尾島、続いて碓氷、そのあと関谷と高山。関谷は高山の護衛のため、ぴったりと隣に付いている。

やがて四人はマンションのエントランス前に来た。真上を見上げると最上階の十三階が見えるが、今日もカーテンがぴったりと閉じられていて、明かりは見えない。

「真っ暗ですね」

ぼそりと関谷が呟いた。夜空のことを言っているのか、それとも最上階の窓のことなのか、尾島にはわからなかった。

「高山さん、どうだ？　感知したか？」

尾島が高山に聞いた。高山はじっと最上階を見上げたまま、無言だった。

しばらく待った後、尾島は重ねて聞いた。

「高山さん。君は前回ここに来た時、このマンションの最上階に同類がいると言った。今はどうだ？　最上階にいるか？」

　このマンションの最上階に隠しカメラを仕掛けて今日で六日。その間、顔認証システムを管理するＳＳＢＣの並木から、カメラが伊沢の姿を捉えたという報告はない。つまり、その間伊沢は一歩も外出しておらず、今も最上階の部屋の中にいるということだ。

　すると高山は視線を下げ、尾島を見ながらこう言った。

「わかりません」

　予想外の答えに、尾島は愕然とした。

「何だって？」

　尾島は思わず上ずった声を上げた。碓氷も慌てて尋ねた。

「わかりませんって、いるのかどうか、わからないってことかい？」

　閑谷も早口に聞いた。

「高山さん、落ち着いて答えて下さい。このマンションには背理能力者の気配が感じられない、そうなんですね？」

　高山は迷いを見せながらも、頷いた。

「ええ。このマンションからは、同類の気配がしません。つまり、ここにはいません」

「そんな筈はない」

　呟きながら尾島はスマートフォンを取り出し、画面を忙《せわ》しなくタッチし、左耳に当てて小声で喋り始めた。

「並木さん？　尾島だ。例の隠しカメラだが、まだ伊沢を捉えたという通知はないか？」

「ええ、ありません。通知はゼロですね」

並木の声が聞こえてきた。

「伊沢に限らず、カメラに映り込んだ人間は全員、録画すると同時に目視で確認していますが、今のところそれらしい人間は発見できていません。フードを被った人物も、金髪の男も映っていません。それどころか、一三〇三号のドアは一度も開いていませんから、住人は一歩もドアの外に出ていない筈です」

並木はのんびりにも聞こえる声で続けた。

「エントランスの防犯カメラには、今、尾島さんたち四人が映っています。あれ？　尾島さん、そちらの若い男性はどなたですか？　警察官じゃないみたいですけど」

「今はまだ言えないんだ。そのうち説明する」

おかしい――。尾島は必死に考えた。今、伊沢は部屋にはいない。ということは、この六日の間に部屋を出て逃亡したことになる。しかし、どうやって？　どのような方法で、ドアが映るように仕掛けられたカメラを掻い潜り、脱出したというんだ？　それとも自分を探っている高山の存在に気付き、気配を消しているのだろうか？

意を決して、尾島が言った。

「最上階へ行くぞ。もし一三〇三号の住人が伊沢だと確認できたら、そのまま踏み込んで拘束する」

そして尾島は高山を振り返った。

「高山さん。君の安全は何としても我々が守るが、もし身の危険を感じたら、遠慮なくすぐに逃げてくれ。いいな？」

「わかりました」

高山が緊張した顔で頷いた。

「イチ、管理会社に借りた合鍵は」

「はい、用意してます」

閑谷がポケットから黒いカバーの付いた電子キーを取り出した。

「並木さん聞いているか」

尾島がスマートフォンに囁いた。

「これから捜査対象《マルタイ》の部屋に向かう。引き続きエントランスと十三階のカメラを監視していてくれ」

「了解です」

並木の返事を聞き、尾島が電話を切ると、閑谷が合鍵でオートロックのドアを開けた。

「行くぞ」

そして尾島、碓氷、閑谷、高山の四人はエレベーターへと向かった。

エレベーターは唸るような低い音とともに上昇していく。尾島以下四人は無言のまま、ボタンの上に表示された赤い階数表示を凝視している。３、４、５、６、７――。

尾島は左手の腕時計をちらりと見た。現在、夜の十時二十三分。途中で他の住人が乗ってくる事態も覚悟していたが、深夜の上りエレベーターでは、途中の階から上の階に向かう者はほぼいない。何とか出会わずに済みそうだった。

表示が13になり、ポーンと小さな音が鳴った。最上階に着いたのだ。四人は足音を立てないようにエレベーターを出ると、一三〇三号のドアの前に来た。

尾島が碓氷と閑谷に合図した。二人は頷くとテーザー銃をホルスターから抜き、フラッシュライトとレーザーポインタを点灯させ、安全装置を解除した。そして両手でテーザー銃を構え、銃口を部屋のドアに向けた。

尾島が高山を見た。高山は集中するように目を細くし、そして残念そうに首を横に振った。ここまで来ても伊沢の気配は感じられないのだ。

尾島はまず、ドアの脇の壁にあるインターホンのボタンを押した。部屋の中でチャイムが鳴る音が、かすかに聞こえてきた。しかし応答はない。

尾島は慎重にドアに近づくと、ドアノブを右手で掴み、ゆっくりと右に回した。すぐに固い感触があり、ドアノブが止まった。鍵が掛かっているのだ。尾島は閑谷を見て顎をしゃくった。閑谷は頷き、管理会社に借りた合鍵を出そうと、スラックスのポケットに右手を突っ込んだ。

それを見た高山が、閑谷を制しながら前に進み出て、ドアの前に立った。尾島と碓氷は高山の左右に分かれて場所を空け、閑谷は高山の背後に回り、援護のためドアにテーザー銃を向けて構えた。高山は右手を前に突き出し、鍵の掛かったドアノブに右掌を向けた。がちゃり、と金属音が廊下に響いた。高山が能力を使用してドアの鍵を解錠したのだ。高山は三人を見回して頷くと、また後ろに下がった。

尾島が碓氷に目で合図した。碓氷が進み出てドアの前に立った。右手にテーザー銃を持ったまま、空いている左手を伸ばし、ドアノブを掴んだ後、一気に手前に引いた。

「警察だ！　動くな！」

尾島が叫びながら先頭に立って突入した。その後ろから碓氷も駆け込んでいった。閑谷は背後の高山を護衛しながら二人の後に続いた。

部屋の中は真っ暗だった。尾島と碓氷はテーザー銃の銃口をぐるりと巡らし、下部に付いたフラッシュライトで暗い部屋の中を照らした。部屋の中には誰の姿もなかった。しばらく無言で気配を窺った後、尾島はテーザー銃を構えたまま壁に手を這わせ、照明スイッチを押した。

部屋が明るくなった。そこは二十畳以上ありそうな広いワンルームだった。

壁際にダブルベッド。それにソファーセット。その他に家具はない。閑散とした殺風景な部屋だった。しかし部屋の隅には、弁当や惣菜、カップ麺などの容器が入った数個のレジ袋と、ビールの空き缶や空の酒瓶が転がっていた。確かについ最近まで、誰かがここで生活していたのだ。

「くそ、ずらかりやがった」

忌ま忌ましげに碓氷が呟いた。そこに関谷と高山も部屋に入ってきた。

「どうして姿を消したんでしょう。まさか、我々がヤサを突き止めたことに気付いて」

関谷も悔しそうな声で言った。

尾島は二人を促し、テーザー銃のフラッシュライトとレーザーポインタを消灯、安全装置をセットすると、腰のホルスターに戻した。

なぜだ――？　尾島は自問した。どうやって伊沢はこの部屋を脱出した？　そしてなぜ、俺たちはそれを察知できなかった？　この六日間、一三〇三号のドアは一度も開かなかったとＳＳＢＣの並木は言った。十三階通路の隠しカメラにも、一階エントランスの防犯カメラにも、伊沢らしき人物は映っていなかった。

尾島は部屋の中を見回した後、部屋の奥の掃出し窓をがらりと開け、ベランダに出た。春の冷たい風が部屋に吹き込んできた。眼下の道路を走る車の騒音が、急流の音のように下から響いてきた。

ベランダには非常用縄梯子のケースがあったが、開けた様子はなかった。それにこの縄梯子は一階下の部屋のベランダに降りるためのもので、十三階から一階まで降りることは不可能だ。両側にある仕切り壁は、蹴破《けやぶ》って隣室のベランダに移動できるが、隣室の玄関から通路に出た途端、カメラに捉えられるのは同じだ。

だとすれば、やはり伊沢は玄関ドアから脱出したと考えるしかない。しかし、どうやってカメラに映らずにドアを開け、通路を通ってエレベーターに乗ったのだろうか？

　まさか伊沢は透明になることができ、かつ壁抜けができるとでも言うのだろうか？　いや、いくらマル能でもそんなことができる訳がない。監察医・大谷無常の仮説によると、背理能力とは電磁波を操ることで生じる能力だ。電磁波をどう操れば、身体を透明にしたり、壁を通り抜けたりできるというのか――。

「電磁波？」

　突然、尾島はぽつりと呟いた。そしてスマートフォンを取り出すと、再びＳＳＢＣの並木を呼び出した。

「見てましたよ！　尾島さん」

　並木が電話に出るなり、興奮した声で言った。

「ガサ入れって言うんですか？　ドラマでしか見たことなかったけど、三人ともカッコ良かったです！」

「ガサ入れってのは家宅捜索のことだ。今日のは強いて言えば住居特定《ヤサツケ》で――それより並木さん」

　もどかしげに尾島が質問した。

「あの、通路の天井照明に隠した無線カメラだが、どういう仕組みでそっちに映像を送っているんだ？」

　並木が自慢げに答えた。

「一緒に小型のモバイルＷｉ‐Ｆｉルーターを仕込んであるんで、インターネット経由でこっちに送ってます。５Ｇ通信対応の最新型ですから、通信速度も固定回線に引けを取りませんよ」

「Ｗｉ‐Ｆｉって電波だな？」

「ええ。二・四ＧＨｚ《ギガヘルツ》帯と五ＧＨｚ帯という周波数の電波です」

電波とは即ち電磁波だ。今日、高山宙を連れてきたのも、彼が自分には他者の背理能力を封じる能力があると言ったからであり、その能力を確認するために、尾島たちは電子レンジとスマートフォンを使った実験をした――。

「くそ！　そういうことか！」

尾島は突然、悔しそうに叫んだ。

「どうしたんです？　尾島さん」

電話の向こうの並木が、当惑の声で聞いた。

「Ｗｉ‐Ｆｉだ」

尾島が早口に答えた。

「伊沢は十三階の通路にルーターのＷｉ‐Ｆｉ電波を感知し、無線監視カメラが仕掛けてあることを知った。そこでそのＷｉ‐Ｆｉ電波を遮断して、カメラが映像を送信するのを妨害し、その間に玄関ドアを開けて通路を移動し、エレベーターに乗り込んで逃亡した。そう考えるしかない」

「Ｗｉ‐Ｆｉ電波を感知した、ですって？」

並木は驚きの声を上げた。

「電波強度測定器《シグナルアナライザー》と電波遮断器《シグナルジャマー》を使ったってことですか？」

尾島は言葉を濁した。

「そんなところだ。おそらくこの六日の間にほんの十秒ほど、Ｗｉ‐Ｆｉ電波が途切れた時間があった筈だ。携帯電話だって、回線の混雑時には繋がらないことがあるし、雷雨が原因で障害が起きることもあるからな。だから顔認証システムが掻い潜られたのも仕方ないし、並木さん、君の落ち度でもない」

並木は納得しなかった。

「しかし、遮断器《ジャマー》を使ったら映像と音声に特有のノイズが入るし、電波遮断の痕跡が必ず残ります。何の痕跡も残さずに、十秒かそこらだけＷｉ‐Ｆｉ電波を綺麗にカットして、すぐにまた復旧させるなんて、そんなことが可能なんでしょうか？　伊沢って男は、電波工学の専門家なんですか？」

疑問を呈した並木に、苦しそうに尾島は答えた。

「ある意味では電磁波のプロだが、詳しく教えることはできないんだ。捜査上の秘密だと思ってほしい。すまない」

「わかりました」

並木が小さく溜め息をついた。

「でも、僕たちが一体何者を相手にしているのか、いつか教えられる時が来たら教えて下さい。僕も尾島さんたちと一緒に戦っている仲間のつもりなんで」

「すまない。頼りにしている」

もう一度謝り、尾島は続けた。

「ともかくこれで、またしてもマルタイを取り逃がしてしまった。引き続きこれまでと同じく、防犯カメラと交通カメラを駆使した捜索を続けてほしい」

「了解です。今度は絶対に逃がしませんよ」

意気込む並木によろしく頼むと言って、尾島は電話を切った。


全て俺の迂闊さのせいだ――。

住人のいなくなった、がらんとした部屋の中で、尾島は自責の念に苛《さいな》まれていた。振り出しに戻ってしまった。折角伊沢の潜伏先を突き止めたというのに、みすみす逃亡を許してしまった。相手は狡猾《こうかつ》なマル能なのだ。もっと用心すべきだった。

警察が高山という背理能力者を仲間にしたことを、前回このマンションを訪れた時に、伊沢も知ったのではないだろうか？　高山が伊沢の気配を探知できるのなら、伊沢もまた高山の気配を感知できる筈だ。それに、Ｗｉ‐Ｆｉ電波を使う隠しカメラを設置したのも間違いだった。部屋を突き止めたことを、伊沢に知らせてしまった。

このまま伊沢を取り逃がしてしまえば、二十三年前から伊沢を追い続け、そして伊沢に殺された笹野刑事の無念を晴らすことはできない。それだけではない。都知事選に勝つために対立候補者二名を殺害し、同時に無関係な数十人を巻き添えにして死傷させた、中園薫子都知事と中公会・王城竜介の犯罪を暴くこともできない。

――しかし。尾島は視線を後ろへと巡らせた。そこには碓氷、閑谷と小声で何事かを話している高山宙の姿があった。

そうとも、俺たちには高山宙がいる。追い続けているマル能・伊沢昌浩の実の息子である若き背理能力者が。高山は伊沢が近くにいれば存在を感知することができ、また同時に伊沢の能力を無効化することができる。伊沢の「神経をハッキングして他人の身体を操る」という恐ろしい能力を、高山は封じることができるのだ。

待っていろ、伊沢――。

尾島は自分の中に、再び闘志が湧き上がるのを感じた。

必ずお前を追い詰め、逮捕し、お前の残虐な犯罪が誰に命じられたものなのか、洗いざらい吐かせてやる。そして中園都知事と王城を逮捕し、裁判にかけ、殺された罪のない人々の無念を絶対に晴らしてやる。お前を絞首台《こうしゅだい》に送るのは、その後だ――。

13　部屋

「尾島さん。この部屋、捜査対象《マルタイ》が住んでいたんですよね？」

紺色の制服を着た旧知の鑑識課員が、不思議そうに尾島に聞いた。

「そうです。賃貸契約が四年前の十二月からですから、三年半弱。それが何か？」

尾島到が答えると、鑑識課員は首を捻った。

「何か、違和感があるんですよ」

「違和感？」

尾島が聞くと、鑑識課員は迷いながら頷いた。

「そうなんです。長年逃亡中の犯人の隠《かく》れ処《が》や、殺人犯の生まれ育った家、外国人犯罪者の部屋など、いろんなマルタイの住居に入りましたが、この部屋はそれらのどれにも似ていないんですよ。上手く言えないんですが、何か異質な感じがするんです。生活臭がないっていうのとも、ちょっと違うんですよね」

そう言うと鑑識課員は、ぼそりと呟いた。

「何と言うか、そう、人間味がないというか――」

四月三十日、午後八時。

伊沢昌浩を取り逃がしてしまった二日後――。

尾島到、碓氷進、閑谷一大の三人は、裁判所から捜索差押許可状が出るのを待って、鑑識課員とともにリージェンシー牛込へ向かい、久我山事件の強盗殺人犯・伊沢昌浩が住んでいたと思われる一三〇三号の家宅捜索、いわゆるガサ入れを行った。リビングとキッチンが一体となった、六十㎡強のワンルームだった。

すでに二日前にも部屋の中を見ているのだが、鑑識課員が漏らしたように、直前まで人が住んでいたにしてはあまりにも殺伐とした部屋だった。

生活の痕跡は確かに残っていた。部屋の隅には空き瓶や空き缶が放置され、弁当容器などのゴミが入ったレジ袋が転がっていた。バスルームにはタオルや歯ブラシや髭剃り、使いかけの石鹸類も置いてあった。

家具や電化製品も、最低限のものは置いてあった。ダブルベッド、ソファーとローテーブルのセット、大型液晶テレビ、エアコン、全自動洗濯機、それに冷蔵庫。全て高級品で、入居時に王城竜介が買い与えたものと思われた。

だが、それだけだった。まるでマンションのモデルルームに忍び込んで勝手に住んでいたかのような、生活感のなさだった。

リビングにはＰＣもオーディオもなく、天井照明以外の照明器具もなかった。新聞や雑誌類もなかった。壁には作り付けのクローゼットと引き出しがあったが、服は一切入っていなかった。洗濯機の中に灰色のジャージ上下、白いバスローブ、それに下着と靴下が残されているだけだった。玄関にも下駄箱にも靴は一足も残っていなかった。キッチンにも炊飯器や電子レンジなどの調理家電はなく、鍋やフライパンなどの調理道具もなかった。食事は全て、インスタント食品かデリバリーで済ませていたようだった。作り付けの戸棚の中に、買い置きのカップ麺やレトルト食品、パックご飯などが入っていたが、食器やカトラリー類は何も入っていなかった。

尾島は伊沢の部屋を眺めているうちに、昔のSF映画に出てきたマッド・サイエンティストを思い出した。研究以外のことに興味を持たない男で、彼の衣装ロッカーの中には、全く同じジャケットとシャツとスラックスをセットしたハンガーが、何セットもずらりとぶら下がっていた。服に全く興味がないから、毎日同じ服を着ていたのだ。

おそらく伊沢も同じで、持っている服はフードの付いたジャージの上下、下着、靴下、それに外出用の上着とスニーカー一足だけだと思われた。傷んだら同じような物に買い替えるのだろう。

尾島は、鑑識課員の感じた異質さの正体がわかった。この部屋からは、住人だった者の興味や嗜好《しこう》が一切感じられないのだ。物の所有も興味がないから、必要なものしか置いてなかったのだ。自分以外どころか、自分に関しても徹底して無関心。それが鑑識課員をして、人間味がないと感じさせたのではないか。

そして、自分以外の物に興味がないということは、自分以外の人間にも興味がないということではないだろうか？

　おそらくこの殺伐とした部屋は、恐ろしい力を持って生まれ、殺人に禁忌を持たず、法を無視して生きてきた伊沢昌浩の、荒涼とした精神を映す「鏡」なのだ。他者に全く興味がなく、誰とも関係を持つつもりがない。何かを好きになることも、愛することもない。対象が物であろうと、人間であろうと、自分自身であろうと――。

　さらに四日後、五月四日――。

　世間は連休の最中《さなか》というこの日の朝、鑑識課からの報告書が尾島に届いた。マンションの一三〇三号に放置された廃棄物と遺留物から、いくつかの重要な情報が入手できたことがわかった。

　まず、家財道具や遺留物から検出した人間のＤＮＡ型を、殉職した笹野雄吉が入手したＤＮＡ型と照合した結果、同一人物であることが証明された。映像ではとうとう確認できなかったが、あの部屋に住んでいたのが伊沢昌浩であると証明できたのだ。

　次に、伊沢の毛髪も多数採取された。大部分は根本の数センチが黒く、そこから先は金色だった。これは黒い髪を脱色して金色に染めたものだ。残る数本は全体が金色で、これは白髪を金色に染めた結果だ。伊沢の年齢は今年四十三歳だが、年齢にしては白髪が多いようだった。

　また、この部屋から採取された指紋を、都知事選事件で伊沢を乗せた車から採取された指紋全てと照合した結果、伊沢の指紋を初めて特定することに成功した。

だが、伊沢の捜索は振り出しに戻った。伊沢は再び、大都会の雑踏の中に姿を消してしまったのだ。

「捜索方法としては、引き続きＳＳＢＣの並木さんに頼る以外、打つ手がない」

午前十時からの捜査会議で、尾島は碓氷と閑谷を前に悔しそうに語った。

「現在もコロナ禍の真っ只中で、ほとんどの人がマスクを着用している状況だ。顔認証システムも効果を上げにくいことは間違いない。それに伊沢自身も、我々が居所を摑んだことに気が付き、警戒を強めているだろう。あのマンションの周囲に設置された防犯カメラも、逃亡する伊沢の姿を捉えることはできなかった。――しかし」

尾島は碓氷と閑谷を順に見た。

「我々には高山という心強い味方がいる。次に伊沢を発見した時は、必ず逮捕できると信じている。そして伊沢を逮捕できれば、都知事選事件で大勢の罪もない人々を殺傷した、都知事の中園薫子と中公会の王城竜介も必ず逮捕できる。何より、亡くなった笹野さんの敵討ちができる」

そして尾島は言葉に力を込めた。

「我々は必ず伊沢を逮捕する。辛抱強く、並木さんからの報告を待とう」

その日の夜、午後九時三十分――。

尾島は直属の上司である巌田尊捜査第一課長への現状報告を終え、部署に戻ってきた。

「あれ？　トウさん、まだ帰ってなかったんですか？」

ＰＣに向かっていた閑谷が顔を上げた。捜査報告書をまとめるための記録を日報として付けるのが、一番年下の係員である閑谷の仕事だ。

「ああ。巌田課長と打ち合わせがあってな。碓氷さんは、もう帰ったか？」

すると閑谷が心配そうに言った。

「はい。疲れたから帰って寝ると言ってました。大丈夫でしょうかね？」

きっと異動以来の疲れが溜まっているのだろう、と尾島は想像した。

マル能の捜査は非常識なことばかりで、通常の捜査以上に神経を使う。それに加えて碓氷は、中野の銀行籠城事件で誤って犯人を射殺する悲劇にも見舞われ、テーザー銃という慣れない武器の使用を強いられ、伊沢を取り逃がしたショックもあり、精神的に疲れていることは間違いない。

「イチ、お前は大丈夫か？　お前だって疲れは溜まってるだろう、捜査記録を任せておいて何だが、帰れる時は、なるべく早く帰るようにしてくれ」

尾島が心配そうに聞くと、閑谷はにっこりと笑った。

「僕は大丈夫です。トウさんや碓氷さんと違って若いですから」

「そうか」

尾島は苦笑した。勿論、閑谷が自分を心配させまいと、敢えて失礼な冗談を言ったのもわかった。特殊八係の捜査員は三人だけだ。小さな部署とは言え、事務的な雑用は他の部署同様に発生する。また他部署や他の役所に協力を仰いでの調査も多い。そのほとんどを、どうしても一番若い閑谷に押し付ける結果になってしまっている。

何とかしないといけないな——。尾島は反省し、改善を心に決めた。碓氷の負担も大きいようだから、係長である自分にも、かなり仕事を割り振る必要があるだろう。

「ところでトウさん、お腹空《す》いてませんか？」

閑谷に聞かれ、尾島は晩飯を食べていないことに気が付いた。

閑谷は尾島の顔で全てを察したようで、デスクの引き出しを開け、中からカップ麺を二つ取り出すと、自慢げに両手に持って見せた。

「僕の備蓄食糧です。特別に一個、分けてあげましょう」

給湯室の電気ポットで湯を沸かし、尾島と閑谷はそれぞれの席でカップ麺を食べ始めた。尾島は醤油《しょうゆ》味、閑谷はトムヤムクン味だ。

「イチ、食わせてもらっといて何だが」

割り箸で麺を啜《すす》りながら、尾島が閑谷を見た。

「毎日こんなもんばかり食ってんじゃないだろうな？　栄養が偏るぞ」

閑谷も麺を頬張ったまま答えた。

「僕は独身寮《どくしんりょう》ですから、いつも食堂で栄養満点のご飯を食べさせて頂いてますよ。僕のことより、トウさんはどうなんですか？　ちゃんと野菜食べてます？」

藪蛇《やぶへび》だったな、と尾島は苦笑した。

独身の警察官は特段の理由がない場合、急な出動に備えて署内か近隣にある独身寮に住む。正式には単身者待機寮という。警視庁本部には専用の独身寮がないため、閑谷のような独身者は所轄の警察官も入る統合寮に住むことになる。尾島の若い頃と違い、現在の独身寮は個室で、食堂のメニューも充実しているらしい。

「あ、そう言えば！」

閑谷の顔がぱっと明るくなった。

「僕の母、料理が得意なんですよ。よかったら今度僕の実家に、実家って言ってもアパートですけど、母の手料理を食べに来ませんか？　母もすごく喜ぶと思うんですよね」

「そうだな。今の事件《ヤマ》が片付いたらな」

尾島はさりげなくはぐらかした。

困ったことに閑谷は、どうしても自分の母親を尾島に紹介したいと思っているようだった。閑谷の母親の名前は、確かつねみと言ったか。高山と相模湖近くの河原で再会した日、閑谷に無理やり写真を見せられたが、二十代前半の息子がいるとは思えないほど若くて美しい女性だった。

気楽な独身生活に慣れてしまっている尾島には、なかなか女性と交際しようという気が起きない。それに、いざ女性を紹介されたら軽い気持ちでは会えない。しかも、もし閑谷の母親と結婚したら、閑谷が自分の息子になってしまう。閑谷は正義感の塊のような好青年ではあるが、自分に子供がいる状態が想像できなかった。

カップ麺を食べ終わると、閑谷がさっと立ち上がって容器を片付け、給湯室のベンダーから紙コップの緑茶を二つ持ってきた。礼を言って飲み始めると、閑谷が言った。

「鑑識の結果ですが、高山さんにも伝えておきました。やっぱりあの部屋の住人は、高山さんの言った通り、伊沢で間違いなかったって」

協力者の背理能力者・高山宙との連絡は、全て閑谷に任せていた。閑谷と高山はたまたま同い年なので、高山も緊張せずに話せるだろうと考えたのだ。最初に二人が会った時は、閑谷が高山の能力をなかなか信用しようとせず、険悪な雰囲気になったこともあったが、もう現在ではそんなこともないようだ。

「高山は、どんな気持ちなんだろうな」

尾島が思わず漏らすと、閑谷が聞いた。

「どんなって、何がですか？」

緑茶の紙コップを持ったまま、尾島は続けた。

「捜査のためとはいえ、孤児として育った高山に、俺は知らなくてもいい事実を突きつけた。君の父親は大勢を殺傷した凶悪犯で、君が生まれたのも強盗に入った家の娘を乱暴したからだと。そしてあろうことか、父親を逮捕するための協力を依頼した。思えば随分と酷いことを頼んだもんだ」

閑谷があきれたように尾島を見た。

「トウさん、今更そんなこと言っちゃダメですよ。僕らが酷いことを頼んでいるのは、最初っから百も承知じゃないですか」

「そうなんだがな。どうしても申し訳ないという気持ちが消えないんだ」

尾島が正直に言うと、閑谷はくすりと笑った。

「まあ、そんなところがトウさんのいいところなんですけどね。悪人以外には、たとえ捜査のためだとしても、絶対冷徹になれないっていうか」

「すまん」

尾島は閑谷に謝ると、閑谷はきっぱりと言った。

「僕は、大丈夫だと思います」

「大丈夫って、どういうことだ？」

尾島が心配そうに聞くと、閑谷は静かに喋り始めた。

「高山さんは、父親である伊沢を恨みこそすれ、愛着なんか全くないと思います」

閑谷は断言した。いつもとは違う言葉の強さだった。

「そうだろうか」

「親子って、血の繋がりじゃないと思うんです。親子が親子である理由は、共有した時間なんじゃないでしょうか」

「時間――」

思わず尾島が呟くと、閑谷は大きく頷いた。

「そうです。どれだけの間親子として一緒に過ごしたか、その時間だと思うんです。だから高山さんにとっては、幼い頃から育ててくれた養護施設の園長さんが親で、それ以外に親はいないんです。母親に自分を産ませた男がいても、一緒に過ごした時間がなかったら、そんなものは父親じゃありません。存在しないのと同じです」

痛烈な言葉だった。そしてこの言葉は、母子家庭に育った閑谷自身の、父親に対する考え方でもあるのだろう。

母子家庭だということ以外、尾島は閑谷が育った環境について何も知らない。しかし、おそらく閑谷にも高山同様、父親の記憶がないのだろう。だから閑谷にとって親といえば母親一人だけであり、父親など初めから存在しないのだ。生物学的に誰が父親かということは、父親に捨てられた子供には何の意味もないのだ。

「わかった。もう、高山の気持ちを慮《おもんばか》るのはやめよう」

尾島は頷いて、話題を変えた。

「そう言えば高山の経歴も、全てお前が調べてくれたんだったな」

尾島が労《ねぎら》うと、閑谷は真顔で頷いた。

「はい。高山さんの言葉を疑う訳じゃありませんが、全部ウラを取りました」

高山自身が語った身の上話とはこうだ。二十一年前、自分は生後一年くらいの赤ん坊の時、ある児童養護施設の玄関前に捨てられ、その施設で育てられた。だから父親も母親もどこの誰だかわからない。高山という姓は養護施設の園長の姓で、宙という名前は、捨てられていた時に着ていた産着に書いてあった――。

閑谷はこの話のウラを取るため、高山が育った練馬《ねりま》区大泉町《おおいずみまち》の養護施設に行き、当時の園長に会って、全て事実であることを確認したという。

高山はこの養護施設から練馬区内の区立小学校・中学校と都立高校に通い、高校卒業と同時に独立、アルバイトをしながら昨年まで杉並区西荻窪《にしおぎくぼ》のアパートに住んでいた。警視庁の尾島に自分の能力を知られたため、東京を離れて千葉県船橋《ふなばし》市に転居。四月十日に車でソロキャンプに出かけたところを、ＳＳＢＣの並木に捕捉された――。

「そうだったな。しかし――」

尾島が思わず呟くと、閑谷が不安げな顔になった。

「高山さんの経歴に、何か気になることでも？」

「いや、経歴には何の疑問もないんだが、ただ、それ以外の細かいことがいくつか気になるんだ。大したことじゃないんだがな」

尾島は監察医・大谷無常の話を聞いて以来、高山に関する些細なことが気になり始めていた。大谷は尾島と高山の遭遇を、仕組まれた出会いだったのではないかと疑った。しかしどう考えても、あの日尾島が新宿に行くことを高山が知り得た筈はなかった。最終的には大谷も、自分の気のせいだろうと引き下がった。

だが、それでもその疑問は今もずっと尾島の心の隅に残り続けた。そして他にも、高山に関する様々な細かいことが引っ掛かるようになったのだ。

「気になるって、例えばどういうことです？」

閑谷に聞かれ、尾島はやむなく一例を挙げた。

「例えば、高山の母親の滝川毎水は十五歳で妊娠し、周囲の反対を押し切って高山を産んだ。それなのに、いざ高山が生まれると、たった一年で養護施設に捨ててしまった。これはどうしてなんだろうな？」

すると閑谷は、責めるような目で尾島を見た。

「トウさん、そりゃああんまりですよ。毎水さんだって赤ん坊の高山さんを捨てたくなかったでしょうけれど、十六歳で子供を産んで一人で育てていくなんて、そもそも無理があったんですよ。仕方ないじゃありませんか」

「まあ、それはわかってるんだがな」

閑谷の言うことは至極もっともだった。確かに、両親を失った十六歳の少女が、乳飲み子を抱えて一人で生きていくのは、想像を絶する苦労があっただろう。疲れ果てて、子供を誰かに託したくなったとしても、誰が責められるだろうか。親子心中するよりは、遥かにましな選択だったと言える。

「いくつかって言いましたよね。他にもあるんですか？」

閑谷に促され、尾島は仕方なく喋り始めた。

「他にはそうだな。皿とマグカップとか」

「皿とマグカップ？」

　関谷が首を捻った。

「俺たちが高山と会った河原で、高山は俺たちに飯を食おうと言った。お前と高山が買い出しに行き、レトルトカレーとパックご飯を買ってくると、高山は車からアルミの皿を三枚取り出した。その後高山は、やはり車からマグカップを三つ持ってきて、俺たちにインスタントコーヒーを淹れてくれた」

「そうでしたね。それが何か？」

「あの日の高山は、ソロキャンプに行く途中だった。なぜ皿を三枚、マグカップやスプーンも三つ持ってきてたんだろうか？　俺はソロキャンプをやったことはないが、荷物はなるべく少なく抑えたいものなんじゃないかな」

　そうなのだ。高山はなぜか食器を三人分ずつ用意していた。まるで、俺と関谷に発見されて三人で食事することになるのを、知っていたかのように――。

「別におかしくはありませんよ」

　関谷が苦笑した。

「あの日はたまたまソロキャンプでしたけど、キャンプ好きの人って、何人かで行くことも多いんじゃないですか？　それに屋外で使う食器は、壊れたり失くしたりすることもあるでしょう。予備にいくつか持ってても不思議はありません」

「そう言われると、そうだな」

尾島も納得して笑った。閑谷の言う通りだ。あの頭脳明晰な監察医・大谷無常が妙なことを言ったので、何となく気にかかっていただけだ。無常自身も、刑事時代の人を疑う癖が抜けないと反省していたではないか。

もう、高山について何かを気にするのはやめよう。尾島はそう決意した。必死に口説いて捜査に協力してくれるようになった、たった一人の背理能力者なのだ。それに高山は、二十三年前の久我山事件が伊沢の犯行だと証明する生き証人でもある。伊沢の逮捕のためには絶対に欠かせない人物なのだ。

「すまん。俺の気のせいだったようだ。疑って悪かった」

尾島が頭を下げると、閑谷は慌てた。

「別に、僕に謝らなくてもいいですよ。トウさんが異常に疑《うたぐ》り深くて細かい性格なのは、よく知ってますから。――それより」

閑谷はスラックスのポケットから、スマートフォンを取り出した。

「明日も捜査会議があるんですよね？　高山さんにも出席するようメッセージ入れてあるんですけど、大丈夫だったかな」

明日の午前十時から、尾島は捜査会議を招集していた。鑑識から上がってきた情報を整理し、ＳＳＢＣ・並木からの現状報告と併せて共有するための会議だ。尾島、碓氷、閑谷に加えて高山にも参加してもらうことになっている。

「おかしいなあ」

閑谷がスマートフォンの画面を見ながら呟いた。

「僕の送ったメッセージが、ずっと未読のままなんです。三時間前に送ったのに」

「風呂にでも入ってるんじゃないのか?」

「三時間もですか?」

閑谷に言われて、尾島も急に不安になった。現在夜の十時十五分。三時間前ということは、閑谷は七時過ぎにはメッセージを送っている。寝るには早すぎる時間だし、今時の若者が三時間もスマートフォンを見ないなど、あり得ない気がした。

閑谷はスマートフォンの画面を何度かタップして、自分の左耳に当てた。電話をかけたのだ。微《かす》かな呼び出し音が尾島の耳にも聞こえた。だが、高山は一向に出る様子はない。十回呼び出し音が鳴ったところで閑谷は音声通話を切り、またすぐにかけ直した。だが高山は電話に出ず、呼び出し音が虚しく響くだけだった。

「行ってみよう」

尾島は上着を摑んで立ち上がった。

「確か、高山の住まいは千葉の西船橋《にしふなばし》だったな。詳しい住所はわかるか?」

同日、午後十時五十分――。

ＪＲの中央・総武線・武蔵野線《むさしのせん》・京葉線《けいようせん》、それに東京メトロ東西線《とうざいせん》と私鉄の東葉高速鉄道《とうようこうそくてつどう》が乗り入れている、千葉県のターミナル駅・西船橋駅。そこから徒歩で十五分ほどの場所に、高山宙の住むマンションはあった。

赤い煉瓦《れんが》風のタイルを張った、古そうな小型のビル。一階がコンビニエンスストア、二階から四階が賃貸住宅になっている。高山の部屋は三階の三〇二号。建物脇の階段で出入りする造りで、オートロックではなくエレベーターもない。尾島と閑谷は、その外階段を一気に三階まで駆け上った。

三〇二号の前に来た尾島は、ドアの脇にあるインターホンのボタンを押した。だが反応はない。尾島は白い手袋を取り出して右手に嵌め、ドアノブをゆっくりと回しながら引いた。ドアは手前に開いた。鍵は掛かっていない。

「高山さん、いるか？　尾島です。夜分申し訳ない」

ドアの隙間から声をかけたが返事はなかった。尾島は閑谷に目配せし、中に入った。

部屋の照明は点灯していた。尾島と閑谷は玄関で靴を脱ぎ、短い廊下に上がった。右側が浴室、左側がトイレのようだ。正面に磨りガラスの嵌まったドアがあった。あの奥がキッチンとリビングだろう。

「高山さん、入るぞ？」

尾島は声をかけ、手袋を嵌めた右手でドアを開けた。閑谷も続いた。

高山宙が、キッチンの床で仰向けに倒れていた。

こちらに足を向けた大の字の姿勢、紺のカットソーにグレーのコットンパンツという部屋着姿。目と口をわずかに開いているが、息をしていないことは明らかだった。なぜなら額の真ん中にぽつりと穴が開き、そこから大量の血が流れ出た跡があり、頭の周囲の床にはどす黒い血溜まりができていたからだ。

「たか、やま——？」

思わず尾島は、譫言《うわごと》のような声を漏らした。こんなことがあってはならなかった。目の前に起きていることが現実だとは思えなかった。

「うわあああっ！」

突然、閑谷が大きな悲鳴を上げ、尾島を押しのけて高山の死体に駆け寄ろうとした。尾島は閑谷を後ろから羽交い締めにし、激しく叱咤《しった》した。

「よせ、死体に触れるな！　現場《げんじょう》を保存するんだ！」

それでも閑谷は訳のわからない叫び声を上げながら、尾島の手を振りほどこうともがき続けた。半狂乱と言っていいほどに取り乱していた。尾島は暴れる閑谷を必死に押さえ付けながら、厳しく閑谷を叱り付けた。

「イチ、落ち着け！　刑事としての職務を果たせ！」

その声に閑谷がびくりと身体を震わせ、動きを止めた。そして、はあはあと荒い息を吐きながら、徐々に身体の力を抜き始めた。ようやく尾島も、羽交い締めにした両腕の力を抜き、背後から閑谷に囁いた。

「そうだ、イチ。まずは今すぐ救急車を呼ぶんだ」

高山が死んでいることは明らかだったが、それが心肺停止と思われる者を発見した時の手順だ。尾島は努めて事務的に続けた。

「それから本部に連絡、鑑識が来るまで現場を保存して待機する。いいな？」

閑谷は小さく頷くと、床に膝から崩れ落ちた。そして閑谷は正座の姿勢で床に両手を突き、身体を震わせながら嗚咽《おえつ》を漏らし始めた。

一体、誰が、どうして——。

尾島もまた激しく混乱していた。何もかもがわからなかった。

わかっていることは、伊沢の力を封じることができる唯一の味方が、今、失われてしまったという事実だけだった。

14　喪失

「死因は、銃撃による頭蓋《とうがい》内損傷が引き起こした失血及び脳機能停止。凶器は三十八口径拳銃。九×十九㎜パラベラム弾一発が部屋の壁から発見された。これが高山宙の頭部を貫通した銃弾と思われる。線条痕《せんじょうこん》をデータベースで検索・照合したが、使用された銃の特定はできなかった」

尾島到が淡々と、鑑識課からの報告書を読み上げた。

「高山の部屋には、犯人のものと思われる下足痕《ゲソこん》が残っていたが、底ゴムの上にゴムを貼って溝を隠したスニーカーと思われ、メーカーは特定できなかった。サイズは二十七㎝だが、捜査攪乱のためわざとサイズ違いの靴を履いた可能性も否定できない。指紋は発見されなかった」

一切の感情を交えず、事務的に尾島は喋り続けた。碓氷進と閑谷一大も無言のまま、沈痛な表情で尾島の言葉を聞いていた。

「なお、周囲の住人に対する聞き取りの結果、同じマンション内にも銃声を聞いたものはおらず、犯人は消音器《サプレッサー》を使用したものと思われる。現場に証拠を残していないことや、一発で頭部を撃ち抜いていることから考えると、ホシはプロの殺人請負人や自衛隊員など、かなり射撃に習熟した人物と想像される」

五月六日、午前十時三十分――。

尾島たち特殊八係の三人は、いつもの部署の会議室で捜査会議を行っていた。当初の予定とは変わり、高山宙が殺害された事件に関する報告だ。碓氷は怒りを押し殺し、憮然とした顔で腕組みをしている。そして閑谷は目の下に隈を作り、魂《たましい》が抜けたかのように長机に視線を投げ、茫然と座っている。

「王城が差し向けた、殺人のプロに間違いありません」

碓氷が険しい表情で言った。

「きっと高山を尾行していたんでしょう。警視庁本部から自宅へ帰るところを尾《つ》けて、自宅マンションを特定したに違いありません。そして宅配便か何かを装って――」

尾島も同じことを考えていた。

元デリヘル運転手から伊沢の住むマンションを聞き出し、現地へ確認しに行った時、高山は伊沢の気配を最上階に感じ取った。その時、伊沢も逆に、高山の存在に気が付いた可能性があった。警察に協力している背理能力者の存在を知った伊沢が、中公会の王城竜介に報告し、王城が殺し屋を派遣、高山を襲わせた――。

「もしそうだとしたら、俺たちの重大な落ち度だと言うしかない」

尾島は歯を食い縛りながら言葉を吐き出した。

「そして犯人は、碓氷さんが言った通り、王城の雇った殺しの専門家である可能性が高い。消音器の付いた拳銃を使ったのが何よりの証拠だ。もし伊沢がやったのであれば、当然、能力を使って事故に見せかけて殺しただろう。周辺に設置された防犯カメラの映像を、全て分析して」

「どうして――」

　ぽつりと閑谷が小声で呟いた。尾島と碓氷は同時に閑谷を見た。

「イチ、何か言ったか？」

　尾島が聞くと、閑谷は顔を上げて尾島を見た。

「どうして高山さんは王城の手下を、知らない男を部屋に上げたんでしょう？　おかしくないですか？」

　すると碓氷がなだめるように説明を始めた。

「いや、だからイチ君、ホシは無理やり押し入ってきたんだよ。ホシは宅配便のふりなどをしてインターホンを押した。高山さんがうっかりドアを開けたら、ホシが銃を構えて入ってきた。驚いた高山さんが部屋の奥に逃げ込んだので、ホシは後を追っていって、キッチンで射殺した。多分そうじゃないかな」

「いいえ」

　閑谷は頑として首を横に振った。

「だとしたら、ホシは高山さんの背中や後頭部を撃った筈です。でも高山さんは、額を撃ち抜かれて、仰向けの大の字で倒れていました。つまりホシに撃たれた時、高山さんはホシと正対していたんです。ということは」

「イチ、もうやめろ」

尾島が閑谷の言葉を遮った。

「碓氷さんにしてもお前にしても、高山が撃たれるところを見た訳じゃない。状況について何を語ろうと全部憶測でしかない。俺たちにわかっているのは、高山が何者かに射殺された、それだけだ。高山が殺されて悔しいのも、ホシが憎いのもわかるが、捜査に予断と私情を差し挟むんじゃない」

尾島の厳しい口調に、閑谷は黙り込んだ。尾島は続けた。

「現在は並木さんが、高山のマンション周辺の防犯カメラ映像から、不審者をピックアップしている。まずはその結果を待とうじゃないか」

そう言いながらも尾島は、厳しい状況であることを覚悟していた。不審な人間が見つかったとしても、このコロナ禍で必ずマスクを掛けているだろう。相手が殺しのプロだとしたら、追跡できるかどうかはかなり悲観的だ。

「わかりました」

閑谷は小声で言うと、再び押し黙った。

「私も想像で適当なこと言って、すみませんでした」

碓氷も恐縮しながら頭を下げた。

その日の夜、午後七時。江東区豊洲《とよす》——。

運河沿いにそびえ立つ一棟のタワーマンション、その名も「スカイスクレイパー豊洲ザ・タワー」。マンションの人気ランキングでは常に上位に入っている、この四十八階建て高級タワーマンションの駐車場に、一台の黒いミニバンが入ろうとしていた。四人乗りの高級ミニバン、トヨタ・アルファード・ロイヤルラウンジSPハイブリッド。

そのアルファードが、道路から左折したところで急に停車した。駐車場入り口へと至る大理石張りの通路に、一人の男が立ち塞がったからだ。運転手は遠慮がちに、クラクションを小さく二回鳴らした。だが男は、車を正面から見据えたまま動こうとしない。黒いスーツ、黒いネクタイ、黒いマスク、黒い革靴。まるで葬式帰りのような服装。

その黒ずくめの男は、尾島到だった。

右側後部座席の、真っ黒いフイルムを貼ったウインドウが静かに下がった。尾島はゆっくりと歩き、その開いたウインドウの前に立った。

車の中にいた男が微笑みながら聞いた。

「失礼ですが、どなたでしょう？」

光沢のある高級なスーツ、渋いストライプ柄のネクタイ。男は公益社団法人・東京土地振興会の実質的トップにして指定暴力団・中公会の若頭補佐、王城竜介だった。

尾島は内ポケットから警察バッジを取り出し、広げて見せながら答えた。

「俺のことは調査済みだろう？　警視庁の尾島だ」

「そうですか。それで警察の方が、私に何の御用です？」

あくまでも知らないふりをする王城に、尾島は聞いた。

「高山宙を殺したのは、お前だな？」

「高山？　さあ、知りませんね」

王城は肩をすくめた。

「お前のやったことは、全てわかっている」

静かに、低い声で尾島は喋り続けた。

「府中刑務所で、伊沢昌浩という特殊な能力を持つ男と知り合ったこと。出所後、中園薫子都知事に接近して親密になり、東京都の予算を食い潰していること。中園都知事の再選を助けるために、伊沢を使って対立候補二人と大勢の人々を殺害したこと。さらに自分の運転手・平在富士夫を殺害し、俺の先輩である笹野雄吉刑事を殺害し、そして」

そこで少し間を置いて、尾島は続けた。

「我々の協力者だった青年、高山宙を殺害した」

昨日、高山宙が育った養護施設で、高山の仮通夜が行われた。

事件性のある遺体は司法解剖されることになる。高山が背理能力者であったことから、巌田捜査第一課長の指示により、遺体は東京都監察医務院の大谷無常の下《もと》へと送られた。そのため、本葬がいつ行えるかもわからなかったからだ。

関谷によると、育ての親である年配の女性園長は、高山が背理能力者であることを知らない。また、警察の協力者だったことも伏せていた。そのため、警視庁の刑事が三人も来たことを訝しんでいたが、尾島は「警察の活動で、ご尽力頂いたことがありまして」と説明し、焼香を終えるとすぐに立ち去った。

「私がその方を、殺害した？」

王城は困ったように苦笑した。

「何のことかさっぱりわかりませんね。もし私が殺人犯だとおっしゃるなら、今すぐ逮捕してはどうです？　逃げも隠れもしませんよ」

「もうすぐ我々は伊沢を発見し、逮捕する」

尾島は厳しい顔で言った。王城は無言のまま、相変わらず微笑みを浮かべている。

「二十三年前の強盗殺人事件の犯人が、伊沢昌浩であることが確認された。そして伊沢が、前回の都知事選において、お前の指示で二人の候補者と大勢の人々を殺傷したことを吐いたら」

尾島はそこで怒りを抑えるかのように息を整え、それからこう言い放った。

「王城、お前は死刑だ。中園薫子もだ」

王城はそれでも微笑みを絶やさず、自分の腕時計をちらりと見た。

「刑事さん、そろそろ家に入らせて頂けませんかね？　好きなテレビ番組が始まりそうなんですよ」

「何の番組だ？」

尾島が聞いた。

「何、つまらない刑事ドラマですよ」

王城は笑い、さらに続けた。

「刑事さんもお好きでしょう？　刑事ドラマ。だってどんな難事件でも一時間で解決しますからね。現実にはどうやっても証拠が摑めずに、とうとう逮捕できない犯人もいるというのに」

尾島は無表情に王城の顔を凝視した。王城はそんな尾島を見て、またくすりと笑うと、運転手に声をかけた。

「もういいよ。出してくれ」

ゆっくりと上がり始めた黒いウインドウの向こう側で、王城は笑みを浮かべたまま、尾島に向かって軽く会釈した。尾島は一歩後ろに下がった。それを合図のように、黒いアルファードはゆっくりと動き始め、大理石張りの通路を通って、地下駐車場の入り口へと向かった。

地下に続くスロープを下りていく黒い車を、尾島は無言で見送った。そして車が消えた後も、尾島の目には王城の笑みがいつまでも残っていた。

15 愛人

玄関のチャイムが鳴った。

王城竜介は、白い革張りの巨大なソファーから立ち上がると、玄関ドアに向かい、ドアスコープを覗いて来客の顔を確認した。それからドアノブのサムターンを回して鍵を解除し、さらに増設した黒い内鍵のサムターンも回して開けた後、ドアガードを掛けたままドアを少しだけ開き、もう一度来客を見た。

「相変わらず、用心深いのね」

十㎝ほどの隙間から、ピンク色のマスクを掛けた女性の顔が見えた。

「そのお陰で、今まで生きている」

王城はようやくドアガードを外してドアを開け、女性を中に招き入れた。

女性は現職の東京都知事、先月四十一歳になったばかりの中園薫子だった。

五月六日、午後十時丁度——。

江東区豊洲にそびえ立つタワーマンションの四十八階、百五十㎡はある大理石張りの部屋に入ると、中園薫子は奥に広がる大きな窓に駆け寄り、歓声を上げた。

「まあ、素敵な夜景！　何て贅沢《ぜいたく》なの！」

運河沿いに建つこの高層建築の、ほぼ壁一面を占める広大な窓からは、整然とした豊洲の夜景と、藍色《あいいろ》の東京湾と、その向こうにそびえ立つ、宝石を散りばめたような晴海《はるみ》のタワーマンション群が一望できる。王城も、贅沢が何よりも好きな薫子を迎えるにあたり、この反応を期待してカーテンを全開にしておいたのだ。

「ここに来るのは、これきりにしたほうがいい」

窓に張り付いている薫子の背中に、王城は声をかけた。

「刑事が俺に会いに、このマンションに来た。伊沢を見つけ次第、過去の犯罪で逮捕すると言っていた。逮捕したからといって、伊沢が都知事選でやったことを証明できる筈もないが、用心するに越したことはない」

正直なところ、王城は警察の捜査能力に舌を巻いていた。伊沢が奇妙な能力を持つ特殊な人間であることも、薫子を都知事選で再選させるため、王城が伊沢を使って対立候補二人を殺害したことも、全て摑んでいるようだった。警察がここまで真相に接近してくるとは予想していなかった。

もっとも伊沢さえ逮捕されなければ、何も心配することはない。

二週間ほど前に伊沢から、マンションの通路に隠しカメラを仕掛けられたという連絡があった。王城も警察に伊沢の潜伏場所を突き止められる可能性は考慮していたので、すぐに別のマンションへと移動させた。伊沢は電子機器を止めることができるから、カメラには映らなかった筈だ。その証拠に、新しい隠れ処は突き止められていない。

本当は偽造パスポートで海外に移住させ、必要な時だけ呼び戻すようにできれば一番いい。だが、現在のコロナ禍の中では出入国が厳重に管理されている。コロナが沈静化するまでは、都内に潜伏させておくしかない。

中園薫子は王城を振り返って微笑んだ。

「ええ。ここに来るのは、今日が最後にするわ」

ようやく薫子は窓の前を離れると、持参した紙袋を王城に手渡した。

「はい、お土産《みやげ》」

紙袋には、銀座《ぎんざ》にある高級フルーツショップの名前が入っていた。

「珍しいな。何を買ってきたんだ？」

王城はソファーに腰を下ろすと、ガラスのローテーブルに紙袋を置き、中を覗き込んだ。透明なビニールで包装された赤い林檎《りんご》が二つ、紙のケースに収められて入っていた。

「たっぷり蜜の入った、樹上完熟の高徳《こうとく》よ。コロナだから、密より蜜ってね」

薫子もソファーにやってきて、王城の左隣に座った。

「どう、美味しそうでしょう？　よく熟《う》れて、まるであたしみたい」

薫子は含み笑いをしながらそう言うと、王城にしなだれかかりながら膝に手を置いた。薫子の身体と髪、服から発散される甘い香水《パルファム》の匂いに、王城はむせそうになった。

やれやれ、今日も長い夜になりそうだ——。

王城は薫子に向かって微笑みながら、内心で深々と溜め息をついた。この女の欲望は果てしなく、何時間も飽きずに王城に肉体労働を求めてくる。しかし、この女を籠絡《ろうらく》するために王城が仕込んだ結果だから、文句は言えない。この女とのベッドの中での営みは、東京都の金を引き出すために必要な作業、つまり王城の仕事なのだ。

この仕事には普段、都内のシティーホテルを利用しているが、なぜか薫子は、今日は王城のマンションに来たいと言い出した。王城としては自宅に仕事を持ち込むのは気が進まなかったが、大切な金蔓《かねづる》の言うことを聞かない訳にもいかず、渋々承諾した。うっかり臍《へそ》を曲げられたら、なだめるのにまた余計な労力を費やすことになる。

薫子の掌の冷たい感触を膝に感じながら、王城は聞いた。

「夜景を観ながら一杯どうだ？　ベル・エポックのロゼが冷やしてある」

ベル・エポック、正式名称はペリエ・ジュエ・ベル・エポック。花模様のボトルで有名な高級シャンパーニュで、薫子はレストランやホテルではいつもこれを注文する。ベル・エポックとは「美しい時代」という意味で、薫子が気に入ったのは、かつて王城が「今という君の時代にぴったりだ」と歯の浮くような追従《ついしょう》を言ったせいだ。

「ううん、今日はお酒はいいわ」

薫子は婉然《えんぜん》と微笑みながら、首を横に振った。

四十代の女盛りだ、酒を飲んでいる時間も惜しいということか。王城は苦笑すると肚《はら》を決め、薫子の肩に手を回して引き寄せようとした。

すると薫子は露骨に顔をしかめ、王城の身体を片手で押し戻した。

「ああ、セックスもいいの。やめとくわ」

「あ？」

予想しなかった言葉に、王城は思わず眉を寄せた。それではこの女は、一体何のために自分のマンションに来たのだろう。別に体調が優れないようにも見えないが。

「それよりあなた、お林檎を剝《む》いてくれないかしら？　ねえお願い」

甘えるように薫子が言った。

ねえお願い、というのがこの女の口癖だった。多分、議員になったばかりの若かりし頃には、若い女というだけで年寄りばかりの政治家連中にちやほやされ、大抵の我儘《わがまま》は許されてきたのだろう。王城はそう考えていた。

王城は立ち上がると、キッチンからナイフと皿を持ってきた。ナイフはスウェーデン製でバーチ製の柄《つか》を持つフルタングナイフ。皿はフィンランドのガラスプレート。北欧《ほくおう》の森の動物相がデザインされている。色はアメジスト。

「まあ、素敵なお皿。北欧アンティークね？」

薫子は喜んで小さく拍手をした。

「それに綺麗なナイフ。よく切れそう」

王城も自慢げに説明した。

「ああ。これも北欧製で恐ろしいほど切れる。アウトドア用のナイフだから、料理で使う以外に薪を割ることもできるし、刃のスパイン、つまり背骨の部分で、ファイアースターターを使って火を熾《おこ》すこともできる」

「お肉も切れるかしら？」

小首を傾げて薫子が聞いた。王城は苦笑した。馬鹿なことを聞く女だ。ナイフとはそもそも肉を切るための道具だ。

「当然だ。これ一本で、獣《けもの》の解体だってできる」

「じゃあ、安心だわ」

薫子がにっこりと微笑んだ。

何が安心なのかと王城が訝しんだ時、玄関のチャイムが鳴った。

王城はゆっくりとドアを振り返った。こんな時間に誰だ？　マンションのオートロックはどうやって通過した——？　王城は不思議に思いながらも、立ち上がって玄関ドアに向かった。すると背後で、ソファーに座った中園薫子が大きな声を上げた。

「お入りなさいな」

がちゃり、と音がして、玄関ドアのドアノブのサムターンが九十度回った。ドアの鍵が解錠されたのだ。王城は何もしていない。誰かがドアの外から、ドアの内側に付いているサムターンを回したのだ。

王城は足を止め、ドアをじっと見た。すると続いて、補助に取り付けた黒いサムターンもがちゃりと回った。最後に、閉じていたU字型のドアガードが、まるで透明な手で動かされたように、くいと外側に開いた。

　ドアノブが、ゆっくりと左に回り始めた。そして静かに玄関ドアが開いた。

　ドアの前の通路に、一人の男が立っていた。

　グレーのパーカのフードを目深に被っている。黒いマスクを掛けているので、目以外の部分は見えない。その目からも、何の感情も読み取ることはできない。ダメージ加工のデニムパンツを穿き、そのポケットに両手を突っ込んでいる。どうやら手を使わずに鍵を解錠し、ドアを開けたようだ。

　王城が低い声で言った。

「何しに来た？　伊沢」

　ドアの向こうに現れた男は、背理能力者の伊沢昌浩だった。


　伊沢は無言のまま玄関の中に入ってきた。その後ろでドアがゆっくりと閉じ、がちゃりと鍵が閉まった。伊沢はスニーカー履きのまま、大理石張りの玄関ホールに上がった。王城も無言で、近づいてくる伊沢を見た。伊沢はゆっくりと歩を進め、王城の横を通ってリビングに入り、ソファーセットに座った薫子の脇で止まり、振り返った。

　伊沢はおそらく、薫子が運転する自家用車に同乗してきたのだろう。そして地下駐車場で待機し、十分ほどの時間を置いてエレベーターで上がってきたのだ。

　王城は中園薫子を睨んだ。

「どういうことだ？」

「どういうこと、って」

薫子はソファーから立ち上がり、ソファーをぐるりと迂回して伊沢の隣に来ると、伊沢の左腕を両手でしっかりと抱いた。

「こういうことよ」

「お前たち、いつの間に」

王城が唸るような低い声を出した。

中園薫子が伊沢と接触しないよう、王城は細心の注意を払ってきた。伊沢の電話番号や住所は勿論、名前すらも教えなかった。女の口は軽い。いつ誰に伊沢のことを漏らさないとも限らない、そう考えたからだった。だが、いつの間にか王城の知らないところで、薫子と伊沢は通じていた。伊沢から薫子に接触したとしか考えられなかった。

どういう方法で接触したのだろうか？　考えられるのは、伊沢といる時に王城がうっかり薫子の携帯に電話し、伊沢が例の能力を使って番号を盗み見たということだ。

金と住居とスマートフォンを与え、女を呼べるよう手配しておけば、伊沢はずっと部屋で大人しくしていると思っていた。まさか伊沢が、このような能動的な行動を取るとは思わなかった。

中園薫子はからかうような笑みを浮かべて言った。

「ねえ王城さん、知ってる？　この人ったらすごいのよ。何時間だって、もうそれこそ朝まで楽しませてくれるの。悪いけど王城さん、あなたの何倍もいいの。もう、頭がおかしくなるんじゃないかと思うくらいよ。あんなの本当に初めてだわ」

なるほど――。王城はゆっくりと頷いた。伊沢は薫子にあの力を使ったのだ。

伊沢は他人の脳神経をハッキングし、身体を乗っ取ることができる。その能力を応用して、この女の脂《あぶら》ぎった脳みそを掻き回し、ドーパミンという快感物質、即ち脳内麻薬をたっぷりと分泌させたのだ。もうこの女は伊沢から逃れられないだろう。脳内麻薬中毒にされたのだから。

さしずめこの女が趙姫《ちょうき》で、俺が呂不韋《りょふい》、伊沢が嫪毐《ろうあい》という訳か――。そんな考えが王城の脳裏に浮かんだ。趙姫とは秦《しん》の始皇帝《しこうてい》・嬴政《えいせい》の母親で淫乱な太后《たいこう》。呂不韋は趙姫を陰で操る愛人。嫪毐は呂不韋の食客で、趙姫に寵愛《ちょうあい》された絶倫男だ。

王城は無表情に肩をすくめた。

「伊沢を玩具《おもちゃ》にするのは構わない。俺も楽ができるからな」

「あら、妬《や》いてるの？」

くすくすと笑う薫子を無視して、王城は言葉を続けた。

「ただ、警察が必死にこいつを追っている。俺たちが都知事選でやらせた対立候補殺しではなく、二十三年前の強盗殺人だ。証拠も揃っているらしい。伊沢が警察に見つからないよう充分に気を付けることだ。もし伊沢が逮捕されて口を割ったら、俺たちも刑務所行き、いや絞首刑台行きになりかねない」

「俺たち、ですって？」

薫子は目を丸くした。

「あたしは関係ないわ。あなたが一人でやったんでしょう？」

「何？」

王城が驚くと、薫子は不敵に笑った。

「あなたが勝手に伊沢を使って、都知事候補だった早見と藪田、それに無関係な大勢の人を殺したんでしょう？　あたしをもう一度都知事の座に据えて、東京都のお金を吸い上げ続けるためにね。全部あなたが一人でやったこと、まさかあんな恐ろしいことするなんて想像もしなかった。――って、警察に聞かれたらそう言うわ」

この女――。王城は薫子を睨み付けた。全ての罪を王城に着せるつもりなのだ。

「そういうことなら、それでもいい」

怒りを必死に抑え付けながら、王城は頷いた。この女を都知事でいさせるために何人も人を殺したのだ。まだまだこれからも金を引き出さねばならない。何としてもこの女に、しっかりと食いついていなければならない。

「俺一人がやったことでいい。俺もあんたのことは何としても守るつもりだ。しかし折角、都知事選で再選を果たしたんだ。これからも長期政権を目指して」

「あたし、都知事は辞めるわ。もう飽きちゃった」

薫子はあっさりと、放り投げるように言った。

「何だと——？」

王城は思わず声を荒らげた。

「実はね、革新共和党《かくしんきょうわとう》から誘われたの。我が党に入って、総理大臣にならないかって」

革新共和党とは、日本護憲《ごけん》の会、開化クラブに続く野党第三党。穏健保守からリベラルまで幅広い議員を擁《よう》する、革新系ながら中道寄りの政党だ。

先月、総理大臣だった須田秀吉《すだひでよし》が一身上の理由で辞任を発表、自由民守党の総裁選に勝利した西田文武《にしだふみたけ》が第百代総理大臣となった。このことは、近い将来に衆議院の解散と総選挙が行われることを意味する。それをチャンスと見た革新共和党が、思い切って都知事の中園薫子に接触、来《きた》るべき衆院選への出馬を持ちかけたのだろう。

王城は首を激しく左右に振った。

「馬鹿な。あんな弱小野党に入ったところで、総理大臣になれる筈がない」

すると薫子は右手の人差し指を立て、左右に振りながら説明した。

「いいこと？　今の政府は自由民守党と創生党の連立政権でしょ？　両院の議席の過半数を維持するために、自由民守党は渋々組んでるんだけど、政策で創生党の言いなりにならざるを得ないから、そろそろ手を切りたいと考えてるの。そこで今、革新共和党が、創生党に代わって自由民守党との連立政権を作ろうと画策しているのよ」

そして薫子は、王城を見下したように笑った。

「王城さん、あなたはあたしの価値を知らないわ。あたしは東京都知事なんて地方自治体の長で満足する器じゃないの。玉井《たまい》さんも言ってたわ、史上初の女性総理になるのは、あたししかいないって」

玉井というのは玉井忠市《ちゅういち》、革新共和党の代表だ。日本初の女性総理大臣という人参をぶら下げて、絶大な知名度を誇る中園薫子を、集票装置として自分の党に引きずり込もうとしているのだ。

「今、都知事を辞めるのはあまりにも愚かだ。都知事と総理、虻蜂《あぶはち》取らずになるぞ」

王城は辛抱強く説得を試みた。

「まだ都知事の二期目に入ったばかりじゃないか。これから都政で実績を積めば、必ず古巣の自由民守党から戻ってほしいと声がかかる。日本は女性の地位が低いという海外の批判もあり、女性総理が待望されている。だから自由民守党に復党して、大臣か党三役を経験すれば、次はあんたが総理大臣だ。これが最も速くて確実な方法だ」

「待てないわ！」

薫子は苛立ちを顕わにした。

「そんな悠長なことしてたら、あたしおばあちゃんになっちゃう！　あたし、今すぐにでも総理大臣になりたいの！　都知事なんかもうやりたくないのよ！　止めたって無駄よ、もうあたしの考えは絶対に変わらないわ！」

「――よし。わかった」

激昂《げきこう》する薫子に、王城は渋々折れるしかなかった。

「当初の計画よりも随分早くなってしまったが、一緒に総理大臣を目指そうじゃないか。俺はこれからも、あんたをサポートし続ける」

「結構よ」

王城の言葉をぴしゃりと遮ると、薫子は伊沢の左腕を抱く両手に力を込めた。

「この人さえいれば何でもできるから。与党でも野党でも、評論家でもマスコミでも、私が総理になるのを邪魔する奴がいたら、この人に消してもらえばいいんだもの。もうこれからは、あなたを通さなくても直接頼めるようになったし」

「じゃあ、あんたは」

嗄《しわが》れた声が出た。気が付くと王城の喉は、からからに乾いていた。

「俺はもう用無しだというのか。今まであんたのために、あらゆることをやってきたのに」

「ううん。あなたには、まだやってもらうことがあるわ」

「——そうか。そうだろうとも」

王城は安堵した。それならまだ、この女との蜜月関係を取り戻すチャンスがある。この女は何年もの時間をかけて、何度も危ない橋を渡り、大勢を殺して、ようやく摑んだ金蔓なのだ。そう簡単に手放す訳にはいかない。

「何だ？　言ってくれ。何でもするから」

すると薫子は王城の顔を覗き込みながら、軽い口調で言った。

「じゃあ、死んでくれる？」

王城は言葉を失った。

薫子は宝飾店で時計をねだるかのような、甘えた口調で続けた。

「王城さん。死んで頂戴？　ねえ、お願い」

ねえ、お願い——。この女が周囲に甘えることで、願いを叶えてきた口癖。

「何を言ってるんだ。冗談はやめろ」

王城は笑おうとしたが上手くいかず、ただ顔を引き攣《つ》らせただけだった。

「だって王城さん、警察にマークされてるんでしょう？　伊沢を使って、早見と藪田と、それに無関係な大勢の人を殺した罪で。ああ、運転手の平在さんも殺したわよね。あなたが警察に捕まるのは構わないけど、無実のあたしを道連れにしようと、あることないこと言ったりしたら嫌だもの。だから逮捕される前に死んでほしいのよ」

王城は必死に弁明した。

「どれもこれも、あんたがどうしても都知事選に勝ちたいと言ったからじゃないか。全部あんたのためにやったんだぞ？」

「あたしのため？」

薫子は小首を傾げた後、急に可笑《おか》しそうに笑った。

「違うわ。お金のためでしょう？　全部、あなたが東京都のお金を吸い上げるためにやったことでしょう？　あたしのせいにしないで」

そして薫子は、大きく描かれた目で王城の顔をじっと見ながら言った。

「ねえ死んで？　お願いよ、今すぐ」

ふいにソファーの方向から、何かが王城の顔に向かって飛んできた。王城は反射的に左手でそれを掴んだ。その途端、左手にじわりと痛みが走った。飛んできたのは、林檎を剝くために持ってきたナイフだった。王城はその刃の部分を握ってしまったのだ。王城の左掌がぱっくりと開き、赤い鮮血が滴り始めた。

「伊沢、貴様」

王城は伊沢を睨んだ。伊沢は右掌を王城に向けていた。やはり伊沢が能力を使って、ナイフを王城に向かって飛ばしたのだ。

「恩を仇《あだ》で返しやがって。刑務所を出てからずっと面倒を見てやったのに。何でも好きなものを食わせ、女も好きなだけ抱かせてやったのに。後悔するぞ」

王城は怒りを込めて、左手のナイフを投げ捨てようとした。その瞬間、王城の顔が強張った。左手が言うことを聞かないのだ。ナイフの刃をしっかりと握ったまま、王城の左手はしっかりと固まり、微動だにしなかった。そんな王城を、薫子は伊沢の隣で興味深そうにじっと観察していた。

伊沢が王城に向かって広げた掌を、くいと捻った。すると今度は王城の右手が、王城の意思を無視して、ナイフを持った左手に向かってゆっくりと近づき始めた。

「くっ！」

王城は必死に抗《あらが》った。だが右手は勝手に動き続け、ついにナイフのバーチ製の柄を握ると、左手で刃の部分を握りしめたナイフをぐいと引っ張った。

ぎゃあっ、と王城が叫んだ。王城の足元、大理石張りの床の上に、王城の人差し指、中指、薬指の三本が立て続けに落ちて弾んだ。その指の切断面三ヵ所から、だらだらと鮮血が流れ始めた。

「あら、痛そう！　でも、本当によく切れるわね、その北欧製のナイフ。あなたが自慢しただけのことはあるわ」

まるで自分も痛みを感じたかのように、顔をしかめながら薫子が言った。

「それに、お肉もよく切れるのよね？」

その言葉が合図であるかのように、王城の右手が、ナイフの先をゆっくりと王城の喉に向けた。王城は必死に抵抗するが、自分の右手の動きを止めることができない。

「ねえ、聞いてくれる？　あたしの考えた筋書きはこうなの」

薫子が楽しそうに喋り始めた。

「あたしはお林檎をお土産に、一人であなたのマンションを訪ねた。あなたはナイフを持ってきて、お林檎を剝こうとした。でも、あたしはお林檎を食べずに、すぐに帰ってしまった。残されたあなたは、夜景を見ているうちに急に死にたくなって、ナイフで自分の喉を掻き切って死んだ――」

王城が右手で持ったナイフが、じわじわと王城の喉に近づき始めた。それに構わず薫子は喋り続けた。

「うーん、ちょっと無理があるかしらねえ。どうして急に死にたくなったんだろうとか、どうして死ぬ前に指を三本も切ったんだろうとか、警察が不思議に思うかもしれないわ。ねえ、どう思う？　王城さん」

くそったれ——。王城は無言で歯噛みするしかなかった。渾身《こんしん》の力を振り絞ってナイフを喉から離そうともがいている中、返事などできる筈もない。

「でもまあ、大丈夫よね。だってあなたが死んだ後は、あたしと伊沢は部屋を出て外から玄関の鍵を掛けるから、このお部屋は完全な密室になっちゃうもの。誰がどう見ても自殺でしかないわ。それに伊沢は、防犯カメラを一時的に止められるから、伊沢がこの部屋に来たことは誰にもわからないしね」

この女、正気か——？　王城は自分を操る力に抗いながら、頭の片隅で嗤《わら》った。伊沢は無作法にもスニーカーを履いたまま、土足で大理石張りの床に上がった。この愚かで怠惰な女が、床の靴跡を拭き取って帰るとは思えない。いくらドアの鍵を偽装したところで、床に土足の靴跡が残っていれば、警察が見逃す筈が——。

その時、王城は思い出した。毎朝出勤後にリビングを掃除するよう、ロボット掃除機をセットしていることを。明日の午前八時になれば従順な機械が目を覚まし、部屋を隈なく動き回って、全ての床の汚れを消すため、水拭きし、乾拭きして、大理石の床を顔が映るほどに磨き上げてしまうのだ。

「本当にすごいわね、伊沢の力って」

必死にもがいている王城を見ながら、感心したように薫子が言った。

「お金なんかのために、あなたにこき使われるのは本当に勿体ないわ。まさしく宝の持ち腐れだもの。あたしがもっと有益に使ってあげる」

そして薫子は、いかにも楽しそうにくすりと笑った。

「そうよ、あたしが日本初の女性総理大臣になるのを邪魔する男たちは、みんな死んでもらうわ。特に、宇倍《うべ》と一緒になって私を自由民守党から追い出した、今の首相の西田にはね」

現職の総理大臣を殺す？　本気なのか？　王城は自分の耳を疑った。しかし、この執念深い女が元総理の宇倍肯三《こうぞう》と現総理の西田文武を、自由民守党を追い出されて以来、ずっと憎んでいるのは間違いない。伊沢という完全犯罪装置を手に入れた今、本当に総理大臣の暗殺もやりかねない。

その時、ついにナイフの切っ先が王城の喉に届いた。ぷつり、という鋭利な刃物が皮膚に入り込む感触に、王城は戦慄《せんりつ》した。刃先が刺さった場所から、熱い血がたらりと喉を伝い、胸へと流れていくのを感じた。王城は、脳の血管が切れるかと思うほどの力を込めて、ナイフを持った右手を引き戻そうとした。だが、無駄だった。

ナイフは王城の皮膚を切り裂きながら、ずぶずぶと喉の中に入り込んでいった。体験したことのない激痛が王城を襲い、全身が激しく震えた。もう叫ぶことも、息をすることも、倒れることもできなかった。伊沢が神経を操れるなら、せめてこの痛みを麻痺させてほしいと王城は願った。だが、激痛は王城の身体を容赦なく苛み続けた。

目の前が暗くなってきた。視界がぼやけ、どんどん狭くなってきた。色彩が消え、世界がモノクロームになっていった。

最後に王城が見たのは、伊沢昌浩と中園薫子の姿だった。伊沢はパーカのフードを目深に被り、右手をこちらに向かって突き出し、魚のような目で王城を凝視していた。その隣で薫子は、伊沢の左腕を抱いたまま、まるで楽しいショーでも観ているかのように微笑んでいた。

薫子の唇が動いた。さようなら、と言ったようだった。だがその声も、もう王城には聞こえなかった。

王城に向かって突き出された伊沢の右手が、宙をさっと横に薙《な》いだ。同時に王城の右手が、喉に深々と刺さったナイフをぐいと右へ引いた。喉の右半分がぱっくりと開き、ナイフはようやく王城の喉から離れた。

熱い血飛沫《ちしぶき》が、激しく宙に噴き出したような気がしたが、気のせいかもしれなかった。その刹那、王城の脳裏をよぎったのは、ああこれでようやく死ぬことができる、この猛烈な痛みから逃れることができるという、深い安堵だった。

そして、王城の世界は暗転した。

16 死体

「自殺だね」

捜査第一課・第三強行犯捜査の年配の刑事が、諦めたように言った。

「自殺ですか。間違いありませんか？」

尾島到が確認すると、その刑事は肩をすくめた。

「そう考えるしかないだろう。ホトケは右手にナイフを握り締めていて、喉がぱっくりと切れていた。ナイフには他者の指紋は一切付着していないし、死んだ後でナイフを握らせたのなら、ナイフの柄や手の中に血が付着する筈だが、それもない。つまり、自分でナイフを握って、自分の喉を切ったと考えるしかない」

そう言いながら年配の刑事は、右手で自分の喉を横に切る動きをした。そして小さく溜め息をつくと、自分に言い聞かせるように呟いた。

「どうしてこんな妙な死に方をしたのか、全くわからんがな。もしかすると、覚醒剤《シャブ》の後遺症や鬱病《うつびょう》のせいで、発作的にやったのかもしれん」

年配の刑事は、大理石張りの広いリビングを見回した。紺色の制服を着た鑑識課員たちと、スーツ姿の捜査員たちが、一様に透明なビニール製の靴カバーを履いて動き回っている。時折、現場撮影用のデジタル一眼のフラッシュが光る。

「ホトケは中公会の幹部だっていうから、刑事部《うち》だけじゃなくて組対《ソタイ》のマル暴《ボウ》も来ているが、状況を見る限り、対抗勢力の鉄砲玉にやられたってこともなさそうだ。そもそも中公会がどこかの組と一触即発状態だって噂も聞かないしな。中公会の会長も心当たりはないと言ってるらしい」

　組対とは警視庁の組織犯罪対策部、マル暴とは暴力団対策課のことだ。

「あの、自殺だっていう証拠はあるんでしょうか？」

　碓氷進が遠慮がちに聞いた。

「玄関ドアの、サムターン式の内鍵が施錠されていた」

　年配の刑事は即答した。内鍵とは、ドアの内側から操作する鍵のことだ。死んでいた男は内鍵を後付けで設置し、内側から施錠していたのだ。

「この部屋は四十八階だから窓は全て嵌め殺しで、出入り口は玄関ドアしかない。もし誰かが殺して逃げたという場合、合鍵を持っていれば外から鍵は掛けられる。U字型のドアガードも、実は外から紐を使って掛けることができる。でも、サムターン式内鍵をドアの外から施錠するのは、絶対に不可能だ」

　年配の刑事は淀みなく喋り続けた。

「郵便受けやドアの隙間から、あるいはドアスコープを壊した穴から、特殊な金具を突っ込んで回すことは可能だ。だが、ここの玄関ドアには郵便受けがないし、ドアスコープも壊されてないし、ドアに金具が擦《こす》れた跡もない。だから玄関ドアに細工して逃げた奴はいない。即ち他殺ではない」

「なるほど、そうですか」

そう言うと碓氷は、隣の関谷一大をちらりと見た。今度は関谷が口を開いた。

「死体の左手の指が三本、切断されて床に落ちていたんですよね？　自殺だとしたら、なぜ死ぬ前に、自分の左手の指を三本も切り落としたんでしょう？」

年配の刑事は肩をすくめた。

「わからん。先に切り落としたのか、それとも喉を掻き切る時に一緒に切ったのか、それもわからん。いずれにせよ、ホトケは正常な精神状態じゃなかったと考えたほうがいいかもしれんな。――それより」

年配の刑事は、真っ赤な血糊《ちのり》を塗りたくったような、大理石張りの床を見回した。

「最初に入った鑑識課員は大変だったようだよ。何しろロボット掃除機が、ホトケから流れた大量の血を床中に塗り広げて、切断された三本の指も、部屋の隅のバラバラな位置に蹴散らしていたからね」

中公会若頭補佐・王城竜介、自宅マンションにて死体で発見――。

この知らせが特殊八係に飛び込んできたのは、尾島が王城に会いに行った日の翌日、即ち五月七日、午前八時四十五分のことだった。

この日王城は、午前九時から東京土地振興会の会議に出席する予定だった。運転手は八時に王城のマンションに到着し、エントランスの車寄せで王城の携帯電話を鳴らした。しかし一向に王城が電話に出る様子がないので、不安になった運転手は車を降り、マンション常駐の管理人に相談した。

　管理人はこう言った。もしかすると王城さんは急病で倒れているのかもしれない。合鍵は持っているが、勝手に住人の部屋に入ることはできないので、警察官立ち会いの下《もと》に入ったほうがいい――。そして管理人は、豊洲を管轄する深川《ふかがわ》警察署に電話を掛けた。

　駆け付けた深川署の署員と、運転手と管理人はエレベーターで四十八階へ上がり、玄関ドアをノックした。応答がないので合鍵でドアノブの鍵を解錠したが、さらに別途内鍵が掛けられていた。そこで深川署の署員がバールでドアをこじ開けて中に入り、血まみれの部屋と、喉を掻き切って倒れている王城を発見したのだった。

「伊沢ですね？」

　閑谷が小声で聞いた。碓氷も隣で頷いた。尾島も頷きながら小声で答えた。

「おそらくな。刑事部《うち》も組対も、伊沢の偽装にまんまと騙されたという訳だ」

　だが、それも無理はない――。尾島も血まみれの部屋の中を眺めながら考えた。

　年配の刑事が言った理屈は、全てが「犯人が普通の人間」という前提での話だ。犯人が背理能力者なら、ドアの内鍵もU字型のドアガードも何の意味もない。外から簡単に開閉することができるからだ。王城竜介は、自分が殺し屋として飼っていたマル能・伊沢昌浩に殺されたのだ。

ロボット掃除機がセットされていたことが、警察にとってはさらに不運だった。残っていたかもしれない侵入者の痕跡が、血糊でぐちゃぐちゃに塗り潰されてしまったからだ。あらかじめ王城がセットしていたのか、伊沢が捜査撹乱のためにセットしていったのかはわからなかった。何となく伊沢はそんな小細工をしないような気もした。

しかしなぜ伊沢は、雇い主であり庇護者でもあった王城を殺したのか？　金に関するトラブルなのか、それとも他の理由なのか。いずれにせよ、尾島たち特殊八係にとっては痛恨の出来事だった。

その時、尾島のスマートフォンが鳴った。発信人はＳＳＢＣの並木想作だった。尾島はマンションが契約する警備会社に、防犯カメラの映像を全て見せてもらえるよう段取りを付け、サーバーのパスワードを並木に送って解析を依頼していたのだ。

「昨夜、中園都知事が王城の部屋に来ていました」

並木が単刀直入に言った。

「何だって？」

尾島は思わず大きな声を出した。

「昨夜の午後十時頃、車を自分で運転してきて来客用駐車場に入っています。後部座席に同乗者がいたようですが、残念ながらフードを被っていて顔は見えません」

フードを被った男――。それは尾島もよく知っている人物であることを示唆《しさ》していた。背理能力者、伊沢昌浩だ。

「中園都知事は駐車場から一人で四十八階まで上がり、王城の部屋に入っています。その後、マンション内の複数の防犯カメラに原因不明のトラブルが断続的に発生していて、都知事が王城の部屋を出るところは録画されていません」

並木は早口に喋り続けた。

「こないだの山吹町のマンションでも、同じようなことがありましたよね。あの時はＷｉ‐Ｆｉの異常で、今回は他の部分みたいですけど、どちらもカメラに原因不明のトラブルが発生して、しばらくのちにまた復旧しています。尾島さん、まさか同一人物の仕業ってことはないですよね？」

当たりだ、並木さん——。尾島は内心で並木の勘の鋭さに舌を巻いた。

「並木さん。昨夜中園都知事がここに来ていたことは、いずれ発覚するとは思うが、今はまだ他部署には伏せておいてくれ。王城は自殺として処理されるようだから、防犯カメラを気にする者はいないかもしれないし」

「わかりました」

「それから本当に申し訳ないが、フードを被った男については」

並木は尾島の言葉を途中で引き取って、諦めたように続けた。

「まだ詳しく教えることはできないんだ、でしょう？　わかってますよ。教えられる時が来たら教えて下さい。また何か発見したら報告します」

「すまない」

尾島は通話を切ると、閑谷を見た。

「イチ、中園薫子に至急アポを取りたい。電話番号はわかるか？」

「都知事に？」

閑谷は驚きながらも、素早くスマートフォンの画面を叩き、画面を尾島に見せた。

「東京都庁の政策企画局、総務部秘書課の番号です」

「行くぞ」

尾島はそう囁いて、足早に玄関へと向かった。

碓氷と閑谷は顔を見合わせ、慌てて尾島の後を追った。

「王城竜介さんが、お亡くなりになった？」

中園薫子東京都知事は大きく目を見開き、いかにも驚いたという口調で言った。

海外ブランドと思われるベージュのスカートのスーツ、その中に中園都知事のイメージカラーであるグリーンのカットソー。足にはスーツと同色のハイヒール。

「はい。自殺です」

尾島は中園都知事の表情をじっと観察しながら頷いた。

「ふうん、自殺――」

そう繰り返した後、中園都知事はやりきれない表情で首を左右に振った。

「あんなにエネルギッシュな方が自殺されるなんて。人間って本当にわかりませんわね」

東京都庁・第一本庁舎の七階にある、広さ約八十㎡の都知事執務室。二階吹き抜けの構造で天井が高い。その執務室の中央に、白いファブリック製ソファーセットがあり、三つ並んだ一人掛けソファーの中央に中園都知事、向かいの三人掛けソファーに尾島、碓氷、閑谷が座っていた。

豊洲にある王城のマンションを出た後、尾島と閑谷は都庁に電話して中園都知事に面会を申し込んだ。多忙を理由に断られる可能性もあったが、「王城さんの件で」と伝えてもらったところ、五分だけという条件で面会時間を貰うことができた。中園も下手に逃げないほうがいいと判断したのだろう。

「死亡推定時刻は、昨夜の午後十時三十分頃。つまり、中園知事が王城さんのマンションからお帰りになった頃だと思われます」

そう言って尾島は中園都知事の反応を待った。

中園都知事は肩をすくめ、言葉を返した。

「別に隠すつもりはございませんわ。昨夜は築地《つきじ》の再開発の件で、急にご相談したいことができましたので、東京土地振興会の王城さんにご相談に伺いました、でもまさか、その直後に自殺されたなんて」

「ご相談の内容は？」

「都の再開発計画に関わることですので、まだ今はちょっと」

「あの、知事」

碓氷進が、探るように中園都知事を見た。

「お仕事の話で、ご自宅に行かれたんですか？」

「ええ。そうですけど、それが何か？」

小首を傾げる中園都知事に、碓氷はさらに聞いた。

「夜中の十時にですか？　公用車じゃなくて、ご自分で車を運転して？」

「嫌だわ、すぐにそういうことを疑うんだから。まるで週刊誌の人みたい」

含み笑いをした後、中園都知事は真顔で言った。

「確かに王城さんは素敵な男性でしたけど、純粋にお仕事で伺ったんですのよ。昨夜、自宅に帰った後になってご相談したいことを思い出したもので、自宅から自分の車で行きましたの。お仕事だったという証拠に、三十分くらいでお暇《いとま》していますでしょう？」

「はい。お帰りになった時刻も確認しております」

尾島が頷いた。

「ただ、王城さんの部屋を出られるところは、なぜかマンション内の防犯カメラに映っておらず、駐車場の防犯カメラの記録で確認したのですが」

「私が帰るところは、映っていなかったんですのね？」

中園都知事が確かめるように聞いた。

「ええ。その間だけ防犯カメラが不調だったらしいんです」

「あら、そう」

中園都知事は微笑みながら、ゆっくりと頷いた。

「人はいつ死ぬかわからないし、機械はいつ壊れるかわからないんですのね。勉強になりましたわ」

話をまとめるようにそう言った後、中園都知事はわざとらしく壁の掛け時計を見上げると、申し訳なさそうに三人を見た。

「じゃあ、そろそろよろしいかしら？　最初に申しました通り、今日はスケジュールがぎっしりで」

「あと一分だけよろしいですか？　急いで終わらせますから」

尾島は恐縮の体で言うと、こう聞いた。

「王城さんとは、どういう経緯でお知り合いに？」

中園都知事はすらすらと答えた。

「東京都主催の、都内法人との懇親会《こんしんかい》ですわ。当時王城さんは一般社団法人の重役だったんですけど、東京を愛するお気持ちと誠実なお人柄に感銘を受けましてね。是非、都の事業にお力を貸して頂きたいと申しましたら、すぐに公益社団法人の認定を受けられて、築地の再開発をお手伝い頂くことになりましたの」

公益社団法人の認定には、総理大臣もしくは都道府県知事への申請が必要だ。中園都知事からの強い推薦があったことは間違いないだろう。それ以来、莫大《ばくだい》な金額が都から王城が支配する法人に流れ込んだ筈だ。

　ここで尾島は、踏み込んで聞いてみた。

「王城さんが、中公会という暴力団に籍を置いていたことはご存じでしたか？」

「暴力団？　本当に？　いえ、存じませんでした」

　中園都知事は目に、嫌悪感を浮かべて見せた。

「私、王城さんに騙されていたってこと？　だとしたら私、完全に被害者ですわ。もしそういうことなら、自殺されたのは気の毒ですけど、私にとっては幸運だったのかもしれませんわね。結果として、都の事業から暴力団関係者を排除できたんですから」

　そして中園都知事は、くすりと笑った。

「私って運が強いんですの。都知事に再選した時も、選挙中に大変な事故があって、対立候補の方がお二人もお亡くなりになったでしょう？　不謹慎かもしれませんけど、これも天運というか、お前が都知事をやるんだという天の声だと思いましたわ」

「あなた、よくもそんな――」

怒りのあまり腰を浮かせかけた閑谷を、尾島が肩に手を掛けて座らせた。そして閑谷を目で制止した後、中園都知事に向き直って頷いた。

「なるほど、運ね」

　そして尾島は、急に話題を変えた。

「あの林檎は、知事のお土産ですか？」

王城の部屋のローテーブルに置いてあった、林檎二個とガラスの皿のことだ。

「お林檎？　——ああ」

一瞬考えた後、すぐに中園都知事は笑った。

「ええ。お時間を頂くのに手ぶらじゃ申し訳ないから、途中、遅くまで開いている銀座のフルーツショップに寄って買いましたの。高徳っていう名前の、とっても美味しいお林檎ですのよ。王城さんが剝いて下さろうとしたんですけど、長居をしても悪いので、頂かずに帰りましたの」

「そうですか」

尾島は頷くと、こう続けた。

「その林檎を剝くために用意したナイフで、王城さんは喉を切って自殺されたんです」

「まあ、そうなの」

中園都知事は痛ましげに眉を寄せた。

「ナイフを見ているうちに、発作的に死にたくなったのかしら。お林檎なんか持っていかなければよかったわね。私のせいで王城さんが亡くなったみたいで、複雑な気分だわ」

愚かそうに見えて、実に狡猾な女だ——。中園都知事の笑顔を見ながら、尾島は改めてそう思った。

おそらく中園薫子は、何かの理由で急に王城が邪魔になったのだ。その理由は今のところわからない。ともかく中園は、王城に莫大な都の予算を垂れ流したことや、何より都知事選での対立候補殺しが露見するのを恐れて、王城の口を塞ぐことにした。

その道具として中園が目を付けたのが、王城が飼っている背理能力者・伊沢昌浩だ。二つの都知事選事件で、伊沢が全く証拠を残さずに人を殺せることを知ったからだ。もしかすると伊沢のほうも、王城の飼い犬である状態に不満を持っていて、両者の思惑が一致したのかもしれない。

中園と伊沢は、王城を自殺に見せかけて殺すことにした。中園は昨夜、まず駐車場に車を駐めると、伊沢を残して自分だけ王城の部屋に上がった。自分の姿が防犯カメラに録画されることを承知の上での行動だ。部屋に入ると王城に手土産の林檎を渡し、王城にナイフを持ってくるように言った。

その間に伊沢は、遅れて駐車場から王城の部屋に上がってきた。マンション内の防犯カメラは、見つけ次第能力を使って停止させ、悠々と移動した。

そして王城の部屋に入ると、王城の身体をハッキングして、ナイフで自分の喉を掻き切らせた。その前に、理由はわからないが左手の指を三本切断させている。王城が抵抗したからだろうか。

王城の死を見届けると、中園は伊沢に通路の防犯カメラを停止させ、一緒に玄関ドアを出た。そしてドアの外から全ての鍵を掛けて、再び地下駐車場へ向かった――。

その結果、殺人の痕跡は一切残っておらず、王城は自殺と判断されたのだ。

王城自身は、都知事の中園薫子を利用して東京都の金を吸い上げているつもりだったのだろう。だが実は、中園のほうが王城を利用していた。中園にとっては東京都の金などどうでもいいのだろう。自分の金ではないからだ。それより王城と組んでいることで、伊沢を使えるメリットのほうが大きかったのだ。

「もう、よろしいわよね？」

　中園都知事はさっと立ち上がって歩き出し、都知事執務室のドアを押して開けると、尾島たちを見た。

「王城さんが暴力団関係の方だったのなら、知事という立場上、葬儀は参列しないことにいたしますわ。弔電《ちょうでん》も送りませんし、香典も出しません。マスコミに痛くもない腹を探られたくありませんもの。刑事さんたちも、変な邪推はやめてくださいね？」

　開いたドアを手で押さえたまま、中園都知事はにこやかに微笑んだ。早く出ていけということだ。仕方なく尾島たちも立ち上がり、ドアに向かった。

　ドアの手前で、ふと思い出したように尾島が尋ねた。

「昨日、王城さんのマンションを訪ねられた時、どなたかご一緒でしたか？　駐車場のカメラの録画映像によりますと、知事のお車の後部座席に、男性が一人、座っておられたようですが」

　中園都知事はにっこりと笑った。

「ええ。今度新しく加わった秘書が一緒でした。着いてから帰るまで、地下駐車場でずっと待っていてもらいましたけど」

尾島はさらに聞いた。

「秘書の方を後部座席に乗せて、知事自ら運転を？」

しばし沈黙した後、中園都知事はこう言った。

「運転免許を持っていませんの。でも、すごく有能で役に立つ秘書ですわ」

「そうですか。有能で役に立つ方」

尾島は大きく何度も頷いた。

「その秘書の方、お名前は？」

尾島のこの問いには答えず、中園都知事はにこりと微笑むと、三人に部屋の外を指し示して会釈した。

尾島たち三人は、エレベーターで第一本庁舎駐車場に降りると、スカイライン４００Ｒに乗り込んだ。ドアを閉めると尾島は、右手で拳を作って振り上げ、運転席の肩を後ろから思い切り叩いた。

「くそう！」

その運転席に座った碓氷も、悔しそうに声を絞り出した。

「何て女だ。ヤクザの口を塞ぎやがった。しかも都知事選じゃ対立候補二名を殺して、自分を当選させてくれた男なのに」

助手席の閑谷も、怒りを隠さずに声を上げた。

「中園が車に乗せていた男が伊沢に違いありませんよ！　伊沢を使って、王城を自殺に見せかけて殺したんです！」

　中園薫子は、伊沢の隠れ処が警察に発見され、伊沢を匿《かくま》っていた王城に捜査の手が迫っていることに気が付いたのだろう。そこで、伊沢を密かに王城から奪い取った後、トカゲが自分の尻尾を切って逃げるように、王城を殺して逃げようとしているのだ。

　伊沢もここに来て、自分の背理能力の新たな使い方に気が付いていた。おそらく山吹町の潜伏場所で、尾島たちが仕掛けた隠しカメラを発見してからだろう。伊沢は自分の能力が電子機器に影響を与えることに気が付き、防犯カメラを一時的に停止させ、撮影されずに通過する方法を覚えたのだ。

　背理能力とは電磁波を操る能力だ。殺された高山宙も、同類が発する電磁波を察知し、電波を遮断することができた。尾島たちも大谷無常のお陰で、背理能力に関する知見は増えているが、伊沢もまた日々進化しているのだ。

「トウさん、中園はどうやって伊沢を寝返らせたんでしょうね？」

　閑谷が聞くと、尾島は考えながら答えた。

「わからんが、もしかすると伊沢も、王城から離れる機会を窺っていたのかもしれん。伊沢にしても、中園のために人を殺すのに、わざわざ王城を通して金を儲けさせる必要はない、そう考えたとしてもおかしくない」

　そして尾島は呟いた。

「しかし、この選択は、伊沢にとって命取りになる」

「本当ですか、係長！」

思わず碓氷が振り返った。

「トウさん、伊沢を発見する方法を思いついたんですか？」

助手席の閑谷も身を乗り出した。

「いや。まだだ。落ち着け」

意気込む二人をなだめながら、尾島は続けた。

「だが、人を隠れ住ませるのはそう簡単じゃない。不動産書類の偽造などの違法行為を伴うし、そのための知識も経験も必要だ。王城は不動産のプロで、しかも犯罪のプロだったから伊沢を匿っていられたが、中園が同じようにやろうとしても限界がある筈だ。必ずどこかでボロが出る。中園を張っていれば、必ず伊沢は発見できる」

自分に言い聞かせるように、尾島は言葉に力を込めた。

「そしてその時が、伊沢と中園の、年貢の納め時だ」

翌日、五月八日——。驚くべきニュースが東京中を、いや日本中を駆け巡った。

中園薫子東京都知事が、朝の定例記者会見の席で、都議会議長に辞職届を提出したことを報告。同時に自らが旗揚げした「幸せの党」を離党し、来る《きた》衆議院選への立候補を見据えて、野党第三党の革新共和党に入党することを発表したのだ。

17 転身

「――そして、東京都知事として懸命に働くうちに、私の目に見えてきましたのは、日本が経済でも防衛問題でも危機的状況に瀕《ひん》している中、与党である自由民守党と創生党には、この危機を乗り越える力がないという、残酷な事実でした」

フラッシュが激しく焚かれる中、中園薫子は周囲を見回しながら喋り続けた。

「都知事として働いた四年四ヵ月で、都が抱えていた問題はほぼ解決することができました。もう私がいなくても東京都は心配ない。それよりも私に求められているのは、この危機にある日本の再生と舵取りではないか。そう考えて私は、敢えて火中の栗を拾う覚悟で都知事の座を離れ、再び国政の場に戻ることを決意いたしました」

五月八日、午後三時――。

東京都庁の目と鼻の先、東京都西新宿《にししんじゅく》に建つ高級シティーホテル、イーストハリウッド東京。その四十階にある宴会場では、中園薫子都知事の緊急記者会見が行われていた。

辞任の報告が終わって質疑応答の時間になると、記者たちが一斉に挙手した。中園は壇上から楽しそうに間隔を広げた記者席を眺めると、まるで冷蔵ケースの中に並んだケーキを選ぶかのように、その中の一人を指差した。

「再選後わずか四ヵ月で知事職を投げ出すのは、あまりに無責任じゃありませんか？」

新聞記者の厳しい質問に、中園都知事は平然と答えた。

「確かに任期はあと三年以上残っております。しかし、それを待っていては手遅れになるかもしれない。日本はそれほどに危機的な状況にあるのではないか。だから、今は決まり事に縛られるよりも、融通無碍《ゆうずうむげ》に対応し、スピード感を持って行動しなければならない、私はそう判断いたしました」

次に、テレビ局のニュースキャスターが質問した。

「東京都の問題は、ほぼ解決したとおっしゃいましたが、中園知事が都知事選で掲げられた公約、例えば都庁残業ＮＯ《ノー》、都道電柱ＮＯ、満員電車ＮＯなどの『七つのＮＯ』は、一つも達成されていないのではないですか？」

中園薫子はこう答えた。

「公約達成への道筋は、すでに私の中では完成しております。あとはこれを次期都知事に実行して頂くだけですので、丁寧に引き継ぎをして託したいと思います。在任中に達成をご報告できなかったことは、非常に残念ではあります」

別の新聞の記者が質問した。

「自分が求められているのは日本の再生と舵取りである、そうおっしゃいましたが、具体的には、総理大臣を目指すと受け取ってよろしいでしょうか？」

「はい。それで結構です」

中園薫子の言葉に記者会見場が大きくどよめいた。中園が、日本史上初の女性総理大臣の座を狙っていることを、はっきりと認めたのだ。

通信社の記者が挙手した。

「では、総理を目指すにあたって、政権与党ではなく野党、しかも第三党の革新共和党に入党された理由は何でしょうか？」

中園は婉然と微笑んで、そして喋り始めた。

「おっしゃる通り、総理を目指すのであれば、長らくこの国の政権を独占してきた与党第一党、自由民守党に入るのが筋道なのかもしれません。しかし、残念ながら自由民守党には歴史的、根本的かつ致命的な欠陥がございます。それを正さない限り、私は自由民守党に与《くみ》することはできません」

同じ記者が重ねて質問した。

「具体的に何ですか？　自由民守党の欠陥とは」

中園はにこりと笑うと、はっきりと答えた。

「宗教団体との癒着《ゆちゃく》です」

この言葉に、会場がしんと静まり返った。いや、凍りついたと言ってもよかった。

中園は平然と続けた。

「自由民守党は、政権の維持に固執するあまり、宗教団体を母体に持つ政党・創生党と連立与党を構成し、政策の決定にも創生党の判断を仰いでいます。もし、特定の宗教団体の意思が、日本の政策に影響を与えているとすれば、政教分離を定めた日本国憲法第二十条及び第八十九条への抵触が疑われる問題です」

記者たちがざわつき始めた。自由民守党が連立政権を構成している創生党が、仏教系新興宗教団体を母体としていることは、誰もが知っている事実でありながら、この問題を批判することは、政界ではずっとタブーとされてきたからだ。そのタブーを今、中園薫子は破ろうとしているのだ。

「それだけではありません。自由民守党は、過去に社会問題を起こしたことがある反社会的な新興宗教団体とも、密かに深い関係を持ち続けています。選挙において無料のボランティアと、五十万人を超える信者の票を回してもらうためです」

中園が言った反社会的な新興宗教団体とは、キリスト教の一派を自称する海外発祥の団体で、日本国内の信者から高額な献金を吸い上げ、母国へ莫大な金額を送金していることがわかっている。

そして、少なからぬ自由民守党の議員が、選挙ではこの団体の信者に票をまとめてもらい、その見返りに自分の名前を団体の広報活動に使用させている。つまり新興宗教団体に政府与党のお墨付きを与え、布教活動を後押しして信者を増大させ、宗教団体の利益に貢献しているのだ。これもまた政界では公然の秘密だった。

中園薫子は会場全体を見回しながら、力を込めて語り続けた。

「新興宗教団体には、必ず政治的野心を抱く者が出現します。およそ三十年前、自ら政党を立ち上げて国政参加を狙った挙げ句、テロ事件を起こして多くの犠牲者を生んだカルト集団がありました。そして現在も、政党を組織して国政選挙に候補者を送り込んでいる新興宗教団体が存在します。宗教にとって政治とは、権威と金を生む道具だからです」

「では中園さんは、日本政府と宗教団体が癒着した状態を正すために、国政への復帰を決意されたと？」

「その通りです」

中園は力強く頷いた。

「自由民守党という、長きにわたって各種宗教団体と癒着してきた集団を、内部から浄化するのは不可能です。党内で潰されることは目に見えています。だから外部から変えていくしかないのです。そして革新共和党の玉井代表は、この国の間違った政治を正すため、私とともに戦うと約束して下さいました」

記者会見の会場には、中園の喋り続ける声と、記者たちがキーボードを叩く雨のような音だけが響いていた。誰もが無言のまま中園の言葉を記録し続けていた。勿論、記者たちが中園の言葉に感銘を受けている訳ではなかった。──しかし。

敵を見つけた時の中園薫子は、強い──。

記者たちは思い出したのだ。中園薫子という女性は、スキャンダルを起こした誰かを激しく攻撃することで輝きを増し、一気に大衆の支持を集めることができる、そんな天性の才を持った政治家であることを。

　思い起こせば、中園が初めて東京都知事選に出馬した時もそうだった。東京都の施設移転予定地から微量の汚染物質が検出されたことを追及、「危険がなくても危惧《きぐ》はある」という謎の言葉で都民の不安を煽り、移設を決定した前知事を攻撃することで大衆の人気を一気に集め、圧倒的な得票数で見事に当選、都知事の座に登り詰めたのだ。

　中園薫子は、選挙などに興味を持たない大多数の有権者を、「悪との戦い」というわかりやすい図式で扇動《せんどう》し、投票所へと牽引することができる。そして今回の悪は、政府与党である自由民守党だ。宗教団体との癒着という、政界のタブーに挑戦するジャンヌ・ダルク。中園はそんなポジションに収まろうとしているのだ。

「私はこの日本を、どこにも恥じることのない国、正直な人が報われる国、そして世界に誇れる美しい国に生まれ変わらせたいのです」

　中園薫子は、力強い口調で喋り続けた。

「そのための第一歩が、宗教との訣別なのです。国家国民のために働くべき国会議員が、自分の議席を守るために、怪しげな宗教団体に頭を下げ、心を売り、利益を誘導して太らせている。一体誰のための国会議員でしょうか。こんな堕落した政党からこの国を取り戻すために、今、立ち上がろうではありませんか」

　もはや記者たちは、中園が任期途中で都政を放り出したことも、在任中に公約を一つも守らなかったことも、どうでもよくなっていた。日本の政治を正すという中園の言葉に、どれだけの具体性があるのかも、もう全く気にならなかった。

中園はセンセーショナルな爆弾を投下してくれた。あとは自分たちマスコミが、中園を主役として来る衆院選を盛り上げ、それぞれの媒体の売上や視聴率に繋げていけばいいのだ。もはや中園薫子とマスコミは、運命共同体だと言ってもよかった。

記者たちは中園の言葉を一言漏らさず書き残そうと、一心不乱にキーボードを叩き続けていた。まるで二千年もの昔、「神の子」を自称する一人の男の言葉を、できる限り多くの人々に伝えるため、必死に書き残した忠実な使徒たちのように——。

18　監視

「総理の座を狙う？　中園さんがそうおっしゃったんですか？」

記者たちに囲まれた男が、目を丸くして逆に記者に聞いた。光沢のある生地のグレーのスーツ。斜めストライプのネクタイ。糊の利いたホワイトシャツ。国産最高峰の高級機械式腕時計、細いチタンフレームの眼鏡、磨き上げられた黒い革靴。先月就任したばかりの第百代内閣総理大臣、西田文武だ。

「はい。新興宗教団体と癒着している自由民守党には政権を任せられないと、そういう趣旨のことを発言されています。西田総理が就任されて、衆議院の解散も時間の問題と思われますので、解散後の総選挙を見据えての都知事辞任ということになります」

西田総理は苦笑した。

「選挙で選ばれた都知事という要職を、任期中にほっぽり出した方が、次は総理になりたいとおっしゃっているんですか？　皆さんどう思われます？　そんな気まぐれで浅はかな人に、日本国の最高責任者である総理大臣を任せられますか？　どうせ何かあったら、また途中でほっぽり出すんでしょう？」

「しかし、総理」

　別の記者が口を開いた。

「このところの新興宗教団体との癒着問題で、自由民守党は次期政権では、創生党との連立を解消するのではないかという噂があります」

　記者ははっきりとは口にしないが、創生党が特定の宗教団体を母体にしていることは周知の事実だ。この連立のせいで自由民守党は、カルト宗教の規制にあたり「政治的野心を持つ宗教団体」という定義を持ち込むことができないのだ。

「そうなると次の連立の相手は、革新共和党になるのではないかというのが大方の予想です。革新共和党は革新系でも中道に近いし、元自由民守党の議員も多いですし、実際に自由民守党内にも、次は共和でいいんじゃないかと発言している方がおられます」

　また別の記者が言った。

「それに世界的な風潮として、そろそろ我が国でも女性の首相が誕生しないと、人権後進国の誹《そし》りを免れないんじゃないでしょうか。はっきり言って、自由民守党には有力な女性候補者はいないようですし、そうなると実績や知名度から言って、総理に最も近いのは中園さんだという話も」

「馬鹿馬鹿しいとしか、言いようがありませんな」

　西田総理は鼻で笑った。

「私は、創生党との連立を解消するつもりはありません。それに女性総理が待望されているのは事実でしょうが、もし日本初の女性総理が誕生するとしたら、それは当然ながら、与党第一党である自由民守党の女性議員から選ばれるべきです。私の目の黒い内は、この二つは断じて変わることはありません。そこはしっかりとやっていく所存です」

　五月八日、午後七時四十五分――。

　尾島到、碓氷進、それに関谷一大の三人は、部署の自分の席に座ってCS放送のニュース専門チャンネルを観ていた。

　画面の中では、総理大臣の西田文武が、首相官邸で記者の囲み取材を受けた時の様子が流れていた。かつて中園薫子が自由民守党に在籍した時、当時の総理大臣・宇部肯三と西田は、中園の能力を見限って党から排斥した人物だと言われている。

「中園は、総理になるために王城を消したのか」

　合点が行ったという顔で、碓氷が頷いた。

「王城は伊沢昌浩を使って、都知事選の対立候補二人を殺害、中園薫子を都知事に再選させた。でも中園は女性初の総理大臣になる野心を抑えきれず、革新共和党の誘いに乗ることにした。そして暴力団幹部で共犯者だった王城が、いつか自分のアキレス腱になると判断し、伊沢を使って王城を始末した――」

「嫌な予感がする」

　尾島が呟いた。

「何がですか？」

関谷が聞くと、尾島はテレビに映った西田総理を見ながら言った。

「中園が王城を殺したのは、都知事選での殺人の共謀を隠す口封じだと思っていたが、そうじゃないかもしれない」

「他にも理由があるんですか？」

怪訝な顔の碓氷に、尾島は頷いた。

「王城を殺したのは、伊沢という殺人マシンを我が物にするためじゃないでしょうか。もしそうだとすれば、なぜ王城を殺してまで伊沢を手に入れたのか、です」

「つまり、トウさん」

関谷は、ごくりと喉を鳴らした。

「中園は伊沢を使って、さらに誰かを殺すつもりなんですね？」

それを聞いた碓氷の顔に、衝撃が浮かんだ。

「そうか。中園は、自分が総理大臣になるのに邪魔な人物を始末するために、伊沢を手に入れたってことですね？　となると、中園にとって一番邪魔なのは」

三人は同時にテレビを見た。画面には、革新共和党との連立を否定し、女性首相は必ず自分の党から出すと断言した西田総理大臣が映っていた。

「西田総理――？」

思わずそう言った後、関谷は慌てて自分で否定した。

「いやそんな、まさか。いくらなんでも現職の総理大臣を」

「だが、その可能性は否定できない」

あくまでも慎重に、尾島は答えた。

「都知事選の対立候補二名、そして王城。中園は伊沢というマル能の存在を知って以来、邪魔な人間は必ず伊沢を使って始末してきた。次がないと考えるほうが無理がある」

そう、背理能力は人間を試すのだ――。改めて尾島はそう思い知った。

背理能力は、それを手にした人間を犯罪へと誘惑する。そして「お前は善か？　それとも悪か？」と選択を迫るのだ。まるで、人間を悪へと誘《いざな》う悪魔のように。そしてこのことは、背理能力者本人に限った話ではない。背理能力者と出会い、普通の人間には不可能な能力の存在を知った人間についても、同様に言えることなのだ。

背理能力の存在を知った者は、その恐ろしい力が最も効果を発揮するのは、犯罪を行う時であり、特に殺人のために使用された時だと気付くことになる。そして気付いたが最後、邪魔者は全員殺してしまいたいという欲求に抗えなくなるのだ。中園薫子がそうであるように。

尾島は閑谷を見た。

「イチ、もし並木さんがまだ席にいたら、今すぐ相談したいことがある。時間を空けてくれるよう頼んでもらえないか。碓氷さんとイチも参加してくれ」

閑谷は頷くと、すぐにＰＣを操作し始めた。

「わかりました。今すぐオンライン会議に招待します」

尾島はオンライン会議は苦手なのだが、この際しょうがなかった。背理能力という理不尽な力に対抗するには、こちらも同じように人間には不可能な力、即ち科学技術を使うしかないのだ。

「中園元都知事の、自家用車の中を覗きたいですって？」

ＰＣ画面の中で、並木想作が素《す》っ頓狂《とんきょう》な声を出した。

「そうなんだ。何か方法を思い付かないか？」

尾島の言葉に、並木は思わず笑い出した。

「尾島さん、冗談はやめて下さいよ。そんなの無理に決まってます。車の中を覗くにはカメラを仕掛ける必要がありますけど、前回マンションで発見されて失敗してるじゃないですか。今度だって絶対にバレますよ」

「無理を承知で相談しているんだ」

尾島もしつこく食い下がった。

「知っての通り、伊沢は街頭や建物の防犯カメラに映らない方法を知ってしまった。そして並木さん自身が言ったように、マスクを確実に外すのは睡眠中、食事中、そして自家用車車内くらいだ。現在、中園が伊沢を匿っていると考えられるから、行動を起こす時は中園の車で移動するしかない。その、車の中にいるところを押さえたいんだ」

「それはわかりますけど、でも、そんなこと」

心底困った様子の並木に、尾島はなおも頼み込んだ。

「とにかく、一刻も早く伊沢の居場所を突き止める必要があるんだ。そうでないと、大変な事件が起きるかもしれない。並木さん、君の知識と技術で、何か方法を思い付いてくれないか」

もしかすると中園薫子は、伊沢昌浩を自宅に匿っているのではないか――？　尾島はそう推測していた。根拠としては第一に、不動産のプロだった王城と違って、人を隠すのに都合がいい住まいを簡単に探し出せるとは思えないこと。賃貸マンションでは中園が借りたという証拠が残るし、ホテルは従業員の目が光っているから論外だ。

二つ目の根拠は、王城を殺害する時、中園は伊沢を自家用車で運んだこと。今はタクシーでもドライブレコーダーを装備した車が多い。伊沢を密かに運ぶ時は、やはり自家用車を使用するのが最も安全だ。そのためにも、自宅マンションに住まわせておくのが最も人目に付かない方法だろう。

高山宙が生きていれば、新宿御苑前《ぎょえんまえ》に建つ中園のマンションまで行って、伊沢の気配を察知することができた。だが、高山を殺された今となってはそれも叶わない。マンションの防犯カメラの位置は伊沢も把握しているだろうし、再び隠しカメラを仕掛けても、伊沢はすぐに気が付くだろうし、並木が言う通り、それは車内に仕掛けても同じだろう。

だが、何としても伊沢の顔を確認し、できれば録画したいのだ。

「無線カメラでなければ電波を出さないんだろう？　百歩譲って、録画するだけのカメラなら、何とかこっそり設置できないか？」

尾島の言葉に、並木は悲しそうな顔になった。

「一体どうやって、他人の自家用車の中に盗撮用カメラを仕掛けるんです？　作業時間だって結構かかりますよ？　内張りを剝がして配線しなきゃいけないけど、僕は車の電装には詳しくないし、かと言って整備士さんにやらせる訳にもいかないでしょう？」

「洗車で業者が預かった時に、業者を抱き込んでこっそり装着するとか」

「無茶ですよ。時間が足りません」

「じゃあ、車検の時はどうだ」

「中園が今の自家用車を買ったのは去年で、十二ヵ月点検も済んだばかりだし、車検は再来年までありません」

中園は去年、公用車をＥＶに変更するのに併せて、自家用車として最先端の国産燃料電池車を購入したと朝の定例会見で発表していた。勿論、環境に配慮してCO_2を出さない車を使用しているという自己アピールだ。

「ドラレコの映像を入手する、ってことはできませんか？」

閑谷が会話に割り込んだ。

「中園の車って、最新の安全設備と安全システムが付いてるんでしょう？　当然ドラレコも付いてますよね？　前方と後方に加えて、室内も撮影してるんじゃ？」

これを聞いた並木が溜め息をついた。

「閑谷さん。見つかったらマズい人間を乗せる時には、さすがに中園もドラレコは切るんじゃないですか？　乗ってる人間の顔がバッチリ録画されちゃいますし、最近は自動車保険の会社が常時見守ってる機種もありますしね。だからとにかく、中園の自家用車の中を覗くのは、どうやっても無理――」

　そこまで喋ったところで、突然、並木が黙り込んだ。

　尾島たち三人は一瞬、オンライン会議のソフトがフリーズしたのかと思った。だが、並木以外の人間は動いている。並木だけが突然フリーズしたのだ。

「あの、どうかしました？　並木さん」

　恐る恐る、閑谷が聞いた。

「あった」

　茫然とした顔で並木が呟いた。尾島が急いで話しかけた。

「あった？　何がだ？」

「車内を、遠くから、覗く方法が」

　譫言のように、並木はゆっくりと喋り続けた。

「そうだよ。僕としたことが、どうして今まで思いつかなかったんだろう。盗撮用カメラなんか、取り付ける必要ないじゃないか」

「並木さん、見つけたんだな？」

　思わず尾島は、顔をＰＣの画面に近づけた。

「外部から中園の自家用車の中を覗く方法を。一体どんな方法だ？」

「EDSSです」

並木はそう言うと、真剣な表情で喋り始めた。

「中園元都知事の自家用車は、最先端の安全設備と安全システムをフル装備しています。よってこの車は、当然EDSSも搭載しているんです」

「EDって、あのEDとは関係ないよね？」

碓氷が困ったように聞くと、並木が慌てて否定した。

「あのEDとは関係ありません。EDSS、ドライバー異常時対応システム《Emergency Driving Stop System》です。中園の車にはドラレコのカメラとは別に、ネットワークに繋がった運転者を観察するための顔認証カメラが、最初っから標準装備されているんですよ」

並木によると、この顔認証カメラの目的は大きく分けて二つ。一つがDPS、ドライバー・パーソナライゼーション・システム。AIが運転者を識別、ステアリングやシートの位置、バックミラーの角度、エアコンの温度、車内の明るさやオーディオの音量などを、個々の運転者に合わせて細かく調整する。

そしてもう一つの目的がEDSSだ。AIがカメラで運転者の顔を常時観察、居眠りやよそ見運転、スマホの使用などが感知されると音声とランプで警告する。そして運転者の表情から急病などの異常事態を感知すると、ハザードランプ、ブレーキランプ、ホーンで車外に異常を報知、車両を自動で減速停止させ、全てのドアを解錠する。

同時に、警察庁、経済産業省、国土交通省、総務省の四省庁が共同で策定した高度道路《I》

交通《T》システム《S》の一部、緊急通報サービス「レスキューネット」に自動接続、警察と消防に救命要請を行う――。

「このレスキューネットに侵入し、EDSS用車載カメラで車内を目視します」

　並木は三人に向かって、早口に喋り続けた。

「EDSSはまだ運用が開始されたばかりですから、システムのセキュリティーも万全ではないでしょうし、何より警察の一一〇番通報とも連動したネットワークなので、たぶん簡単に侵入できるんじゃないでしょうか」

　閑谷が驚きの声を上げた。

「政府のシステムを、警察がハッキングするんですか？」

「人聞きの悪いことを言わないで下さいよ。システムのハッカー対策は充分かどうか、抜き打ち検査をやってあげるだけです」

　並木は涼しい顔で答えると、真面目な顔になった。

「尾島さん、この方法でこれから中園元都知事の自家用車内をモニターし、同時に録画します。EDSS用のカメラは、見られているストレスを運転者に与えないよう、スマホのカメラみたいに、ルームミラーに隠して設置されていますから、たぶん中園はそんなカメラがあることも知らないと思います」

　いつだったか、尾島自身が巌田尊捜査第一課長にこう言ったことがあった。

マル能の奴らが人間には不可能な能力を使うのなら、こっちも同じように、人間には不可能な能力を使おうってことです——。

あらゆるものに繋がっているネットワーク、そして、至るところに設置されているカメラ。これらを利用して行う現代の科学捜査は、もはや神の眼と言える域にまで発達している。そう尾島は思うしかなかった。

「並木さん、君は何て悪い奴だ」

尾島はPC画面の中の並木を見ながら、感心したようにゆっくりと首を振った。

「勿論、褒め言葉だ」

並木はにっこりと笑った。

「ありがとうございます。——あ、そうだ。ところで閑谷さん」

「は、はい。何です？」

閑谷が慌てて返事をすると、並木は軽い調子で続けた。

「閑谷さんって女性にモテますよね？　若いし、顔もイケてるし、髪もいつも綺麗に染めててオシャレだし」

「いえ、そんなことないです！　それに、髪の毛染めてるのは白髪隠しなので」

閑谷は必死に否定した。尾島も忘れそうになっていたが、閑谷は生まれつき毛髪の一部の色素が薄い。そのため髪にメッシュを入れているように誤解され、年配の警察官に睨まれることが多かったため、髪全体を濃い茶色に染めているのだ。

「まあ、そんなことはどうでもいいんですけど、お願いがあるんですよ。そんなモテモテの閑谷さんに、その、ちょっと相談に乗ってほしいことがありましてね」

言いにくそうに、並木は頭を掻いた。

「今日、あとで僕のところまで来てくれませんか？　他の人に聞かれるのは恥ずかしいから、打ち合わせ用にちっこい会議室を取っておきます」

「いいですけど、私用でしたら喫茶店とかのほうがよくないですか？」

閑谷が聞くと、並木は顔をしかめた。

「だから、誰にも聞かれたくないって言ってるでしょう？　桜田門界隈の喫茶店は警察官だらけじゃないですか。それに、閑谷さんに見てもらいたいものもあるんだけど、ウチのＰＣは決まりで建物の外に持ち出せないんですよ」

横で聞いていた尾島は苦笑した。大方、並木の相談というのは女性に関することで、メールかＳＮＳか、それとも写真か動画か、とにかくＰＣに保存しているものを閑谷に見てもらって、アドバイスをしてほしいのだろう。

「良かったら、僕も一緒に相談に乗ろうか？」

碓氷が身を乗り出すと、並木はさわやかに答えた。

「いえ、碓氷さんは大丈夫です！　閑谷さんだけで」

「行って差し上げろ、イチ」

尾島が笑いながら閑谷に言った。

「並木さんには、これからも寝る間を惜しんで働いてもらうことになる。少しでもこちら側にできることがあればやってあげて、気持ちよく仕事してもらおうじゃないか。勤務時間内でも構わないから、相談に乗ってあげてくれ」

「尾島さん、ひどいなあ。今以上にこき使うつもりなんですか？」

唇を尖らせた後、並木はにっこりと笑った。

「じゃあ、そういうことで閑谷さん。上長のお許しも頂いたことだし、ご足労ですが手が空《あ》いたところでこっちに来て下さい。できればなる早で。よろしく！」

並木はそう言い残すと、オンライン会議からあっという間に退出した。

19　発覚

週が明けて五月十一日、午後十時三十分――。

尾島到、碓氷進、それに閑谷一大の三名は、その日も警視庁本部六階にある特殊八係の部屋で、焦りを押し殺しながら待機を続けていた。

王城竜介の死から五日が経っていた。ＳＳＢＣの並木想作は中園薫子の自家用車に搭載された顔認証カメラへの侵入に成功、密かに車内の監視を続けていたが、この間、中園はまだ一度も自家用車に乗っていなかった。つまり伊沢昌浩の姿を確認することはできていなかった。

そしてこの日、先月初めに総理大臣に就任した西田文武の決定により、三日後の五月十四日に衆議院を解散することが急遽発表された。公示日は五月十九日。立候補者は、この日の午前八時三十分から午後五時までに立候補の届け出をすることになる。そして第四十九回衆議院議員総選挙の投票日は、五月三十一日の日曜日に決定した。

「解散は三日後か。随分急いだもんだ」

衆議院解散を伝えるニュース番組を見ながら、碓氷が呟いた。

「中園薫子に立候補の準備期間を与えたくなかったんだろうな。セコいことするぜ」

閑谷もテレビを見たまま頷いた。

「逆に言えば、それだけ自由民守党が中園を警戒してるってことですよね。浮動票が一気に革新共和党に流れてしまうんじゃないかって」

尾島も同感だった。中園が都知事の辞任記者会見でぶち上げた「宗教団体と癒着した政府との戦い」という宣言。自由民守党の、政権維持のためなら何にでも尻尾を振る節操のなさにあきれた有権者の心を、中園は確かに摑んだ。中園というスキャンダラスなキャラクターを喜ぶマスコミの、偏向とも言える好意的な報道も追い風となっていた。

尾島が口を開いた。

「この日程だと、総選挙まで半月しかない。自由民守党に比べて革新共和党は選挙資金も潤沢とは言えない。西田総理は、なるべく早く解散総選挙に持っていったほうが、中園薫子と革新共和党潰しに好都合と考えたんだろう。そして西田総理は、連立の相手を創生党から革新共和党に乗り換える気は一切ないようだ。――しかし」

尾島は考えながら続けた。

「もし西田総理がいなくなれば、宗教団体との癒着問題で突き上げを食っている自由民守党が、どっちに転ぶかわからない。政権さえ維持できるならどの党とでも組む、そう公言する議員も自由民守党にはいるからな」

閑谷が緊張した顔で言った。

「じゃあ、やっぱり中園は西田総理を」

尾島は頷いた。

「王城竜介は中園を都知事選で再選させるため、伊沢を使って対抗候補二名を殺害したが、一人は自殺、もう一人は事故死として処理された。これを見た中園は、今度は伊沢に王城を殺させたが、これも警察は自殺と判断するしかなかった。伊沢がいれば誰を殺してもバレない、そう中園は味を占めているだろう」

人が殺人を実行する時、最大の理由は殺意の強さではない。今が殺すチャンスだと思った時、人は人を殺す。尾島はそう考えていた。

今なら確実に殺せるかどうか、そして今なら捕まるかどうか。今ならこいつを殺しても捕まらないのではないか、そう考えた時に人は人を殺す。どれくらい殺したいかは関係ないのだ。そして中園は今、背理能力者・伊沢昌浩という、人を殺しても捕まらない道具を手に入れたばかりだ。

もし自分が中園薫子だとして、現職の総理大臣を伊沢を使って殺害するとしたら、一体どういう状況で狙うだろうか？　できれば周囲に一般人が大勢いて、伊沢がいても目立たない状況がいい。しかも、背理能力が有効な距離まで接近する必要がある。そんなことが可能な状況とは――。

「イチ」

尾島は関谷を見た。

「近いうちに、西田総理が参加する政治資金パーティーはあるか？」

「はい。総理の個人ＨＰに、参加する全てのイベントの日程が公表されています。ちょっとお待ち下さい」

閑谷はノートＰＣを開くと、マウスで素早く操作した。

「ありました！」

閑谷はノートＰＣの画面を、尾島に向けた。

「一週間後に、自由民守党の最大派閥、至晴会《しせいかい》の政治資金パーティーが行われます」

ＰＣ画面には西田総理の個人ＨＰの「イベント」というページが表示され、その一番上に「新着」という文字と共に「〈至晴会との夕べ〉に応援参加」という一文があった。

至晴会とは、元総理大臣の浅尾《あさお》太一郎《たいちろう》副総理が率いる自由民守党の最大派閥、浅尾派の正式名称だ。衆議院選を前にして資金集めが目的のパーティーだが、この会には党の重鎮が揃って駆け付けるのが慣例で、西田総理も毎回必ず挨拶しているという。

自由民守党の最大派閥・至晴会の主催、しかもコロナ禍で久しぶりの開催だろう。議員と党員、後援会、それにパーティー券を買わされた企業や団体の関係者など、合計二千人以上が集まると言われる。会費は通常二万円。来場者の数倍のチケットを売るから、会場代と飲食代を引いても六千万から七千万円が至晴会の収益となる。

政治資金パーティーでは来場者の客層も雑多で、会場への人の出入りも激しい。しかも今は皆マスクを掛けている。伊沢が会場に紛れ込んでも、こっそり退出しても、怪しむ者はいないのではないか。そして立食形式のパーティーではＳＰの警護も遠慮気味だ。大物代議士のすぐ側まで近寄ることができる。

よって中園が伊沢を使って西田総理を狙うとすれば、政治資金パーティー会場である可能性が高い。尾島はそう考えたのだ。

「イチ、このパーティーの日時と場所は？」

「四日後です。五月十五日金曜日、午後六時半開場・七時開始。場所は有楽町《ゆうらくちょう》にある老舗《しにせ》シティーホテル、カイザーパレス東京の『蒼天《そうてん》の間』です」

「そのホテル、駐車場はどうなっている？」

閑谷はホテルの公式ウェブサイトで駐車場情報を見た。地下一階から地下四階まで四階層の自走式。収容台数は四百五十台。

新宿御苑前に建つ中園薫子のマンションも地下駐車場だから、自宅マンションからパーティー会場のホテルまで、ルートの全てを自家用車だけで移動することができる。密かに伊沢を乗せて運ぶのなら、これ以上の好条件はない。

そして中園が自家用車に伊沢を乗せ、車のスタートボタンを押せば、その瞬間ＥＤＳＳ用の車載カメラが起動し、ついに尾島たちは伊沢を再び捕捉することができる。

「碓氷さん、イチ」

尾島は立ち上がると、二人を順に見た。

「中園が本当に西田総理の命を狙うのか、それはわからない。だが様々な条件を考慮すると、もし中園が西田総理を襲うとすれば、この四日後のパーティーが危険度において一つのピークだと言える。無駄足になるかもしれないが、この日は中園を早朝から丸一日マークする。

——まず、碓氷さん」

碓氷は緊張の表情で頷いた。

「はい、係長」

「当日は、目立たないようにあなた一人だけで、中園のマンションの地下駐車場で張り込んでもらいます。中園が伊沢らしき人物を伴って現れたら、閑谷にスマホのメッセージで連絡して下さい」

碓氷が怪訝な顔で聞いた。

「連絡？　その場で逮捕するんじゃないんですか？」

「たぶんマスクのせいで顔を確認できないと思います。ですが、車に乗れば伊沢もマスクを外す可能性があるので、その時ＳＳＢＣの並木さんにＥＤＳＳ用車載カメラで顔を確認してもらいます。それに相手は何十人も殺害したマル能ですから、マンション地下での捕物は民間人を危険に晒す恐れがあります。移動途中の路上でもそれは同じです」

「じゃあ、伊沢はどこでパクるんです？」

「カイザーパレス東京に協力を要請し、地下駐車場の一番深いフロア、地下四階を丸ごと貸し切ります。他の来客の車は全て地下一階と二階に回してもらって、地下三階を空け、中園の車だけを地下四階へ誘導してもらいます。そうすれば他の客に危険が及ぶことを防げます。この地下四階が、伊沢を捕まえる檻《おり》です」

「わかりました」

碓氷はごくりと生唾を飲み込んだ。

「次に、イチ」

閑谷は反射的に立ち上がった。

「はい！」

「お前には当日、捜査車両の運転を任せる。俺と一緒に早朝から中園のマンション近隣の路上で場所を変えながら待機、碓氷さんからの連絡で中園の車を尾行する。すぐに並木さんから、伊沢が乗っているかどうか連絡が入るだろう。確かに伊沢だと確認された場合、カイザーパレスの地下四階駐車場まで尾行して、そこで逮捕する」

「段取りはわかりました。——でも、トウさん」

閑谷は迷ったように尾島を見た。

「万一マンションの駐車場で、碓氷さんが伊沢に見つかったら、碓氷さんは危険な状態に晒されます。やっぱり一番若い僕が、マンションの駐車場での見張り役をやるべきじゃないでしょうか？　碓氷さんのほうが車の運転にも慣れてるし」

「いやイチ君、気持ちは有り難いが大丈夫だよ」

碓氷が笑いながら、顔を横に振った。

「僕は臆病だから、伊沢に見つかるようなヘマは絶対にしないよ。万一の場合は、練習を重ねたテーザー銃もあるしね。僕の射撃の腕は当てにならないけれど、君だってどっこいどっこいだろう？　いざとなったら伊沢に、僕の逃げ足の速さを見せてやるさ」

尾島もなだめるように関谷を見た。

「イチ、ここは碓氷さんに任せよう。少なくとも碓氷さんのほうが、こういった危険な場面での場数はお前より踏んでいる。その経験を信じようじゃないか」

「わかりました」

諦めたように頷くと、関谷は碓氷に声をかけた。

「碓氷さん、本当に気を付けて下さいね。危険なことはしないで下さいよ」

「わかってるって！　任せておきな」

そう言って碓氷は、自分の胸をどんと叩いた。

20 出現

四日後、五月十五日、午後三時――。

東京都新宿区新宿一丁目、緑溢れる新宿御苑を望む十四階建てのマンション、パークレジデンス新宿御苑。この最上階に、元東京都知事・中園薫子の自宅がある。

その地下一階、薄暗い地下駐車場の柱の陰に、特殊八係の碓氷進の姿があった。

中園元都知事に危害を加えるというＳＮＳの書き込みがあり、密かに身辺を警護する、管理人にそう説明して地下駐車場に入る許可を得た。今朝六時からエレベーターを見張り、途中三十分だけ閑谷一大に交代してもらったが、碓氷はもう延べ八時間半、この薄暗いコンクリート打ちっ放しの地下駐車場で一人、立ったまま張り込みを続けていた。

この日、午後七時から有楽町のカイザーパレス東京で、自由民守党の最大派閥・至晴会のパーティーがあり、西田総理も出席する。その西田総理を殺害するため、中園薫子が背理能力者・伊沢昌浩とともに来場する可能性があった。

ここ地下駐車場には碓氷一人だけだ。すぐ近くの駐車場で係長の尾島到と閑谷一大が待機しているのは、もし中園が車に伊沢昌浩らしき人物を乗せて出かけたら、碓氷を拾って尾行するためだ。だから、尾島と閑谷がこの地下駐車場に来ることはない。

ピンポン、という小さな音が、コンクリート打ちっ放しの地下駐車場に響いた。エレベーターが到着した音だ。エレベーターの扉の上に表示される、階数を表す赤い数字がＢ１に変わった。地下一階、即ちこのフロアだ。

碓氷は息を殺して姿勢を低くし、十ｍほど離れたエレベーターのドアを、隠れているコンクリートの柱の陰から、少しだけ顔を出して凝視した。

ドアが音もなく左右に開いて、一人の男がゆっくりと歩み出てきた。上は薄いグレーのパーカ姿。フードを目深に被り、黒いマスクをしている。下は濃い色のパンツ。そのポケットに両手を突っ込んでいる。

伊沢昌浩だ。間違いない――。

碓氷は緊張した。本当に今日、中園と伊沢が行動を起こすか半信半疑だったが、コロナ禍のせいで、開催される政治資金パーティーの回数も限られている。やはり今日、西田総理の殺害を決行するつもりなのだ。

パーカの男が降りるとエレベーターのドアが閉まった。他には誰も出てこなかった。中園はまだ用意ができておらず、焦れた伊沢が先に降りてきたのだろうか。だとすれば、これからエレベーターが最上階まで戻り、中園がそれに乗って地下駐車場に降りてくることになる。それまでには少し時間がある。

事前の予定ではこうだ。伊沢らしき人物を確認したら、碓氷はスマートフォンのＳＮＳメッセージで閑谷に連絡。気付かれぬよう地上に出て、尾島と閑谷の乗ったスカイライン４００Ｒに乗り込み、カイザーパレス東京まで中園の車を尾行——。

碓氷は音をたてないように懐に右手を差し入れ、ゆっくりと何かを取り出した。しかしそれはスマートフォンではなく、何か黒光りする金属製のものだった。

それは拳銃だった。

動画パフォーマーの背理能力者・宇津辺晴人を誤って射殺し、監察官による調査のために没収されていたが、結局責任を問わないことになり碓氷に返却された、あの拳銃だ。世界各国の軍と警察で制式採用されているドイツ製のオートマチック、シグ・ザウエルＰ２２９。

この銃を握った右手を、碓氷は柱の面に沿って真っ直ぐ前に伸ばした。パーカの男は、所在なげに佇んでいる。碓氷には全く気が付いていないように見える。碓氷は人差し指を銃爪に掛けた。そして銃口をじりじりと上方に修正し、伊沢の左胸部、つまり心臓に照準をぴたりと合わせた。

「碓氷さん、そこまでだ」

突然、背後から声をかけられ、碓氷が固まった。

碓氷は銃口をパーカの男の胸に向けたまま、顔だけをゆっくりと後ろへ巡らした。

そこには、碓氷の背中に向けて両手で拳銃を構えた、尾島到の姿があった。

「エレベーターのほうを向いたまま、両手を上げろ」

尾島が低い声で言った。

「変な考えを起こすなよ。まさか俺たちまで殺せとは言われてないだろう？　俺だって同僚を撃ちたくない。だが、あんたが妙な真似をしたら、即座に撃つ」

碓氷は諦めたように、尾島の言葉に従って両手を上げた。

「拳銃を床に置いて、足で前に蹴るんだ」

碓氷はゆっくりと腰を屈めると、拳銃を床に置いて立ち上がり、右足の先で拳銃を蹴った。拳銃はコンクリートの床の上を、からからと音を立てて回転しながら滑り、エレベーターの前に立っているパーカを着た男の足元で止まった。それを見届けると、碓氷はまた直立した姿勢に戻って両手を上げた。

パーカの男が腰を屈め、拳銃を拾った。そして被っていたフードを背中に下ろし、黒いマスクを取った。

「碓氷さん、あなただったんですね？　高山宙を殺したのは」

パーカの男は閑谷一大だった。その目には激しい怒りが浮かんでいた。

「マル能の宇津辺晴人も、誤って射殺したんじゃない。最初から宇津辺を殺すつもりで、心臓を狙って正確に撃ち抜いた。そうですね？」

碓氷が自虐的な笑みを浮かべた。

「騙していたつもりが騙されてたってことか。まさか君たちがこんな大芝居《おおしばい》を打つとは、想像もしていなかったよ」

それから碓氷は首だけを動かし、背後の尾島をちらりと見た。

「それに僕としたことが、係長が背後から歩み寄る気配に全く気が付かないとはね。全く大失態です。あなたたちが近くのコイン駐車場にいるって、完全に信じ込んでいたせいでしょう。それに言い訳ですが、人を狙撃する時は、標的に全神経を集中する必要がありますのでね」

碓氷は再び前を向き、閑谷に聞いた。

「どうしてわかったんだい？　イチ君」

「ＳＳＢＣの並木さんです」

碓氷を睨み付けたまま、閑谷が答えた。

「先週の五月八日、並木さんが僕に相談があると言って、ＳＳＢＣまで呼ばれたのを覚えていますか？　てっきり恋愛相談だと思いましたが、実は碓氷さん、あなたに関する相談でした」

「僕に関する相談？」

怪訝な顔の碓氷に、閑谷は頷いた。

「高山が殺された夜、並木さんは現場周辺に設置された全ての防犯カメラの映像を入手、死亡推定時刻の前後三時間に映っている人の顔を全て抽出していました。そこで僕たちは、碓氷さんの顔をＡＩの顔認証検索にかけてもらったんです。そうしたら、碓氷さんがあの夜、現場の最寄り駅である西船橋駅にいたことがわかったんです」

碓氷は無言で、じっと閑谷の話を聞いていた。

「あの日碓氷さんは、『疲れたから帰って寝る』と言って帰宅しましたよね？　碓氷さんの自宅は練馬区の小竹向原《こたけむかいはら》です。どうして警視庁本部から見て完全に逆方向の、千葉県の西船橋にいたんです？」

「また防犯カメラか。まさに天網恢恢《てんもうかいかい》って奴だな」

碓氷は諦めたように溜め息をつくと、閑谷に聞いた。

「でもイチ君、どうして殺人現場周辺で僕を検索しようと思ったんだい？　僕を怪しいと思わない限り、そんなことはしない筈だろう？」

「きっかけは拳銃だ」

閑谷の代わりに、碓氷の背後で尾島が答えた。

「あんたがマル能・宇津辺を射殺したあと、監察官の尋問を経てお咎めなしとなった訳だが、そのあと判定結果を知らせる報告書が、上長の俺に届けられた。その報告書に、あんたの拳銃に関してこんな記述があった」

――また、射撃に使用された拳銃シグ・ザウエルP229を鑑定したところ、日頃から完璧に整備されており、整備不足が招いた作動不良や暴発ではなかった。

以上を鑑みるに、「警察官等拳銃使用及び取扱い規範」第六条、第七条、第八条を見ても碓氷警部補の拳銃の使用は妥当であり、また責任を問うべき重大な過失もなかったと判断できる。よって本件は正当防衛に際しての偶発的な誤射であり、正当な職務行為を逸脱したものではないと判断する――。

「そもそも俺は最初から、あんたが宇津辺を誤って射殺したことに、漠然とした違和感を持っていた。射撃に不慣れで手元が狂ったのなら、普通はもっと大きく狙いを外すんじゃないか？　それなのに弾丸は見事に心臓を撃ち抜き、即死させた。そして、後になってこの報告書を読んで、改めてあんたを疑い始めた」

尾島は拳銃を構えたまま、碓氷の背中に向かって喋り続けた。

「まず、あんたがシグ・ザウエルＰ２２９という特殊な拳銃を所持していたことを疑問に思った。警視庁刑事部では、通常このメーカーの拳銃であれば、日本の警察用に製造されたＰ２３０ＪＰが貸与される。Ｐ２２９を使用している刑事を、俺は他に知らない」

碓氷は無言だった。尾島は続けた。

「さらに、このＰ２２９を鑑定した監査官は、日頃から完璧に整備されていたと書いている。拳銃に不慣れな筈のあんたが、なぜ日頃から拳銃の整備を完璧に行っていた？」

今度は関谷が口を開いた。

「高山宙が殺されたあの夜、現場近くにあなたがいたことを知った僕は、異動前にあなたがいた高井戸署を訪ね、同じ部署にいたという方にあなたの写真を見せました。そうしたらその方は、『この写真の人物は、碓氷進ではない』と断言しました」

関谷は碓氷を睨みながら続けた。

「その方の話によると、高井戸署にいた碓氷進という刑事は、暴力団関係者に買収されて捜査情報を流していたそうです。この大変な不祥事がマスコミにバレないよう、碓氷刑事は上層部からの指示で、警視庁本部に異動したことにして、密かに退職させられたという噂でした」

関谷は右手で持った碓氷の拳銃を、ちらりと見た。

「このＰ２２９のスライドは、プレス成形のＰ２３０ＪＰとは異なり、ステンレス鋼からＮＣマシンで削り出すという凝った造りだそうですね。強装弾薬も使える頑丈で実戦向きの拳銃です。警察でこの拳銃を使用しているのは、ＳＡＴなどの特殊部隊だけです。そして特殊部隊の隊員なら、高山の殺害に使用された消音器《サプレッサー》も所持しています」

碓氷の目がぴくりと動いた。関谷は構わずに続けた。

「そこで僕は、全都道府県の特殊部隊に関するここ一年間の人事情報を調べました。特殊部隊の所属人員は非公開ですが、転出の場合は追跡が可能です。そうしたら昨年十月の異動で、北海道警察特殊部隊の一人が、研修のため警察庁に出向になっていることがわかりました。但《たじ》馬《ま》恭一《きょういち》という人物です」

関谷の目が細くなった。

「この但馬さんという人があなたですね？　そしてあなたは最初から、宇津辺晴人と高山宙、それに伊沢昌浩という、三名の背理能力者を殺害するつもりだったんですね？」

碓氷は口の端を持ち上げた。笑ったようだった。

「そこまで証拠が上がっているのなら、弁解のしようがないね」

　さばさばとした口調で、碓氷は言った。

「全て君の言う通りだよ。宇津辺は誤射じゃなくて、最初から心臓を狙って射殺した。高山を殺したのも僕だ」

　そして碓氷は、上げた右手で自分の頭を指差した。

「ついでに言うと、この薄い頭はＡＭＨ‐２ヘルメットで蒸れたせいでね。特殊部隊あ、る、あ、る、だよ」

　ＡＭＨ‐２ヘルメットとは、全国の警察特殊部隊に配備されている、ドイツのブッシュ社が製造するヘルメットだ。

「どうして？」

　閑谷は怒りに震えながら、声を絞り出すように碓氷に迫った。

「どうして殺したんですか？　警察官であるあなたが。凶悪なマル能だった宇津辺はともかく、善良な背理能力者の、しかも大切な仲間だった高山を、どうして殺さなきゃならなかったんですか？」

「僕が警察官だからだよ。イチ君」

　碓氷は真面目な顔で言った。

　その答えに意表を突かれ、閑谷の顔に混乱が浮かんだ。

「どういう意味です？」

碓氷は返事をしなかった。

尾島は背後からじっと碓氷を見た後、厳しい声で言った。

「碓氷さん、と仮に呼んでおこう。とりあえずあんたを逮捕する。容疑は宇津辺晴人と高山宙を殺害した罪、それに伊沢昌浩、いや閑谷に対する殺人未遂の罪だ。無駄な抵抗はやめたほうがいい。すでに巌田課長には報告してある。俺たちを殺してこの場を脱したとしても、到底逃げられない。罪状が増えるだけだ」

尾島は背後から碓氷に近づくと、両手を後ろに回させ、がちゃりと手錠を掛けた。

手錠を掛けられた碓氷が、閑谷を見て口の端を上げた。

「しかしイチ君、見事な演技だったよ」

「服装も歩き方も、防犯カメラの映像で見た伊沢昌浩そっくりだった。間違えて君の心臓を撃ち抜かなくてよかった」

「映像を何度も見て、研究しましたので」

閑谷はにこりともせずにそう答えた。

閑谷の乗るスカイライン４００Ｒが、静かに地下駐車場に滑り込んできた。逮捕した男を一旦警視庁本部まで連行するため、近隣のコイン駐車場から運んできたのだ。巌田課長に逮捕を報告すれば、この男を勾留するため、警視庁本部から遊軍の刑事が到着する手筈になっている。それまでの間、この車内で逮捕した男を拘束しておくつもりだ。

閑谷は車を、床に「来客用」と白い文字で書かれたスペースに駐めた。尾島は後部座席のドアを開け、逮捕した男を促して、一緒に乗り込もうとした。

その時だった。

「トウさん！」

運転席に座っている閑谷が、小さな無声音で囁くように言った。

「エレベーターが降下してきます」

尾島は振り返り、照明に照らし出されたエレベーターの扉を見た。

扉の上に点灯している階数表示の赤い数字が、一つずつ数を減らしていた。12、11、10、9――。誰かがエレベーターに乗って下へ移動しているのだ。

ここは普通のマンションなので、大勢の人々が生活している。外出から戻ってきた住人の誰かが、一階でエレベーターを呼び出しているのかもしれないし、高層階の住人が、外出のため一階に向かっているのかもしれない。つまりエレベーターが動いていても、何の不思議もない。

あるいは高層階に住む誰かが自家用車に乗るために、尾島たちがいる地下駐車場に降りている可能性もある。そして中園薫子も、最上階の十四階に住んでいる。

「トウさん、まさか――」

運転席の閑谷が小声で呟いた。その声から強い緊張が伝わってきた。

関谷はエレベーターに乗っているのが、中園と伊沢ではないかと言っているのだ。

尾島は腕時計を見た。現在午後三時三十五分。自由民守党の最大派閥、至晴会のパーティーは午後六時三十分開場の七時開始。会場のカイザーパレス東京は有楽町、ここ新宿から車で二十〜三十分。従って車で向かうとしたら、出発は早くても五時以降だろうと踏んでいた。エレベーターに乗っているのが中園と伊沢である可能性はかなり低い。

いや、そもそも今日、中園と伊沢が西田総理を狙うということ自体、確たる根拠はないのだ。むしろ尾島の推測の域を出ない。だから今日ここへ来たのは、碓氷を罠に嵌めて正体を暴くためという意味合いが強かった。

だが、この不吉な予感は何だ――？　俺は背理能力者なんかじゃない。だから、あのエレベーターの中に伊沢がいるとしても、死んだ高山のようにその気配を感じ取ることはできない。なのに、俺の心臓の鼓動はどんどん速くなっていく。

尾島は運転席に座っている関谷を見た。緊張のあまり、顔が蒼白くなっている。そう、こいつのせいだ。なぜか関谷はあのエレベーターに伊沢が乗っていると確信しており、その緊張が自分に伝わってくるのだ。

エレベーターの階数を表す数字は、どんどん減っていく。6、5、4――。

「イチ、トランクを開けろ！」

尾島は関谷に向かって小さく叫び、特殊部隊の男を車の外に引きずり出した。関谷が運転席でトランクのロックを解除した。トランクリッドがすうっと数cm開いた。尾島は片手でトランクを全開にすると、碓氷だった男に向かって早口に言った。

「しばらくこの中に入っていてもらう。外国車のような脱出用レバーはないし、電磁式なのでワイヤーもない。中から開けることは不可能だ。ただし完全な密閉状態にはならない。窒息の心配はないから安心しろ」

男は観念したように肩をすくめた。そこに車を降りた閑谷が小走りにやってきた。閑谷はトランクの中から黒い粘着テープを取り出すと、男の口と目を塞ぎ、両手と両足をぐるぐる巻きにしてトランクの中に放り込んだ。何しろ特殊部隊の男だ、用心しすぎることはない。トランクリッドを閉めると、モーターの音がして電磁ロックが自動で掛かった。

尾島は車の後部座席に、閑谷は運転席に、急いで乗り込んだ。尾島は頭をできる限り下げ、サイドウインドウ越しにエレベーターを見た。扉の上に表示された数字が1、つまり一階で止まった。あの数字が増えていけば、エレベーターは一階で誰かを下ろして、あるいは乗せて、再度上昇を始めたことになる。

1という文字がふっと消えた。エレベーターが再び移動を始めたのだ。次に点灯する文字は2か、それともＢＩか。尾島と閑谷は息を殺し、車の中からエレベーターの扉の上をじっと見つめた。

赤い文字が点灯した。点灯した文字は、Ｂ1――。

ピンポン、という小さな電子音が、薄暗い地下駐車場に響いた。エレベーターの銀色の扉が、ゆっくりと両側に開いた。そして、開いた扉の中から二つの人影が現れた。

手前の小さいほうの人影は、白地に金糸の華やかな和服姿の女性だった。顔にピンク色のマスク。荷物は和装バッグだけ。足には金襴《きんらん》を使用した底の厚い草履《ぞうり》を履いている。

「中園――」

車の後部座席で尾島が唸るように呟いた。マスクをしていても見間違える筈がなかった。

そして中園の後ろから、グレーのパーカを着てフードを目深に被った男が現れた。ダメージジーンズを穿き、両手をポケットに突っ込んでいる。足は白いスニーカー。フードと黒いマスクのせいで顔は見えない。がっしりした体格。

「伊沢です！」

閑谷が振り返り、緊張した声で囁いた。

「断定は早い」

尾島は慎重に答えた。

だが、この男が背理能力者・伊沢昌浩であることは、ほぼ間違いない。考えてみれば、伊沢は防犯カメラの映像で見ただけで、生で見るのは初めてだった。思っていた以上の巨軀《きょく》で、しなやかな身のこなしをしている。そのせいか尾島は、自分が世界のどこかの秘境にいて、幻の獣を目撃しているかのような緊張を覚えていた。

そう言えば、伊沢に殺された先輩刑事・笹野雄吉の娘が言っていた。

――尾島さん、妖精って何のことですか？

父はあれ以来二十三年間も、一体何を、いえ誰を探していたんですか——？

久我山０号事案の犯人を追い続けていた笹野は、同時に不思議な能力を持つ犯人に「会いたい」と恋焦がれていたようにも見えた。まるで秘境に棲むという稀少な蝶や、深い森の奥に隠れている妖精を探すかのように——。その奇妙な感覚が、尾島にも少しだけ理解できるような気がした。

運転席の閑谷がスマートフォンを取り出し、慌ただしく操作を始めた。ＳＳＢＣの並木に、中園が現れたことを連絡しているのだ。中園が自家用車に乗り込み、車のスタートボタンを押せば、自動的にＥＤＳＳ用の車載カメラが起動する。おそらく中園もパーカの男も車内ではマスクを外すのではないか。その時、パーカの男の顔が確認できる。

中園は用心深く周囲に目を配ると、駐車場の隅に駐めてある白い大型セダンに向かって歩き始めた。尾島たちが隠れている車からは、かなり離れている。中園の自家用車は、国産の最新式燃料電池車だ。

中園が運転席のドアを開け、袋帯の分だけ背もたれを倒すと、身体を滑り込ませた。車内にドライビングシューズを置いているのだろう。パーカの男は左側後部座席のドアを開け、中に入った。男が助手席に乗らないのは、警察のＮシステムや交差点カメラに録画されるのを避けるためだろう。

車が音もなく、ゆっくりと滑るように動き始めた。燃料電池車は水素と酸素を反応させて発電し、その電気でモーターを回して走行する。走行のメカニズムは電気自動車と同じだから、走行時はロードノイズ以外、ほとんど無音だ。

中園の車は、駐車場の出口へと続くスロープに向かって静かに走り始めた。その途中に尾島たちの乗った車がある。尾島と閑谷は、伊沢の姿を確認したい衝動を抑え付け、頭を低くして隠れた。その前を、中園の車がゆっくりと通り過ぎた。そして地上へと続くスロープを登っていき、そのまま姿を消した。

「イチ、追うぞ」

後部座席から尾島が声をかけた。助手席に乗っていると、バックミラーで尾行に勘付かれる場合がある。

「はい！」

閑谷は車のエンジンをかけて車をスタートさせ、中園の車を追った。

駐車場出口で停止すると、中園の白い大型セダンの後ろ姿が見えた。やはりカイザーパレス東京のある有楽町を目指しているのだろう、新宿通りのある方向へ向かっている。

閑谷は尾行に気付かれないよう、中園の車との間に他の車が二台入るのを待って、追跡を開始した。

尾島はスマートフォンを取り出した。

「並木さんか。中園が伊沢らしき人物を乗せてマンションを出た」

尾島が早口に言った。

「どうだ、車載カメラはハッキングできたか？」

「だからハッキングじゃなくて、セキュリティーチェックですって」

ＳＳＢＣの並木の声が車内に響いた。関谷にも会話が聞こえるように、スピーカー通話にしたのだ。並木が続けた。

「今、中園さんの車の車載カメラに接続しました。——ああ、車内が丸見えですよ。全くけしからんなあ、こんなに簡単に侵入できるシステムを警察が導入するなんて。あとでレスキューネットの管理者によく言っておかなきゃ」

もどかしげに尾島が聞いた。

「それでどうだ？　後ろに乗ってるのは伊沢か？」

尾島のスマートフォンから並木の声が流れた。

「まだわかりません」

「え？　わからないんですか？」

関谷が不安そうな声を出すと、並木が反論した。

「だって、フードを目深に被って黒いマスクを掛けてるんですよ？　顔のパーツが全く見えないんです。これじゃいくらＡＩでも、照合のしようが——」

突然、並木が黙り込んだ。そして数秒ののち、音量を抑えた声で続けた。

「後部座席の男が、フードを脱ぎました」

尾島と関谷が緊張した。並木は続けた。

「金髪です。一度脱色して染めたようです」

金髪の男――。尾島は無言で頷いた。都知事選事件で伊沢を乗せた車から、三本の金髪が発見されている。二本が黒い髪を脱色後に染めたもの、一本が白髪を染めたものだった。そして、死んだデリヘル嬢を引き取るため、伊沢と思しき男の部屋に入った運転手も、男の髪の毛が金髪だったと証言しており、その部屋からも金髪が多数採取されている。

「マスクを外しました。顔をＡＩで照合します」

また並木の声が途切れた。高速でキーボードを叩く、たたたたという音がスピーカーから流れ始めた。並木はヘッドセットで会話しながらＰＣを操作しているようだ。

たん、というエンターキーを叩いた音だ。それを最後にキーボードの音が止んだ。

ようやく並木が口を開いた。

「認証率の中央値、九十九・九九九九九％。伊沢昌浩に間違いありません」

21 対峙

五月十五日、午後四時十五分。東京都千代田《ちよだ》区有楽町にある老舗のシティーホテル、カイザーパレス東京――。

その地下駐車場に続く下りスロープに、一台の白い大型セダンがゆっくりと入っていった。中園薫子が運転する自家用車だ。後部座席にはマル能・伊沢昌浩が乗っている。

それを尾島到は、間に二台の車を挟んで尾行する車の後部座席から見ていた。

このホテルは、客の車を係員が預かって駐車場へ運ぶことはない。客が自ら地下駐車場まで運転するシステムだ。なぜならこのホテルを利用する客は、かなりの割合でハイヤーか運転手付きの車で来場するからだ。客は車寄せで降り、運転手が駐車場まで運転し、待合室で待機することになる。

尾島到はこのホテルに依頼し、地下一階から地下四階の駐車場のうち、最下層の地下四階を中園の車専用にしてもらうよう話を付けていた。ＳＮＳで中園元都知事に危害を加えるという書き込みがあり、現在警察が密かに警護している。ついては万一のために他の客をシャットアウトしてほしい――。この言葉をホテルは信じたのだ。

警察が嘘をつくのは問題だが、真相を話す訳にもいかない。背理能力者の存在は今も機密事項なのだ。そして、自由民守党の最大派閥・至晴会のパーティーが行われる今日、中園がマル能・伊沢を伴ってこのホテルに来たら、それは西田総理の命を狙うためと考えていい。あらゆる手段を使って阻止しなければならない。

念の為、巌田尊捜査第一課長から警護課に要請し、西田総理を守るＳＰも増員をしてある筈だ。ホテルへの説明と同じように、西田総理に危害を加えるというＳＮＳの書き込みがあったという理由だ。

同時に、捜査第一課の捜査員十数名も密かにホテルに潜入し、パーティー会場の入り口を注視している。中園薫子と同行者が来てもパーティー会場に入れるな、彼らはそれだけを厳命されている。

「トウさん、行きますよ」

運転席の関谷一大が、ちらりと振り向いた。

「ああ、行こうか」

尾島は努めて軽い口調で答えた。

関谷も小さく頷くと前へ向き直り、中園の白い大型セダンを追ってホテルの地下駐車場へと続くスロープに入っていった。

暗い地下へと下りていく車の後部座席で、尾島は亡くなった背理能力者・高山宙のことを考えていた。

伊沢の息子である高山は、背理能力者の存在を感知することができ、また驚くべきことに背理能力を無効化する能力を持っていた。そして伊沢の逮捕にも協力すると言ってくれた。これ以上心強い味方はないと言ってよかった。

しかし、あってはならないことが起きた。高山が自宅マンションで死体で発見されたのだ。その犯人はあろうことか、特殊八係の同僚・碓氷進だった。この結果、尾島、閑谷、碓氷、高山の四名で行う筈だった伊沢の逮捕は、尾島と閑谷の二人だけで実行せざるを得なくなった。

碓氷の逮捕によって、貴重な人員が一人減ったことは勿論痛かったが、それよりも背理能力者の高山を失ったことが致命的と思えた。今日はＳＳＢＣの並木が、中園の車に搭載された車載カメラを使って伊沢の存在を確認したのだが、高山さえ生きていれば、それも必要のない作業だった。

伊沢は他人の行動を操るという、恐ろしい背理能力を持っている。別の言い方をすれば「他人の身体をハッキングする」ことができる。伊沢は身体から発する電磁波でこれを可能にするのだが、高山は逆位相の電磁波を発することで、伊沢の能力を無効化することができたのだ。

だが、高山は殺された。尾島と閑谷だけで、何としても伊沢を生かしたまま逮捕しなければならない。逮捕できなければ、中園薫子による都知事選での大量殺人と、共犯者だった王城竜介の殺害を証明する方法もなくなってしまう。実行犯の伊沢は、中園薫子の犯罪を証明する唯一の証人でもあるからだ。

今日、マル能・伊沢を確実に逮捕するためには、尾島はどうするべきだったのか？　ＳＩＴ即ち特殊犯捜査と、ＳＡＴ即ち特殊急襲部隊の出動を要請すればよかったのか？　だが、それだけ大規模な動員を敢行すれば、今回の事件を通じて背理能力者の存在はたちまち世の中に知れ渡ってしまうだろう。

それにどれだけ人数を動員しても、伊沢を制圧できるという保証はない。中野銀行籠城事件の宇津辺晴人は、接触せずにものを動かす能力しか持っていなかったが、それでもＳＩＴの精鋭たちが瞬時に撃退され、尾島自身も殺されそうになった。

もし今日ＳＩＴやＳＡＴが出動し、短機関銃を持った隊員の身体を伊沢が操ったとしたら、出動した全員を皆殺しにすることも容易だと思われた。つまり、逮捕に人員をかけることには、残念ながら犠牲者を増やす以外の意味はないのだ。

では、どうすればいい――？　尾島は必死に考えた。

最悪の場合、自分はいつでも死ぬ覚悟はできている。しかし、若くて将来ある閑谷一大だけは、何としても死なせる訳にはいかない。つねみさんと言ったか、母子家庭で閑谷を育て上げた閑谷の母親を悲しませる訳にはいかない。そのためには絶対に伊沢を逮捕し、拘束しなければならない。

方法は一つしかない。伊沢に気取《けど》られずに背後から接近し、テーザー銃を発射して伊沢を感電させ、専用の捕具で素早く拘束する。先に伊沢に気付かれたら、全てが水の泡だ。自分も閑谷も即座に身体を操られ、殺されてしまうだろう。自らナイフで喉を掻き切った王城竜介のように。

もし尾島と閑谷が伊沢に殺された場合、中園薫子は西田総理の殺害を諦めて、伊沢とともに逃亡するだろうか？　それとも、そのまま西田総理を殺害するためパーティー会場に向かうのだろうか？　そうなった場合、警護課と捜査第一課の警察官たちは、伊沢を拘束できるのだろうか？

まさか、この何千もの人々が訪れている都心の高級ホテルで、何十人もの警察官が伊沢に殺害されるという惨劇が起きてしまうのだろうか――？

ぶるっ、と尾島は頭を激しく振った。先のことを考えても仕方ない。自分たち二人が伊沢を逮捕する、それ以外の結末があってはならないのだ。

「イチ」

尾島は小声で運転席の閑谷に呼びかけた。二人の乗る車は地下一階を通り過ぎ、地下二階に続くスロープを下っている。

「地下三階に車を駐め、テーザー銃と捕具一式を携帯し、通路を歩いて地下四階に下りる。気付かれないよう背後から伊沢に接近、射程距離に入ったらすぐにテーザー銃を発射、伊沢の動きを止め、拘束する。中園薫子が逃げても無視していい。いずれ逮捕できる。伊沢の確保・拘束を最優先とする」

言いながら尾島は、我ながらいかにも頼りない、運任せの作戦に思えた。

「わかりました」

閑谷も小声で答えた。その声は震えているようにも思えた。

車が地下三階に着いた。地下四階へ続くスロープを、白い大型セダンが下りていくのがちらりと見えた。閑谷はそのスロープの近くのスペースに車を駐めた。

「行くぞ」

周囲に誰もいないのを確認し、右手のテーザー銃をスーツの上着の裾で隠すと、尾島が短く言った。

「はい！」

閑谷も尾島に倣ってテーザー銃をスーツの懐に隠し、尾島の後に続いた。

薄暗い地下のスロープを、足音を忍ばせて小走りに下ると、地下四階駐車場が見えてきた。尾島と閑谷はスロープ出口の壁に隠れ、テーザー銃を右手に持ったまま、顔を半分出してフロアを覗き込んだ。

広い駐車場の中央あたりの駐車スペースに、中園の白い大型セダンが、こちらにボディーの左側を見せながら右に向かってバックしていた。ゆっくりとした滑らかな動き。自動駐車システムを使用しているのだ。他に駐車している車は一台もない。

がらんとした地下四階を見て、尾島は内心で舌打ちした。迂闊だった。他の客の車を排除したため、姿を隠すものが全くない。これでは気付かれずに伊沢の背後に近づくことは不可能だ。かと言って、正面からのこのこ出ていったら、たちまち伊沢の背理能力の餌食《えじき》になる。伊沢には指一本触れることができないまま殺されてしまうだろう。

どうしたら伊沢に気付かれずに、テーザー銃の射程距離まで接近できる——？　尾島は必死に考えた。間もなくあの車が停止し、中園薫子と伊沢昌浩が出てくる。ここで伊沢を捕えなければ、即ち自分たちが殺されてしまえば、次は西田総理と警護中の警察官に危険が及ぶ。だが、尾島には答えを思い付くことができなかった。

「トウさん」

尾島の背後で、閑谷が囁いた。

「僕が伊沢の注意を引きます。その隙に、背後からテーザー銃で伊沢を撃って下さい」

閑谷もまた、隠れて伊沢に近づくことは不可能とわかったのだ。

「馬鹿なことを言うな。殺されるぞ」

尾島が叱りつけると、閑谷は首を横に振った。

「伊沢は恐ろしい能力を持っていますが、人を即死させるようなものじゃありません。伊沢が僕の身体を操って、笹野さんみたいに拳銃で自分のこめかみを撃たせようとしても、銃爪を引くまでに何秒かは絶対にかかります。その間にトウさんが伊沢をテーザー銃で感電させてくれればいいんです」

閑谷の考えた作戦には勝算がありそうに思えた。しかし尾島は決断できなかった。

「しかし、危険すぎる」

「他に方法がありません」

「じゃあ、俺が囮《おとり》になる。お前がテーザー銃で伊沢を撃て」

それでも頑として閑谷は譲らなかった。

「ダメです。僕は銃の腕がからっきしなのは知ってるでしょう？　外したら最後、二人とも殺されちゃいますよ？　トウさんのほうが年の功で銃の扱いは慣れてる筈です。僕が伊沢の注意を引き付け、トウさんが撃つ。これがベストの選択です」

その時、白いセダンのスモールランプが消えた。キースイッチをオフにしたのだ。そして車の向こう側で運転席のドアが開き、ピンク色のマスクを掛けた中園薫子が出てきた。少し遅れてこちら側で後部座席のドアも開き、グレーのパーカのフードを被り、黒いマスクをつけた男が、ゆっくりと姿を現した。

間違いない。昨年末の東京都知事選で候補者二人を含む数十人を虐殺し、さらに尾島の先輩刑事・笹野雄吉を殺害した背理能力者、伊沢昌浩だ。

「じゃ」

尾島に向かって囁くと、閑谷は止める間もなく伊沢に向かって走り出した。

「伊沢！　止まれぇーっ！」

閑谷が走りながら叫んだ。中園と、フードを被った男が同時に振り向いた。閑谷は右手のテーザー銃を伊沢に向けたまま走り続けた。

「警察だ！　手を上げろーっ！」

中園が慌てて白いセダンの陰に隠れた。伊沢はじっと立ったまま閑谷を見ていたが、右手を水平に上げ、閑谷に向かって突き出した。それを見た閑谷は、急に方向転換して伊沢の左側へと回り込んだ。伊沢も釣られて閑谷の走る方へと身体を向けた。壁に身を隠している尾島から、伊沢の背中が丸見えになった。

――今だ！

尾島は伊沢に向かって低い姿勢で駆け出した。尾島の黒い革靴は、靴底《ソール》がＰＵ《ポリウレタン》一体成形の軽量ハイブリッドシューズ、足音はほとんどしない。右手に持っているＴＡＳＥＲ７の射程距離は八ｍ。そこまで一気に接近しなければならない。

閑谷が、また大声で叫んだ。

「伊沢、動くなあっ！　その場で両手を上げろ！　二十三年前の強盗殺人の罪でお前を逮捕する！　大人しく投降するんだあっ！」

伊沢の注意を引き続け、かつ尾島の足音と気配を隠すためだと尾島にもわかった。尾島は閑谷に感謝しながら、低い姿勢で走り続けた。

「伊沢！　後ろよ！」

中園薫子が車の陰で叫んだ。伊沢が振り返った。しかしその時すでに尾島は、伊沢の背後八ｍで仁王立ちになり、テーザー銃を両手で構えて、照準を伊沢の上半身にぴたりと合わせていた。伊沢が舌打ちして右手を上げ、掌を尾島に向けた。

「喰らえっ！」

叫びながら尾島は、テーザー銃の銃爪を引いた。ばしゅ、という圧搾空気の音とほぼ同時に、伊沢の胸と腹部に小さな金属製の電極が、たたっと音を立てて突き刺さった。

「やった！」

閑谷が歓喜の声を上げた。

よし、と尾島も腹の中で叫んだ。ついに伊沢にテーザー銃の電極を撃ち込んだ。この二本の電極からは細いワイヤーが伸び、尾島のテーザー銃の銃口と繋がっている。命中と同時に、伊沢の身体には電圧五万Vの電流が流れ込んだ筈だ。感電した伊沢は苦痛に顔を歪め、全身を痙攣《けいれん》させながら、ゆっくりとコンクリートの床に倒れて——。

「え？」

「は？」

尾島と閑谷は同時に、驚きの声を上げた。

伊沢は全く表情を変えることなく、その場に立ち続けていた。そして右手で二本のワイヤーを掴むと面倒臭そうに引っ張り、自分の身体に刺さった二個の電極をあっさりと引き抜いて、床に投げ捨てた。

「ちくちく痛《いて》えじゃねえか、この野郎」

伊沢が尾島を見て、金属が軋むような声で嗤った。

テーザー銃が、効かない——？

尾島は茫然と伊沢を見て、判断停止状態に陥った。

そんな馬鹿なことがある筈がない。いかに背理能力者といえども生物である以上、五万Ｖもの電圧の電流を流されて平気でいられる訳がないのだ。それとも、よりによってこんな時に、テーザー銃が故障したというのか？

その時、尾島は思い出した。伊沢が潜伏していた新宿区山吹町のマンション、それに王城が住んでいた豊洲のタワーマンション。伊沢はどちらの防犯カメラも狂わせて、撮影されることなく堂々とカメラの前を通って逃亡した。おそらくは、自分の身体から発する電磁波で、Ｗｉ‐Ｆｉ電波や電気の流れを遮断することで。

そしてテーザー銃もまた、電圧は五万Ｖと高いものの、わずかに〇・五二ｍＡという微弱な電流を使用する電子精密機器に違いないのだ。

22 決着

「そいつら警視庁の刑事よ！」

白いセダンの陰で中園薫子が叫んだ。

「覚えてるわ。こいつら、あたしに会いに都庁までやってきた刑事よ。お前のことを知ってるみたいなの。お前の力のこともよ」

「刑事？」

伊沢昌浩が背後の関谷をちらりと見て、また尾島に視線を戻した。

「そうか、お前らか。俺の住んでたマンションに隠しカメラを仕掛けたのは」

そう言うと伊沢はまた嗤った。初めて聞く伊沢の笑い声は、まるで錆びついた鉄の扉をこじ開けるような、神経を逆なでする耳障りな声だった。

尾島はじっと伊沢の顔を睨み付けながら、手に持ったテーザー銃をコンクリートの床に投げ捨てた。そして上着の中に提げたホルスターから拳銃を引き抜き、伊沢の胸に向けて両手で素早く構えた。スイス製のオートマチック、シグ・ザウエルＰ２３０ＪＰ。

伊沢の肩越しに関谷が見えた。関谷は今も両手でテーザー銃を構えたまま、荒い息を吐いている。テーザー銃は伊沢には無力であることがわかってしまった。だが、おそらく関谷はどう行動していいのかわからないのだ。そして、どうしていいのかわからないのは、尾島も同じだった。

「ほう？　今度は実弾で撃とうっていうのか？」

伊沢が首を傾げた。

「面白《おもし》れえ。撃てるかどうかやってみな。さあ」

そして伊沢は薄い笑みを浮かべながら、尾島に向かって右掌をゆっくりと突き出した。

──何をしている、撃て！　早く銃爪を引くんだ！

尾島の中で、もう一人の自分が叫んだ。

──伊沢を生かして逮捕することはもう諦めろ！　脚を撃って逮捕しようなんて生ぬるいことを考えてはダメだ、今すぐ胸を撃つんだ！　さもないと、お前も閑谷もたちまち身体を操られて殺されるぞ！

煩《うるさ》い！　黙ってろ！　尾島はもう一人の自分に毒づいた。

尾島にもわかっていた。テーザー銃が役に立たないと判明した今、西田総理大臣と警護の警察官を守るため、今すぐこの場で伊沢を射殺するべきなのだ。これは大勢の他者が殺されるのを回避するための、正当防衛案件なのだ。

しかし──。尾島は激しく逡巡《しゅんじゅん》した。

もし伊沢を射殺したら、中園薫子の罪を追及できなくなる。中園薫子を逮捕して法廷に引きずり出すには、実行犯である伊沢の証言が絶対に必要なのだ。逮捕しなければ中園はこのまま衆院選に出馬し、おそらく当選し、国会議員に返り咲く。そして近い将来、日本初の女性総理大臣にもなりかねないのだ。

だが、どうすれば伊沢を拘束できるのか？　伊沢は他人の身体を自由に操るという恐ろしい力を持った背理能力者だ。伊沢に手出しをしようとしたが最後、尾島と閑谷はたちまちマリオネットのように操られ、自ら命を絶つことになるだろう。そして二人の死は、自殺か事故として処理されてしまうだろう。

高山さえ、生きていたら――。尾島はまたも未練がましく、背理能力者の青年・高山宙に思いを馳せた。だが、もう高山はいない。そして、唯一頼りにしていたテーザー銃も全く役に立たなかった。自分にはもう何のプランも残っていない。

「おかしいと思ったわ」

中園薫子が芝居の台詞のような抑揚で言うと、大袈裟に溜め息をついた。

「駐車場の入り口じゃ、他の階にも空きの表示が出てたのに、係員に地下四階に行けって指示されて。それで地下四階に来てみたら、他の車が一台も駐まっていないんだもの。あたしだけVIP扱いなのかとも思ったけど、あなたたちが現れたのを見て、ああそうか、嵌められたんだって」

そして中園は、怒りの目を尾島と閑谷に向けた。

「ここにあたしたちを追い込んだのね？　逮捕するために」

尾島は伊沢に向けて両手で拳銃を構えたまま、中園に答えた。

「残念だが中園さん、我々はまだあんたを逮捕できない。あんたが都知事選の対立候補二名を殺したことも、罪もない大勢の人々を巻き添えにしたことも、その時の共犯者だった王城竜介を殺したことも、今のところ証拠がないからだ」

尾島は喋りながら、中園をちらりと見た。

「だが、この伊沢の逮捕状は出ている。二十三年前の強盗殺人事件の犯人であることが証明されているからだ。そして中園さん、伊沢にはあんたのことを庇い続ける義理などあるまい。どうやっても死刑は免れないのだから、あんたがやったことを洗いざらい証言して道連れにするだろう。その時が、あんたの最後だ」

いきなり中園薫子が叫んだ。

「伊沢！　こいつらを殺しなさい！」

中園は尾島と閑谷を人差し指で指した。

「西田総理を狙うのはまた今度にするわ。あんな馬鹿、いつでも殺せるから。とりあえずこいつらを殺して、ここを出ましょう」

そして中園は周囲を見回し、天井の隅を指差した。

「その前に伊沢、防犯カメラよ」

その言葉に伊沢が上を見回し、天井に設置されている防犯カメラを凝視した。すると、点灯していた赤い小さなＬＥＤの光がふっと消えた。防犯カメラが停止したのだ。伊沢の発する電磁波が、防犯カメラの電子部品を狂わせたのだ。掌を向ける必要もないほど、伊沢にとっては容易な作業のようだった。

　勝ち誇ったように、中園が尾島を見た。

「これで、ここで今から起きることは、誰にもわからないわ。あなたたち、誰もいない地下四階に誘導したのは失敗だったわね」

「伊沢、もうやめるんだ」

　尾島は拳銃を構えたまま、必死に説得を続けた。

「俺たちを殺しても逃げられない。俺たち以外にも、お前の存在を知っている人は何人もいるから、俺たちがお前に殺されたことは、その人たちなら間違いなくわかる。そしてお前をどこまでも追い続ける。お前は絶対に逃げられない」

　尾島は巌田尊捜査第一課長、小幡燦子検事、ＳＳＢＣの並木捜査官、それに監察医の大谷無常の顔を思い浮かべた。

「その人たちはお前の逮捕を絶対に諦めない。お前がどこへ逃げようといつかは必ず捕まる。それまでにお前は何人を殺すつもりだ？　いずれ逮捕されるのに、これ以上悪事を重ねてどうする？　投降し、全てを白状して楽になれ。最後ぐらい人間らしく生きて、心安らかに死んだらどうだ」

　伊沢が鼻で嘲笑《わら》った。

「お前とそこの小僧は、今、ここで死ぬ」

　尾島の言葉を全て無視し、伊沢は語った。

「お前らは自分の銃で自分の頭を撃ち抜き、血まみれの死体で発見される。お前らがなんで死んだのか、どうしてここで死んだのか、誰にもわからねえ」

そして伊沢は右手をゆっくりと持ち上げ、掌を尾島に向けた。

ここまでか――。

尾島は伊沢に向かって拳銃を構えたまま、自分の死を覚悟した。もう何も打つ手は残っていなかった。結局、伊沢昌浩という背理能力を持つ殺人鬼に対して、尾島は何もできなかった。伊沢に殺された先輩刑事・笹野雄吉の敵を討つことも叶わなかった。焼香をしに訪れた時に会った、笹野の娘の顔がちらりと脳裏をかすめた。

「そうだ」

伊沢は何かを思いつき、にやりと嗤った。

「普通に自殺させても面白くねえ。どうせなら面白れえ死に方をさせてやる。俺からお前らへの、せめてもの餞《はなむけ》だ」

突然、拳銃を持った尾島の両手が、尾島の意思とは無関係に動き始めた。

「くっ！」

尾島は両手に力を込めたが、両手は動きを止めようとしない。そして尾島の両手は、握り締めた拳銃をゆっくりと巡らし、伊沢の背後でテーザー銃を構えている関谷の胸に、ぴたりと銃口を向けた。

「と、トウさん！」

関谷の顔に動揺が浮かんだ。ここに至って、尾島にも伊沢の考えがわかった。伊沢は尾島に、関谷を撃たせようとしているのだ。

畜生！　尾島は心の中で叫んだ。このままでは、俺が関谷を殺してしまう——。

身体中から冷たい汗がだらだらと流れ始めた。全身の力を込めて必死に抵抗しているが、両手は全く言うことを聞こうとせず、関谷の胸に拳銃の銃口をぴたりと向けたままだった。何もできない無力感に、尾島は苛まれていた。

尾島は必死に目を動かし、横目で中園薫子を見た。中園は目を爛々《らんらん》と輝かせ、じっと状況を凝視していた。まるで面白い見世物でも観ているかのように、尾島と関谷が死ぬところを、一瞬も見逃したくないと思っているようだった。

こんな絶望感の中で、笹野さんは死んでいったのか——。伊沢に操られ、自らの頭を拳銃で撃ち抜いて死んだ先輩刑事の無念を、今、尾島は生々しく味わっていた。

もうすぐ俺は関谷に向かって銃爪を引く。関谷も伊沢に動きを封じられるだろう。皮肉なことに、このところテーザー銃を使った射撃練習を繰り返し行っていた。十mと離れていないこの距離で、より撃ち慣れた自分の拳銃で狙いを外す筈がない。関谷は俺に真正面から狙撃され、胸に銃弾を受けて真っ赤な血を迸《ほとばし》らせ、そして俺の目の前で死んでいくのだ。

イチ、すまない——。尾島は心の中で部下の若い刑事に詫びた。

まさか俺が、俺自身の手でお前を殺すことになろうとは、夢にも思わなかった。それもこれも、三鷹署にいたお前を、自分が警視庁本部に異動させ、背理犯捜査に引きずり込んだせいだ。たまたま偶然、三鷹事件で俺と出会うことがなければ、閑谷もこんなことにならなかったのに――。

――たまたま偶然？

尾島はその言葉になぜか引っ掛かりを覚えた。

そしてふいに、笹野雄吉が生前に語った言葉を思い出した。


笹野はふっと笑った。

「不思議ですね」

尾島は笹野の言葉を聞き咎めた。

「何がです？」

「係長のところには、マル能の情報が集まってきているように見えます。そもそも、三鷹事件の水田茂夫がそうですし、そらかもしれない高山宙にしても、今回の実行犯と目される伊沢昌浩にしても」

笹野は屈託のない笑顔で続けた。

「だからきっと私も、係長のいる特殊八係にいれば、いつか私が追い続けているそらに、そして久我山０号事案のホシであるマル能に巡り会えそうな気がします」

「本当だ！　確かにトウさん、まるでマル能を呼び寄せてるみたいです」

嬉しそうに声を上げたあと、閑谷は悪戯《いたずら》っぽい顔で続けた。

「ひょっとして、トウさんもマル能なんじゃ？　自分で気が付いてないだけで」

　俺の周りには、不思議とマル能案件が集まってくる。そう言われればそんな気もする。しかし、もしそうだとしてもそれは俺のせいなんだろうか？　そもそも俺はマル能なんかじゃない。ただの普通の人間、凡人《ぼんじん》だ。俺はそのことに誰よりも自信がある。じゃあなぜ俺は、マル能の起こす事件に次々と巻き込まれているんだ？

――原因は、俺ではないんじゃないか？　ふと尾島はそう思った。

俺の近くにいる、俺以外の誰かが、マル能たちを呼び寄せているから、俺がマル能を呼び寄せているように見えるんじゃないのか？　そいつはそのことを知られないように、俺のせいであるかのように思わせたのだ。

　だとすれば、それは誰だ？

　三鷹事件の時から、ずっと俺の近くにいるのは――。

　尾島は自分が拳銃を向けている、正面に立つ若い男を見た。

「――イチ？」

　尾島は思わず声に出して呟いた。

　閑谷は相変わらず必死の表情でテーザー銃を両手で構え、伊沢に向けていた。もうテーザー銃など、伊沢には何の効果もないことが、わかってしまったというのに。

　その時尾島は、閑谷の構えているテーザー銃に違和感を覚えた。どこかが尾島のテーザー銃と違う気がしたのだ。同一機種の銃をアメリカから取り寄せた筈なのに、どこが違うと言うんだ？

そして尾島は、ようやく違和感の正体に気が付いた。縦横三cm強で高さ一cmほどの黒くて小さな四角いパーツが、テーザー銃の銃身の下部に、小判鮫《こばんざめ》のように貼り付いているのだ。

そのパーツの中央に、小さい穴が開いていた。その穴がきらりと光った。

あれは、何だ――？

尾島はその小さいパーツを凝視した。

「伊沢！」

突然、尾島が叫んだ。

「貴様、俺の身体を操って、俺に何をさせようとしている？」

今更な尾島の問いに、伊沢は軋むような声で嗤った。

「お前の可愛い部下を、お前の手であの世に送らせてやろうっていうんだ」

尾島の両手は、拳銃を閑谷の胸に向けたままぴくりとも動かなかった。

「くそ、両手が言うことを聞かない」

苦しそうに尾島が声を漏らした。

「伊沢、一体どうやってこんな力を手に入れた？　他人の身体を操るなんて」

「手に入れたんじゃねえ。俺はこの能力を持って生まれたんだ」

伊沢が蔑《さげす》むように言った。

「俺は、この特別な能力を授けられたんだ。これは俺が神に選ばれた者だということを意味している。つまり俺は、貴様ら人間とは違うんだ。人間を超えた存在なんだよ」

貴様ら人間――。伊沢は尾島に対して、確かにそう発言した。

これが、伊沢が平気で人を殺す理由なのだ。尾島は理解した。自分以外の人間に対する尊大な優越感、そして屈折した選民思想。たまたま背理能力を持って生まれたことで、伊沢の精神は奇怪に捻じ曲がった形で歪《いびつ》な成長を遂げた。伊沢は自分以外の人間を、まるで小動物か虫けらのようにしか見ていないのだ。

「伊沢、頼む。どうか死ぬ前に教えてくれないか」

卑屈にも聞こえる言い方で、尾島が懇願した。

「都知事選で二人の候補者を殺したのも、お前なんだな？　一人は直接候補者の身体を操り、反対車線のトラックに正面衝突させて殺した。もう一人は、付近を通行していたトレーラー運転手の身体を操り、選挙カーに突っ込ませて殺した。そうだな？」

「ああ、そうさ」

また伊沢が嗤った。

「そこにいる中園薫子を再選させるために、中公会の王城竜介に命じられたんだな？」

「その通りだ」

伊沢が頷いた。

「王城は俺にこう言った。この女が都知事選で再選すれば、何十億、いや何百億でも東京都の金を引っ張り出し、自由に使うことができる。伊沢、お前にも好きなだけ贅沢をさせてやる、ってな。だから対立候補の二人を殺してやった。いちいち選んで殺すのも面倒だから、周りにいた関係ねえ連中も一緒に殺した」

「伊沢、黙りなさい！」

中園薫子が白いセダンの向こう側から、苛立った声で叫んだ。

「それ以上喋らないで！　早くこいつらを殺して！」

伊沢は中園をちらりと見て、ふんと鼻を鳴らした。

「何も問題ねえさ。どうせもうすぐ死ぬんだ」

そう言うと伊沢は尾島に視線を戻した。

「だがな、俺は金の亡者の王城とは違う。金なんかどうでもいいんだ。俺の力で未来を変えた、そのことが面白かっただけだ。そして次にこの女は、都知事をやめて総理大臣になりたくなった。王城は、東京都の金に固執して反対するのはわかっていた。この女は王城が邪魔臭くなって、俺に殺してくれと言った。だからこの女に乗り換えて、殺してやった」

「伊沢、いいから早く！」

中園がまた叫んだ。伊沢は煩《わずら》わしげに舌打ちした。

「うるせえな。わかったよ」

伊沢は尾島に向かって話を再開した。

「とにかく、俺の力でこの国の未来を変えてしまうのが、俺の喜びなのさ。こんないかれた女が日本の総理大臣になったら、一体どんな酷《ひで》え世の中になるのか、考えただけでも笑いが止まらねえだろう？　本当なら絶対にやってこない未来を、俺の力で作り出してやるんだ。俺は人間を超えた存在だ。言ってみりゃあ俺は、そう、神だからな」

　そして軋むような声で嗤うと、伊沢は尾島に言った。

「待たせたな」

　そう言うと伊沢は、尾島に向けて突き出した右手の指を大きく開いた。

　尾島は伊沢を怒りの目でじっと凝視した。しかし、両手は伊沢に操られるまま、十ｍほど離れて立っている閑谷の胸に拳銃を向け、微動だにしなかった。その閑谷も相変わらず、テーザー銃を両手で虚しく構えたまま、為す術もなく立ち尽くしていた。

　伊沢は楽しそうに続けた。

「お前の可愛い部下がお前に撃たれ、胸から大量の血を流し、もがき苦しみながら死んでいくのを、その目でしっかりと味わうがいい。なに、気に病む必要はない。すぐにお前も自殺させてやる。あの世で部下に謝りな」

　伊沢は、尾島に向けて開いた右手の指を、奇妙な形にぐいと捻った。

　同時に尾島の右手の人差し指が、銃爪に向かってゆっくりと曲がり始めた。

「くそっ！」

　尾島は必死に抵抗したが、やはり無駄だった。

尾島の人差し指は拳銃の銃爪にしっかりと絡み付き、じわりと引き絞り始めた。

駄目だ――。

尾島は深い絶望の底で、思わず両目を閉じた。

23　逆転

尾島到は目を開いた。

伊沢昌浩に身体を操られ、閑谷一大に向けて拳銃の銃爪を引いた筈だった。だが銃声は響かなかった。尾島は戸惑いとともに自分の両手を見た。相変わらず閑谷に向けて拳銃を構えている。だが、銃弾が発射された様子はない。

何が起きたんだ？　尾島に閑谷を撃たせるのを、伊沢が途中でやめたのだろうか？　しかし、どうして――？

「あ？」

その時、伊沢が訝しげな声を上げた。尾島が伊沢を見ると、伊沢は当惑の表情で自分の右掌を見ていた。伊沢もまた、何が起きたのかわからないでいるようだった。

そして尾島はふいに、自分の身体に異変が起きていることに気が付いた。

――身体が動く！

そう自覚すると同時に尾島は素早く身体を翻《ひるがえ》し、閑谷に向けていた拳銃を伊沢の胸に突きつけた。なぜだか理由はわからないが、伊沢に一時的に乗っ取られていた身体が、また自由に動かせる状態になっていたのだ。

尾島が自分に拳銃を向けたのを見て、伊沢の顔に驚きが浮かんだ。

「何をしてるの？　伊沢！　どうして殺さないの？」

中園薫子も焦りの声を上げた。

「くそっ、どうなってやがる？」

伊沢は焦りと苛立ちを隠さず、右手を尾島に向かってぐいと突き出した。しかし尾島の身体には、何の変化も起きなかった。

伊沢の目が泳いだ。激しく混乱していた。

自分が能力を完全に失っていることがわかったのだ。

なぜこんなことが起きたのかわからず、伊沢は動揺していた。尾島にもその理由は皆目わからなかった。しかし、能力を持って生まれ、今までそれが当たり前として生きてきた伊沢が、まるで着ているものを身ぐるみ剝がされ、戸外に放り出されたような不安と恐怖に晒されていることは、尾島にも容易に想像できた。

「邪魔です！　トウさん」

閑谷が叫んだ。閑谷は両手でテーザー銃を構え、伊沢に向けていた。テーザー銃が伊沢に全く効果がなかったことは、わかっているにも拘わらずだ。

「どいて！　早く！」

閑谷が切迫した声で怒鳴った。尾島が慌てて後ろへ一歩下がると同時に、閑谷がテーザー銃の銃爪を引いた。ばしゅ、と圧搾空気の噴出する音がして、伊沢の背中にたたっと二つの電極が突き刺さった。

「ぎゃあっ！」

伊沢が苦悶の表情を浮かべ、叫び声を上げた。そして背中をのけぞらせたまま、身体を激しく痙攣させ、コンクリートの床に崩れ落ちた。テーザー銃の電極から流れ込んだ電圧五万Vの電流が伊沢の身体を走り抜け、感電させ、全身の随意筋を麻痺させたのだ。

どういうことだ？　尾島は自分の目が信じられなかった。尾島がテーザー銃を撃った時は、伊沢には全く効果がなかった。電磁波を操ることができる伊沢にとって、テーザー銃から流れ込む電流を遮断するなど容易《たやす》いことだからだ。しかし今はどういう訳か、閑谷の撃ち込んだテーザー銃の電極で感電し、床に倒れて苦しそうに身をよじっているのだ。

「くっ」

倒れた伊沢が首を上げ、手を床に突いて上半身を起こそうとした。

「トウさん！　伊沢が！」

それを見て閑谷が叫んだ。

尾島は急いで拳銃を懐のホルスターに戻すと、立ち上がろうとしている伊沢に向かって駆け出した。

「伊沢ああ――っ！」

尾島は伊沢に飛びかかり、パーカの襟首を左手で摑んで無理やり立ち上がらせると、その鼻っ柱に右の拳を力いっぱい叩き込んだ。伊沢は吹っ飛び、背中からコンクリートの床に転がった。背理能力を失った伊沢は、最早ただの無力な人間に過ぎなかった。

尾島は伊沢に駆け寄り、また引きずり起こした。口の中を切ったのだろう、伊沢の唇の端から血がたらりと流れた。

「今のは、高井戸陸橋でお前に殺された人たちの分だ」

そして尾島は、再び伊沢の顔を右手で思いっ切り殴りつけた。伊沢はまた駐車場のコンクリートの床にひっくり返った。伊沢が唸りながら頭を持ち上げ、血塗れの口から血の塊を吐き出した。血の中に数個の白い粒のようなものが混じっていて、コンクリートの床に落ちた。それは伊沢の歯だった。

「これは、新宿駅西口で殺された、大勢の人々の分」

尾島は荒い息を吐きながら伊沢に歩み寄ると、両手で伊沢を立たせ、そして腹にパンチを叩き込んだ。伊沢はぐふっと声を上げ、身体を二つ折りにして苦痛に顔を歪めた。

「これは笹野さんの分」

前に崩れ落ちようとした伊沢をまた無理やり立たせ、腹部をもう一度アッパーカットで思い切り殴りつけた。伊沢の身体が沈んだ。もう自分の脚で立つこともできなかった。その身体を左手で無理やり持ち上げ、尾島はさらにもう一度腹に拳を叩き込んだ。

「これは二十三年前、お前に殺された滝川夫妻の分。――そしてこれが」

尾島は右腕を、弓を射るように思い切り後ろへ引くと、腫れ上がった伊沢の顔を睨んだ。

「お前が全てを奪い取ったうみと、彼女の息子・そらの分だ」

そして尾島は、伊沢の頬に右拳を力一杯叩き込んだ。

殴られた衝撃で、伊沢は頭を後ろへ大きく背け、さらにくるりと身体を回転させながら床に倒れ込み、そのままぐったりと動かなくなった。失神したようだった。尾島は息を荒らげながら、なおも鬼の形相で伊沢に歩み寄ろうとした。

「トウさん！　もういいです！」

尾島の正面から閑谷が抱き着いて、尾島を止めた。

「やめて下さい！　死んじゃいますよ！」

「離せ、イチ！」

閑谷の手を振りほどこうとする尾島を、閑谷は必死に制止した。

「離しません！　もういいですからやめて下さい！　トウさん！」

尾島は閑谷を押しのけようとしたが、懸命にしがみついている閑谷を振りほどくことはできなかった。

尾島はついに諦めて腕の力を抜き、呼吸を整えた。

「イチ、もういい。わかった」

それでも閑谷は、尾島に真正面からしがみついたままだった。尾島は、高山の死体を発見した時、取り乱す閑谷を羽交い締めにして止めたことを思い出した。そして自分が、あの時の閑谷と全く同じだと気が付き、ふっと表情を緩めた。

「すまなかった。例の捕具で伊沢を拘束してくれ」

尾島が穏やかな声で重ねて言うと、ようやく閑谷は尾島から身体を離した。そしてスーツの上着の内ポケットから、鉛板入りのアイマスクと革製のミトンを取り出して伊沢に歩み寄ると、気を失っている伊沢の顔にアイマスクを掛け、両手にミトンを嵌めさせ、後ろ手に回して手錠を掛けた。

閑谷が腕時計を見ながら、噛み締めるように言った。

「伊沢昌浩を逮捕。十七時、十七分――」

そして尾島と閑谷は、同時にふうと大きく息を吐いた。

中園薫子は、自分たちが乗ってきた白いセダンの脇で、魂が抜けたかのような表情でコンクリートの床に座り込んでいた。

巌田尊課長に伊沢逮捕を連絡すると、程なくしてバンケット会場前に待機していた刑事たちが駆け付けてきた。

尾島は伊沢昌浩と中園薫子、それに車の後部トランクに拘禁していた碓氷進の三人を引き渡した。それぞれの容疑と処遇については、巌田課長から詳細な指示が出ているだろう。特に伊沢に関しては、三鷹事件の水田と同様の取り扱いが命じられる筈だ。

「イチ」

「はい」

誰もいなくなった地下四階の駐車場で、尾島は閑谷に話しかけた。

「お前がテーザー銃の先に装着していたのは、小型無線カメラだな？」

伊沢に身体を操られて閑谷に拳銃を向けた時、尾島は閑谷のテーザー銃の先に、自分のテーザー銃にはない小さなパーツが装着されていることに気が付いた。そして閑谷は、そのテーザー銃をずっと伊沢に向け続けていた。テーザー銃は伊沢には役に立たないとわかっているにも拘わらず、だ。

尾島が目を凝らすと、そのパーツの中央に、何かきらりと光る小さなものが見えた。やがて尾島は、それが直径数ミリのレンズだと気が付いた。閑谷がテーザー銃に装着していたのは、超小型のワイヤレスカメラだったのだ。

「そしてお前は、伊沢が背理能力を使って、俺にお前を撃たせようとしているところを、撃たれるギリギリのタイミングまで、ずっと録画し続けた」

閑谷はにっこりと笑った。

「はい。その通りです」

「何て危険なことを――」

尾島があきれ顔で溜め息をつくと、閑谷が聞いた。

「でも、トウさんも僕が録画していることがわかったから、伊沢を誘導して、中園と王城との関係について喋らせたんですよね？」

「まあ、そうなんだがな」

尾島も諦めたように頷いた。

閑谷が伊沢を密かに録画していたのは、伊沢が背理能力を使うところを記録し、逮捕と裁判の証拠とするためだとわかった。そこで尾島も伊沢に話しかけて、都知事選事件の真相と、中園の王城殺しについて喋らせたのだ。

閑谷は嬉しそうに報告した。

「撮影した映像は、無事にスマホの内部ストレージに保存されました。クラウドへの自動バックアップも取っています。中園薫子の逮捕状を請求するにあたって、強力な証拠になると思います」

「そうか」

尾島は頷くと、改めて閑谷の顔を見た。

「イチ、お前が伊沢を密かに撮影しているとわかった時、俺はお前が死を覚悟しているのだと思った」

尾島と閑谷が死ねば、閑谷のクラウドのストレージからこの動画が発見されるだろう。そうすれば、中園の逮捕と裁判において絶対的な証拠になるだろう。そのために、死ぬ直前まで、伊沢が能力を使っている様子を記録しておこう。閑谷がそう考えたのなら、尾島も付き合おうと覚悟を決めた。

「だが、最後の最後で、想像していなかったことが起きた」

尾島は閑谷の顔を見ながら続けた。

「突然、俺の身体が自由を取り戻したんだ。伊沢が能力を喪失して、俺の身体を操れなくなったとしか考えられなかった。ではなぜ、伊沢は突然能力を失ったのか？　俺は必死に考えた。そしていくら考えても、答えは一つしか思い付かなかった」

尾島はそこで間を置き、関谷の顔をじっと見た。

「イチ」

「はい」

関谷が静かに返事した。

「お前が伊沢の能力を消したんだな？」

尾島は関谷の顔を凝視した。

「本当は高山じゃなくて、お前がそらだったんだな？」

関谷は無言だった。尾島は重ねて聞いた。

「お前が能力を使って、伊沢の能力を無効化した。そうなんだろう？　そう考えないと、お前のテーザー銃が伊沢を感電させたことと、俺の身体が自由を取り戻したことに、説明がつかない」

なおも関谷はしばらく黙っていたが、やがて口を開いた。

「ずっと黙っていて申し訳ありません」

関谷はぺこりと頭を下げた。

「トウさんの言う通り、僕がそらです」

何てこった――。

尾島は何も言えないまま、あきれたようにゆっくりと首を左右に振った。

「そしてトウさん、ありがとうございます」

尾島に向かって、改めて閑谷は深々と頭を下げた。

「母と僕の代わりに、あいつを思いっ切り殴ってくれて」

閑谷は顔を上げると、にっこりと微笑んだ。

その笑顔を見た時、尾島は自分の中に漂っていたもやもやしたいくつもの疑問が、まるで雲が晴れていくように綺麗に消えていくのを感じた。

尾島の部下である閑谷一大こそが、滝川毎水の息子・そらだった――。そうわかってしまえば、今更ながら尾島には思い当たることがいくつもあった。

まず、閑谷は母親の名前をつねみと言っていた。そらの母親・滝川毎水《うみ》の名前も「毎水《つねみ》」と読むことができる。それに閑谷の「一大《かずひろ》」という名前。一と大という二文字を合体させると、「天」という文字になる。天、即ち、そら――。

亡くなった笹野刑事が言っていたが、毎水という名前は、海の異体字である「𣴴《うみ》」を二つに分けたものだという。自分の息子をそらという名前にすると決めていた毎水は、息子の名前にも、自分と同じ言葉遊びを行ったのではないか。そらを意味する「天」という字を二つに分けて「一大」としたのだ。

これは何の根拠もない話だが、子供の名前に「空」という文字を使うと、早く空に召される、つまり短命になるという迷信がある。毎水はこれを嫌がり、天という字をそのまま使うのを避けたのかもしれない。

また、閑谷の髪の毛には生まれつき金色の部分がある。色素が薄いだけで生活には何の不都合もないのだが、ファッションで金色のメッシュを入れていると誤解されることが多く、特に警察内では評判が悪かった。そのため現在は、髪全体をほとんど黒に近い茶褐色に染めている。

一方で背理能力者・伊沢昌浩は、髪の毛を全て金髪に染めていた。これは髪の毛に金色の部分があるという特徴を隠すため、閑谷とは逆にそうしていたと思われる。つまり閑谷の髪の色素が部分的に薄いのは、父親である伊沢からの遺伝だったのだ。

そして、動画パフォーマーのマル能・宇津辺晴人の事件。尾島が首を絞められながら空中に吊るされた時、碓氷進が宇津辺の心臓を撃って射殺した。だが、それよりも一瞬早く、尾島の身体は地面に落ちていた。あれは碓氷が狙撃する一瞬前に、閑谷が尾島を助けようと、宇津辺の背理能力を無効化したからではなかったか。

閑谷がそらであるならば、高山宙とは何者だったのか？　おそらく閑谷の友人で、閑谷に頼まれて、そらを演じていたのではないか。背理能力の実験台にされるのを極端に嫌がっていたのも、背理能力者ではないことがバレるからではないだろうか。

そもそも、高山宙という背理能力者の青年が尾島の前に現れたのは、「三鷹事件」が病死として処理されようとしている時だった。西新宿の雑踏で高山と偶然出会い、不思議な能力を見せられたことで、尾島は初めて背理能力者という存在を知り、三鷹事件が背理能力者による殺人事件ではないかと疑い始めた。

だから、高山が尾島の前に現れたのは、偶然ではない。迷走する尾島に背理能力者の存在を教えるため、偶然を装って尾島に接触してきたのだ。そしてそれを依頼したのは、閑谷だったのだ。閑谷は当初から一貫して、あの死亡案件が殺人事件だと主張していた——。

高山を解放した後、それでも何か違和感を覚えていた尾島は、高山をアパートまで密かに尾行した。その尾島を、さらに閑谷が尾けていたのだろう。駅のホームに落ちた幼児を救ったのも、高山ではなく閑谷だった。高山のアパートに尾島が上がり込むと、閑谷もこっそり部屋に入り、高山の代わりにコインを宙に浮かせて見せたのだ。

その後、高山は一度姿を消した。だが尾島たちが捜し始めると、再び自分から姿を現した。相模湖近くの河原で高山と再会した時、閑谷も同行していた。高山は竈の火の粉を舞い上がらせ、閑谷の髪の毛を焦がしたと思ったが、実は閑谷が火の粉を飛ばし、自分の頭に振りかからせ、熱がって見せたのだ。

高山を警視庁に呼んだ時、失礼な発言をした碓氷に、高山はお茶を宙に浮かせて浴びせたが、それをやったのも閑谷だ。高山が電子レンジを無効化して見せた時も、スマートフォンのＷｉ‐Ｆｉと５Ｇ電波を遮断して見せた時も、閑谷はその様子を撮影すると言って、高山の真後ろにいた。

　また、高山の口内組織と唾液を採取してＤＮＡ型鑑定に出したのは、他ならぬ閑谷だった。閑谷は、高山から採取した検体とすり替えて、自分の口内組織を科捜研に送ったのではないか？

　高山の経歴についても、裏を取るのは全て閑谷に任せていた。高山が孤児だったのは事実のようだが、産着に「宙」という名前が書かれていたという話は、おそらく閑谷の創作だろう。

　そして高山が殺された時の、閑谷の激しい取り乱し様。これだけのことを頼んだ以上、高山は閑谷にとって何でも話せる親友だったのではないか。だからこそ高山の死に、深い絶望を覚え、自分のせいで高山が殺されてしまったことに、錯乱するほど嘆き悲しみ、苦しんだのだ。

「後悔してないか？」

　尾島が閑谷に聞いた。

「何をですか？」

　首を傾げる閑谷に、尾島は躊躇《ためら》いながら答えた。

「伊沢昌浩はどうやっても死刑は免れまい。でも伊沢は、お前にとっては血の繋がった実の父親だ。だから――」

「僕が父親を逮捕したことを、後悔してるって言うんですか？」

関谷が目を丸くすると、全力で否定した。

「まさか！ 愛情をかけられたこともなく、それどころか会ったことさえない父親に、何の感情もありませんよ。それどころか伊沢は、僕と母にとっては、今までずっと苦しめられてきた忌まわしい存在でしかありません」

それを聞いて尾島は思い出した。高山宙がそらだと信じていた時、高山に父親の捜査協力を頼んでいいものか尾島が迷った時、関谷はこう言った。

——親子って血の繋がりじゃないと思うんです。親子が親子である理由は、共有した時間なんじゃないでしょうか——。

さらに関谷は、さばさばした口調で言った。

「それどころか僕、父親を殺すつもりだったんです」

「何だって？」

思わず声が上ずった尾島に、関谷は屈託なく続けた。

「警察官になったのも、そのためだったんです。伊沢は必ずまた罪を犯すに違いない、だから警察にいれば、誰よりも早くその情報が摑めるだろうって。そして伊沢を見つけたら、逮捕される前に殺してやろうって。母が安心して眠れるようになるには、父親の伊沢をこの世から完全に消してしまうしか方法はない、そう思ったんです」

関谷の母親である滝川毎水は、事件から二十三年たった今も、安心して眠ることはできないのだ。尾島は改めて、毎水に今も残る心の傷の深さを知った。

「今日だって、伊沢を殺すチャンスはあった筈だ」

尾島は閑谷の顔をじっと見た。

「でも、お前は殺さなかった」

「そうですね」

閑谷は視線を落とし、小さく溜め息をついた。

「高山に言われたんです。憎んでる父親と同じことしてどうする、って。その言葉がずっと、僕の中に残ってて。——それに、うん、そうですね」

閑谷は顔を上げると、微笑みながらきっぱりと言った。

「もう僕は、刑事ですから。犯人を逮捕するのが、刑事である僕の仕事ですから」

24 親友（一九九八年〜二〇二×年、関谷一大の述懐）

物心付いた時から、僕はいつも一人遊びをしていた。

母一人子一人の貧しい家庭で、母は僕を食べさせるために通販会社の倉庫に勤めていて、僕は朝から夜まで、一人ぼっちで狭いアパートにいたからだ。

テレビゲームも自動車の玩具も買ってもらえなかった僕が、どういう遊びをしていたかというと、例えばペットボトルのキャップを空中に浮かせ、空き瓶などの障害物をよけながら、遠くのコップに運んで入れるバスケットボール。クマのぬいぐるみの手に小皿を貼り付け、そのぬいぐるみを操って、テーブルの上でやるピンポン、などだ。

そう、いつも僕は「力」を使って一人で遊んでいたのだ。結果的にはこれが、「力」を使う訓練になっていたのかもしれない。

ただ、母さんの前でうっかり「力」を使うと、ひどく叱られた。例えばテレビのリモコンを僕のところへ飛んでこさせたり、ゴミ箱に投げて入らなかった紙屑《かみくず》を、宙に浮かせてゴミ箱に入れたりすると、自分の手でやり直させられるのだ。そして、他の人がいる場所では絶対に「力」を使わないと約束させられた。

どうして叱られるのかわからなかったが、とりあえず一人でいる時以外には、僕は「力」

を使わないことにした。

幼稚園に行くようになった時、僕は初めて気が付いた。僕以外の子は「力」を使えないんだということに。

だから僕は自分の力を自慢したくなって、母さんとの約束を破り、幼稚園の先生や友だちの前で一度だけ、玩具を空中に浮かせて見せた。みんな驚いて僕を取り囲み、すごいすごいと言いながら、どうやって浮かせたのかを根掘り葉掘り聞いた。

最初はいい気分だった。でもその時、僕が好きだった若い女の先生が、ヘビでも見るような目で僕を見ながら「気持ち悪い」と呟くのが聞こえてしまった。また同じ幼児たちの中には、僕を怖そうに見る子や、一人で目立ちやがってと言わんばかりに、敵意の籠もった目で見る子もいた。

やがて僕にも、母さんがどうしてあれほど口を酸っぱくして、人前で絶対に「力」を使うなと言うのか、その理由がわかってきた。「力」を使って見せると、僕は周りの子とは違う子供と見なされる。好奇の目で見られ、気持ち悪がられ、妬《ねた》まれ、憎まれ、疎外され、そして排除されるのだ。

それ以来僕は、人前で「力」を使うのをやめた。やがてみんな、僕がやった不思議な手品のことは忘れ、僕はみんなと同じ、ただの子供に戻れたのだった。

今にして思えば、母さんは僕が「力」を使うことで、僕の父親のことを思い出してしまうのが怖かったのかもしれない。

母さんは毎晩のように悪夢にうなされていた。隣の布団で悲鳴を上げながら目を覚ますこともあった。いつも何かに怯えていた。どうしたの、何か怖いことがあるのと聞いても首を横に振るばかりで、何も教えてくれなかった。そんな時、僕は子供のように震えている母さんを抱き締めて、必死に背中をさするだけだった。

僕は十三歳になり、中学校に通うようになった。母さんは二十九歳になっていた。そして僕は偶然、母さんの過去と僕の出生の秘密を知ることになった。

ある日曜日の夕方、母さんの買い物に付き合ってスーパーに行き、帰りに二人で街を歩いている時。確か加藤《かとう》と言ったか、母さんが中学生の時に担任だったという男の教師とばったり出会ったのだ。

「滝川、その子が、そうなのか？」

加藤は母さんと僕を、戸惑いの目で見た。僕が生まれた経緯について、何かを知っているようだった。母さんが昔は滝川という名字だったことも、僕は初めて知った。のちに母さんは、関谷という姓は助産師さんの姓だと教えてくれた。僕の父親に見つかるのを恐れて、七年間だけ養子縁組してもらい、そのまま戸籍に姓を残したのだ。

加藤は母さんに「困ったことがあったら連絡してほしい」と名刺を渡した。その名刺には携帯電話の番号が手書きで書かれていたので、それを僕は盗み見て覚えた。

翌日の放課後、僕は加藤に電話してこっそり会い、僕の父親について知っていることを教えてほしいと頼んだ。加藤は知らないほうがいいと言って話すのを渋ったが、僕は自分の出生について知る権利がある、教えてくれなければ母さんに直接聞くと言うと、諦めたように昔の新聞記事を検索し、スマートフォンで見せてくれた。

そして僕は、十四年前に母さんの両親が強盗に殺されたおぞましい事件を知った。

僕の父親は、病気で死んだのではなかった。母さんの両親を殺し、母さんを暴行して逃げた男だった。そして今もどこかで生きているのだ。母さんが今も夜になるとうなされ、何かに怯えているのは、僕の父親に対する恐怖が、今も母さんの心の奥底に深く根を張っているからだった。

僕の「力」は、強盗殺人犯である父親から受け継いだものだった。

さらに加藤は、母の伯父伯母が母を騙して堕胎させようとした時、産婦人科の手術室で医者が急死して、手術が中止になったことも教えてくれた。そんな出来事を乗り越えて生まれたのだから、生まれたことに感謝しなさい、そう加藤は言いたかったようだが、自分の能力を知る僕は、ある可能性をどうしても否定できなかった。

僕は人を殺した？　しかも胎児の時に――？

僕は大きな衝撃を受けた。生まれる前のまだ自我も生じていない時に、ただ生きたいという本能でやったにせよ、人一人の命を奪ってしまったのだ。

母さん、僕を産んでくれてありがとう――。

僕は心から母さんに感謝した。僕を妊娠した経緯を考えても、自分は堕《お》ろされて当然の子供だった。それなのに僕は生に執着して暴れ、さらに母さんに迷惑をかけた。それでも母さんは、人殺しの僕を恐れることもなく、僕の生きたいという願いを受け入れて僕を産み、愛情を注いで育ててくれた。

僕なんか生まれてこないほうが、母さんは幸せだったのに。僕を堕ろして、忌まわしい事件は全部忘れて、誰かと結婚して、幸せになることだってできたのに。

母さんを守る、それが僕の生きる理由になった。どうすれば母さんが毎日うなされずに眠れるようになるだろうか？ 怯えることなくぐっすり眠れて、平穏で幸せな生活ができるようになるだろうか？

僕はその方法を、一つだけ思い付いた。

父親を見つけて、殺すことだ。

母さんは今も、時々夜中にうなされて目が覚める。母さんの両親が惨殺され、自分が陵辱されたあの恐ろしい夜を、今も毎日のように夢に見るのだ。あの男が生きている限り、母さんに心の平穏は永遠に訪れないと思えた。

父親は裁かれなければならない。母さんの両親を殺し、母さんに酷いことをした罪で。だけど僕には、父親の居所はおろか、顔も名前もわからない。どうすれば父親を探し出すことができるだろうか？　僕はずっと考え続けた。そして、父親を間違いなく特定する鍵を見つけた。それは「僕自身」だ。僕のＤＮＡ型だけが、父親を特定する証拠なのだ。では、どうやったら父親を見つけて、ＤＮＡ型鑑定に持ち込むことができるのだろうか？　そして僕はついにその方法を思いついた。

刑事になればいいのだ。

父親はまたいつか必ず犯罪を行う。いや、こうしている今も「力」を使って、事故や自殺に見えるやり方で、自分の欲望のために誰かを殺しているかもしれない。そしてこれからも、悪事を繰り返すに違いない。

警察にはどこよりも早く、全ての犯罪の情報が集まってくる筈だ。事故や自殺に見えるが、もしかしたら事件かもしれない、そんな怪しい情報も入ってくるだろう。その時は犯人のＤＮＡ型を、自分のＤＮＡ型と照合すればいい。そうすれば犯人が父親かどうかが判定できる。父親だとわかったら、この手で殺す——。

僕は母さんに、警察官になるために高校に行かせてほしいと言った。勿論、父親を見つけて殺すためだとは言わなかった。公務員は安定しているし、警察官なら寮に住めるからお金がかからない、そう説明したのだ。危ないお仕事じゃないかしら、と母さんは心配していたけれど、最後には賛成してくれた。

高校を卒業したら警察官になろう。頑張って試験に受かって、警視庁の刑事になろう。おそらく父親は、今もこの東京の雑踏に隠れている筈だ。

この頃の僕は、いつも考えていた。

僕たちは、どうして生まれてきたんだろう?

僕たちは、どうして周りの人たちを不幸にするんだろう?

僕たちは、何のために生まれてきたんだろう?

その答えは、どうやったら見つかるんだろう――?

僕はいつも、そう考えていた。

僕は高校生になった。十六歳。母は三十二歳。

入学した公立高校の同じクラスに、高山宙という同級生がいた。いつも物静かで、騒々しい他の同級生とは違う雰囲気を持っていた。

ある時、高山が養護施設の出身であることを他の生徒に聞いた。赤ん坊の時、養護施設の玄関前に、置き去りにされていたという。捨て子だった高山に、僕は親近感を持った。僕もまた出生に複雑な事情を抱えていたからだ。僕と高山が打ち解けて仲良くなるのに、そう時間はかからなかった。

そしてある日の放課後。高山と喋りながら帰宅している時、小さな子猫が道路の真ん中で立ち往生し、鳴いているところに出くわした。すぐそばを車がびゅんびゅん通るので、子猫は身体がすくんで動けないのだ。ようやく車の流れが途切れ、子猫はこっちへ向かってよちよちと歩き始めた。そこへ、大型トラックが猛スピードで走ってきた。

「轢かれる！」

高山は叫ぶと同時に、道路に向かって駆け出そうとした。

「馬鹿！　死ぬぞ！」

僕は高山を羽交い締めにして止めた。同時に子猫が、まるで一本釣りにされた魚のようにひゅんと空中に舞い上がり、空中をこっちに向かって飛んできた。慌てて高山が子猫を両手で受け止めた。その直後、大型トラックがごうと道路を通り過ぎた。

高山は茫然とした顔で僕を振り返った。

「よかったな。猫、助かって」

僕がにっこりと笑うと、高山は真顔で聞いた。

「今のは、お前がやったのか？」

「ああ」

どうしてだろう、僕は認めた。きっと僕は、高山には嘘をつきたくなかったのだ。そしてこの時は、将来同じことを、もう一度高山の前でやることになるとは思わなかった。

「そうか」

高山はあっさりと頷いた。僕は高山に聞いた。

「驚かないのか？」

「驚いたさ。心臓がでんぐり返って死ぬかと思った」

胸を押さえて笑う高山に、僕は聞いた。

「僕が、気持ち悪くないのか？」

すると高山は不思議そうに言った。

「どうして？ お前はお前だろう？」

その帰り道、僕は誰にも話さなかった秘密を、全部高山に打ち明けた。自分が強盗殺人犯が母親を暴行してできた子供であること、堕胎されそうになった時、医者を殺して生き延びたこと、おそらく父親の遺伝で、この奇妙な能力を持つに至ったこと——。

僕の長い話を黙って聞きながら、高山は僕のために泣いてくれた。

この日、僕と高山は友達から親友になった。高山は僕の「力」と出生の秘密について誰にも喋らないと約束し、そして最後までその約束を守り通した。


高校三年の九月、僕は合格率十数％という警視庁の採用試験Ⅲ類を受け、何とか合格した。高校卒業後、全寮制の警察学校で十ヵ月間学んだ後に配属されたのは、所轄である三鷹署の生活安全課だった。刑事課でなかったことにはがっかりしたが、それでも事件に携わる部署ではあったので、僕はここでアンテナを張り、父親を探すことにした。

そして、配属から二年が経った真夏の暑い日、あの「三鷹事件」が発生した。一階に大家が住む賃貸住宅の二階で、住人の若い女性が死体で発見されたのだ。死因は急性心臓死。通報を受けた僕は真っ先に現場に駆け付け、そこで警視庁本部・捜査第一課に所属する尾島到刑事と出会った。

　黒ずくめの格好をした尾島刑事は、一見無愛想で怖い人だったが、実は不器用で優しくて、正義感の塊のような熱血漢だった。僕は尾島刑事を「トウさん」と呼ぶことにした。名前の到《いたる》の音読みですと説明したが、本当は、こんな人が僕の父さんだったらよかったのに、という願望を込めた呼び名だった。トウさんは露骨に嫌がっていたけれど。

　僕は女性の死が殺人であると疑った。そして一階に住む大家の水田茂夫が、僕の同類だと確信した。

　高校生くらいからだろうか、僕は自分以外にも同じような能力を持つ者、つまり同類がいることに気が付いていた。道ですれ違う者に、何か自分と似た波長を感じる時があるのだ。相手は誰も僕に気付かないようだから、僕は特別に感覚が鋭いのだろう。大谷無常先生の仮説に従えば、共通する電磁波の受信能力が高いのだ。

　水田が同類であれば、二階にいる女性の心臓を止めるのも容易《たやす》いことだ。しかし検視官をはじめ、他の警察官は病死と判断した。トウさんだけが、僕の疑念を聞いて捜査してくれたが、僕たちの存在を知らない以上、真相にたどり着くことはできなかった。

　そこで僕は一計を案じた。高山に頼んで、背理能力者――のちにトウさんが付けた呼称だが――のふりをしてもらったのだ。この世に背理能力者というものが存在することを知れば、頭の切れるトウさんは、必ず三鷹事件の犯人にも気が付く。そしてトウさんは水田の正体を見抜いた。

　この事件の捜査中、僕はゴミ箱を漁って水田のＤＮＡを採取し、民間の業者に依頼して自分のＤＮＡ型と照合してもらった。しかし結果は赤の他人だった。水田は僕が殺すべき父親ではなかったのだ。

　三鷹事件が解決した途端、とんでもない事件が起きた。背理犯罪の捜査のため、トウさんを係長とする特殊八係が新設され、そこに僕も三鷹署から異動になり、念願の捜査第一課の刑事になったばかりの時だ。年末の東京都知事選で、現職の中園薫子知事の対立候補二名が相次いで交通事故死したのだ。

　捜査支援分析センター《ＳＳＢＣ》の並木想作さんの活躍で、やがて一人の男が容疑者として浮上した。伊沢昌浩、四十二歳。この男が二つの大惨事を起こした背理能力者だと思われた。そして伊沢が、二十二年前の「久我山０号事案」の犯人である可能性も浮上した。この久我山０号事案こそ、母の両親が惨殺され、母が暴行された未解決事件だ。

　つまりこの伊沢昌浩こそが、僕の父親かもしれないのだ。

　伊沢が父親なら、逮捕される前に僕が殺す。僕は心に誓った。それまでは、僕が伊沢の息子だと誰にも知られてはならない。たとえそれがトウさんであってもだ。僕が伊沢の息子だとわかったら、トウさんは僕を伊沢の捜査から外すだろう。そうしたら僕が父親を殺す機会は、永遠に失われてしまう。

ついに伊沢昌浩が姿を現した。特殊八係の先輩刑事・笹野雄吉さんが伊沢と遭遇し、殺されてしまったが、その時、笹野さんは命と引き換えに伊沢のＤＮＡを入手していた。伊沢と僕のＤＮＡ型を照合すれば、伊沢が僕の父親かどうか判明する。しかし、伊沢のＤＮＡ型のデータは科捜研にある。どういう口実で照合すればいいのだろうか？

「俺が、お前になってやるよ」

高山に相談すると、高山がそう言った。自分が伊沢の息子のふりをしてＤＮＡの採取に応じる。その後、お前のＤＮＡとすり替えて科捜研で照合すればいい。自分の宙《ひろし》という名前も、そらと読むことができるから都合がいい——。

親友の高山を事件に巻き込むのは気が咎めたが、他に方法は思い付かなかった。僕は高山に、もう一度僕を演じてもらうことにした。

ＤＮＡ型照合の結果、伊沢が久我山０号事案の犯人であることが確認された。やはり伊沢が僕の父親だったのだ。あとはトウさんたちと一緒に伊沢を探し出し、機を見て殺せばいい。それで全てが終わる。母さんの苦しみも消える。そしてこれで、高山の出番は終わりだ。僕はそう思った。

ところが高山は、「伊沢の逮捕に参加する」とトウさんに申し出た。僕は勿論、危険すぎると反対した。しかし高山は言うことを聞かなかった。自分がその場にいて背理能力者のふりをしていないと、お前は能力を使うことができない。それでは伊沢に全員殺されるかもしれないというのだ。

「なあ、そら、父親を殺すのはやめろ。逮捕するんだ。お前はもう刑事なんだろ？　憎んでる父親と同じことをするつもりか？」

高山は人殺しに堕《お》ちようとする僕を、何としても止めるつもりだったのだ。

そしてそれが、最悪の結果を生んだ。背理能力者・宇津辺晴人を射殺した碓氷刑事に、高山も殺されてしまったのだ。なぜ碓氷刑事が背理能力者の命を次々と狙ったのか、それはわからない。とにかく高山は僕の身代わりとなって殺されてしまったのだ。

僕のせいで高山は死んだ。僕は親友を殺してしまったのだ。僕は絶望し、自分を責め、ぼろぼろになった。全てが虚しくなり、もう警察も辞めようと思った。

でも、辞めることはできなかった。僕は高山と、伊沢を逮捕すると約束したのだ。何としても、その約束だけは守らなければならなかった。

ついに僕とトウさんは伊沢を捕まえた。トウさんは伊沢への怒りを抑えることができなくて、笹野さんや他の殺された人の分だと言って何度も殴った。そして、僕と母の代わりだと言って、また伊沢を殴った。

僕はあきれた。本当にしょうがない人だ。どこまでも熱くて、どこまでも正義感の塊で。どこまでも苦しめられた人の味方で。伊沢への暴行や傷害で自分が逮捕されたら、一体どうするつもりだったんだろう。でもたぶん、その時のトウさんは、そんなことは何も考えていなかったんだろう。

そんなトウさんを必死に止めているうちに、父親を殺そうなんていう気持ちは、いつの間にか僕の中から、綺麗に消えてしまっていることに気が付いた。

そして僕は、伊沢にこの手で手錠を掛けて逮捕した。

当然のことだ。なぜなら僕は、刑事なのだから。

25 措置

マホガニー製の重厚なドアを、尾島到がノックすると、中から声が聞こえた。

「入りたまえ」

尾島は背後にいる閑谷一大をちらりと見て、それからドアノブを回してドアを開けた。分厚い絨毯が敷かれた部屋の中に、尾島と閑谷が入った。二人の背後で、ドアクローザーの付いた木製のドアが静かに閉まった。

広い部屋の手前に打ち合わせ用のソファーセットがあった。そしてその奥、十七階からの眺めが広がる壁一面の窓をバックに、楢《オーク》製だろうか、巨大な木製の両袖机が置いてあり、そこに濃紺の制服を着た壮年の男が座って書類に目を落としている。両肩に三つ星の肩章、左胸には左右に三本線の入った金色の階級章。

尾島と閑谷はその机の前まで歩くと、立ったまま壮年の男を見下ろした。

尾島が静かに口を開いた。

「但馬恭一を殺人、及び殺人未遂の疑いで逮捕しました」

壮年の男が書類から顔を上げ、怪訝な顔で言った。

「たじま？」

　尾島が説明した。

「氏名を碓氷進と詐称し、我々特殊八係に潜入していた男です」

「ああ」

　壮年の男は、ようやく合点したように頷いた。

「報告は上がっている。君たちの協力者である背理能力者を殺害した人物だな。但馬というのか。理由はわからないが、馬鹿なことをしたものだ」

「とぼけるな」

　尾島の口調が変わった。

「あんたが但馬に命令し、高山を殺させたんだ。そうだろう？　中邑さん」

　伊沢昌浩を逮捕した三日後、五月十八日、午前十時丁度——。

　尾島が会いに来た人物は、日本の警察組織の中でも警察庁長官、警視総監に継ぐ三番目の階級である、警察庁刑事局長・中邑核警視監だった。

「碓氷進こと但馬恭一は、まず銀行籠城犯のマル能・宇津辺晴人を、誤射を装って心臓を撃ち抜き、殺害した」

　尾島は中邑局長を見下ろしながら喋り始めた。

「次に、我々の協力者だった背理能力者・高山宙を、高山の自宅マンションで射殺した。さらに都知事選事件の実行犯であるマル能・伊沢昌浩も殺そうとした。だが、我々は罠を仕掛けて阻止し、但馬を現行犯逮捕した。容疑は殺人二件、殺人未遂一件だ」

尾島の声は、徐々に怒りを顕わにしていった。

「但馬はあんたが特殊八係に潜入させた暗殺者だ。警視庁と接点のない北海道警の特殊部隊から人選し、研修という名目で警察庁に出向させ、さらに高井戸署の碓氷進のふりをさせて、警視庁特殊八係に異動させた。我々が発見する背理能力者を、全て殺害させるためだ。違うか？」

少しの間を置いて、中邑局長はふっと笑った。

「証拠はあるのかね？」

ばん、と大きな音がした。尾島が中邑局長の机に両手を置いた音だった。

「なぜこんなことをした？」

中邑局長は笑みを浮かべたまま無言だった。

尾島はしばらく返事を待った後、再び口を開いた。

「言いたくなければそれでもいい。いずれ裁判で明らかになるだろう。俺はあんたを殺人教唆《きょうさ》で告発する。法の番人である警察の、ナンバー3であるあんたが、法を破り、三人を殺害するよう命じ、うち二人を殺した。ただの懲役刑で済むと思うな」

「言いたいことは、それだけかね？」

中邑局長が聞いた。

「尾島到君だったな。仮に私が、但馬という男に背理能力者の殺害を命じたとしよう。しかし、その場合でも」

尾島の目を見ながら、中邑局長は平然と続けた。

「私は法を破ってはいない。従って罰されることもない」

「何だと？」

尾島の目が、すうっと細くなった。それに構わず中邑局長が続けた。

「あらゆる違法行為は、状況により合法となるからだ。それは殺人も同じだ」

「どういう意味です？」

閑谷が思わず一歩前に出た。中邑局長は閑谷を横目で見ながら答えた。

「忘れたのかね？　超法規的措置だよ」

「ふん。超法規的措置か、忘れる筈がない」

尾島が吐き捨てるように言った。

「そのクソみたいな通達のお陰で、俺たちの捜査は難航を極めた」

背理能力者・伊沢昌浩に殺人を教唆した中公会・王城竜介、及び共犯者である中園薫子都知事の逮捕を目指す——。尾島は巌田捜査第一課長に要請し、この方針を決定するための捜査会議を招集した。しかし、突然会議室に中邑局長が現れ、尾島たちに対して以下のように宣言したのだ。

背理犯罪は立件せず。捜査し、記録し、報告し、そして蓄積するのみ。

理由について、その時中邑局長はこう説明した。三鷹事件ではたまたま有罪判決を勝ち得ることができたが、これはいくつもの僥倖が重なった結果にすぎない。背理能力の原理が科学的に解明できない以上、背理犯を起訴しても裁判で有罪判決を得ることはできない。背理犯罪が無罪になる裁判例を残さないために、背理犯罪は立件しない――。

「そう。その通達のことだ」

中邑局長は頷くと、無表情に続けた。

「だが、あの通達は、国家公安委員会と警察庁が決定した方針の半分でしかない。方針の全文は、こうだ」

背理犯罪は立件せず。捜査し、記録し、報告し、そして蓄積するのみ。
そして背理能力者は、発見し次第、密かに処理する。

「処理って、つまり」

閑谷が言いかけると、尾島が先を続けた。

「つまり、殺すということだな？」

尾島が身体を乗り出した。

「あんた、気は確かか？　国家公安委員会とは、内閣総理大臣直轄の組織だ。つまりこれは日本国政府の決定だということになる。政府が殺人を犯すなど、ありえない」

「処理という言葉が殺害を指すというのは、君たちの解釈でしかない」

中邑局長は平然と言葉を返した。

「仮に殺害だとしても、先程も言ったように、これは合法な行為だ」

「殺人が合法だと？」

怒りを顕わにする尾島に構わず、中邑局長は喋り始めた。

「例えば、渋谷の歩行者天国にマシンガンを所持した人間が現れ、道行く人々に向かって乱射し、たちまち十数名を射殺したとしよう。その人物が君の目の前で、他の市民にマシンガンの銃口を向けたら、君はどうするかね？」

尾島は無言だった。中邑局長は続けた。

「君はその瞬間、逮捕だの起訴だの、あるいは法律だの裁判だのと考える前に、躊躇なく拳銃を抜き、そいつを射殺するのではないかね？　そして射殺した君が罪に問われることもない。刑法三十六条一項に謂《い》う、正当防衛に該当するからだ」

「自分の殺人も、正当防衛だと言いたいのか？」

尾島はあきれたように首を左右に振った。

「馬鹿な。あんたのやったことが、正当防衛の要件を満たしている筈がない」

刑法三十六条一項。急迫不正の侵害に対して、自己又は他人の権利を防衛するため、やむを得ずにした行為は、罰しない——。これが正当防衛の定義だ。

そして、この正当防衛が成立するためには、「不正の侵害であったか」「急迫性があったか」「防衛行為の必要性があったか」「防衛行為の相当性があったか」「防衛の意思があったか」という五つの要件を満たす必要があると解釈されている。

すると中邑局長はこう言った。

「無論、単なる正当防衛ではない。言わば、社会的正当防衛だ」

「社会的、正当防衛——？」

意表を突かれ、尾島は思わずその言葉を繰り返した。

「どういう意味です？」

閑谷が質すと、中邑局長はまた喋り始めた。

「背理犯罪は法で裁くことができない。これは背理能力者の出現によって、法の存在そのものが危険に晒されているということだ。法治国家にとって、まさに緊急事態と呼ぶしかない状況なのだ。では、我々警察は背理犯を野放しにしておいてよいのか？　そうではあるまい。我々は背理犯罪から無辜《むこ》の市民を守らねばならない。——つまり」

そこで間を置いて、中邑局長は続けた。

「発生した背理犯罪を裁くことができないのなら、背理犯罪の発生を未然に防ぐしかない。背理犯罪の発生を、超法規的に抑え込むしかないのだ」

「それが、背理能力者を殺すことだって言うのか？」

尾島の問いに、中邑局長はこう答えた。

「全ての背理能力者は、法で裁くことができない。よって、いかなる凶悪な犯罪でも平気で行う。つまり、全ての背理能力者は、潜在的凶悪犯だと言える」

「詭弁《きべん》です！　いや暴論です！」

閑谷が色をなして中邑局長に詰め寄った。

「そんなこと言ったら、全ての人間が潜在的犯罪者ですよ。あなただって、僕だって」

「その通りだ」

中邑局長はあっさりと頷いた。

「君が言う通り、全ての人間は潜在的犯罪者だ。ただ、私や君のような普通の人間は、犯罪を行えば逮捕され、裁かれ、処罰される。だが、背理能力者に限ってはそうすることができない。たとえ人を殺しても無罪になるのだ」

急に中邑局長が閑谷を見た。

「人はどういう時に犯罪を行うか、わかるかね？」

「え？　それは、ええと」

言い淀んだ後、閑谷は答えた。

「誰かをものすごく憎んだ時とか、お金にとても困った時とか」

「そうではない」

中邑局長は首を横に振った。

「今なら実行しても捕まらない、そう思った時だよ。動機の深さや殺意の強さとは全く関係がない。繰り返すが、人間とは元々犯罪を行う生き物なのだ。放っておけば人間は、必ず犯罪を行うのだ。厳罰があるから我慢している、それだけなのだ」

尾島はどきりとした。それは尾島自身が考えていたことだからだ。

今ならこいつを殺しても捕まらないのではないか、そう考えた時に人は人を殺す。どれくらい殺したいかは関係ないのだ――。

「だから我々警察が必要なのだよ。何かやったら地の果てまでも追いかけて逮捕するぞ、お前の自由を奪い、場合によっては命を奪うぞと脅して、犯罪衝動にブレーキをかけるためにな」

中邑局長は滔々《とうとう》と喋り続けた。

「この法による秩序を、我々人類は、世界最古の法典であるウル・ナンム法典の制定以来、四千年以上もの時間をかけて築き上げてきた。しかし、背理能力者という、どんな犯罪を行っても無罪になる者たちの出現を、世の人々が知ることになれば、この世界はどうなるかね？」

尾島たちの返事を待たず、中邑局長は続けた。

「世界中で一斉に、背理能力者狩りが始まる。法で裁くことができないのなら、自分たちの手で裁くしかないからだ。魔女狩りが行われた中世ヨーロッパの暗黒時代が再来するのだ。

一方で奴らも黙ってはいるまい。そして世界は大混乱に陥る。法の支配による社会秩序が崩壊し、世界は無法地帯となってしまうのだ」

「人間は、そこまで愚かじゃない」

尾島が口にした言葉を、中邑局長は鼻で笑った。

「数多くの犯罪者を見てきた、現役の刑事とも思えない言葉だな。人間は、ほんのちょっとの諍《いさか》いや感情のもつれで、あるいはわずかな金欲しさに、簡単に他人を殺す。それを君はよく知っている筈だ。人間とはどこまでも愚かなものだよ」

そして中邑局長は、尾島と閑谷を交互に見た。

「背理犯は罰せられない。何をやっても無罪だ。だから背理能力を持つ者は、犯罪の誘惑には絶対に勝てない。必ず悪事へと走る。必ずだ。背理能力者全員が凶悪犯となることは間違いない。そんな者はこの世に存在してはならないのだよ。法の外にいる者は処理する、これだけが法の秩序を守る唯一の方法なのだ」

中邑局長は喋り終えた。

尾島は無言のまま、中邑局長をじっと睨み付けた。そのまま部屋の中は、しばらくの間沈黙に支配された。

やがて尾島が、静かに口を開いた。

「人間は犯罪の誘惑に勝てる。俺はそう信じている」

中邑局長を見下ろしながら、尾島は静かに喋り続けた。

「たとえ背理能力者であってもだ。あんたは人間を信じていないかもしれないが、俺は人間を信じている。どんな境遇に生まれても、どんな辛い人生を歩んでも、犯罪への誘惑などには絶対に負けず、真っ当に生きている者はいるんだ」

喋り続ける尾島を、その後ろで閑谷はじっと見つめた。

「その上で俺たちは、罪を犯してしまった者は何者だろうと等しく逮捕し、法で裁く。あんたたちエラいさんは無理だと思ってるかもしれないが、マル能もだ。俺たちは足を棒にして、地べたを這いつくばって、ある時は尊い犠牲を払ってでも、証拠を一つずつ掻き集め、積み上げ、そして最後には絶対に逮捕し、裁く」

尾島は腰をかがめ、ずい、と中邑局長に顔を近づけた。

「俺たちは間もなく、中園薫子元都知事の逮捕状を請求する。もし中園を逮捕し、法廷に引きずり出し、マル能・伊沢を使った殺人の共謀で有罪にできれば、背理犯罪も法で裁くことが可能だと証明される。つまり、あんたがマル能を殺す根拠は消滅する。――そうなったら」

尾島は中邑局長に、はっきりと宣告した。

「あんたのやったことはただの殺人だ。あんたが殺人を指示した証拠は、何としても挙げる。覚悟しているがいい」

そう言い残すと尾島は踵を返し、ドアに向かって歩き始めた。閑谷も慌てて尾島の後を追った。

急に関谷が振り返った。そして右手で拳銃の形を作ると、中邑局長に向けた。

ばあん、と関谷は声を出さずに口を動かし、指先を軽く持ち上げた。

中邑局長が制服の左胸に付けている、金色に輝く警視監の階級章が、ぽんと宙に跳ね上がった。そして階級章は、机の脇に置かれたゴミ箱の中に落ちた。

関谷はそれを見届けると、指先をふっと吹き、尾島に続いてドアの向こうへと消えた。

大見得を切ったはいいが――。

警察庁、即ち中央合同庁舎第二号館を出たところで尾島は立ち止まり、二十階建ての庁舎を振り返って、ふうと大きく息を吐いた。

尾島たちは本当に、中園薫子の有罪判決を勝ち取ることができるのか？

二十三年前の強盗殺人の罪で、伊沢昌浩は逮捕できた。そして伊沢に証言させることができれば、中園が王城竜介と共謀して、都知事選で対立候補の殺傷を命じたことも、王城の殺害を命じたことも、証明できるだろう。

しかし問題は、伊沢がどうやって殺人を行ったか、その証明だ。背理能力の原理が何も解明されていない現在、伊沢が人を殺したことを証明できるだろうか？　正直に言えば、尾島には勝算などまるでなかった。

その時、閑谷のスラックスのポケットで、スマートフォンが電子音を奏でた。

ちょっと失礼します、と言って、閑谷は電話に出た。

「閑谷です、どうかしました？　――ええ、はい」

二言三言言葉を交わした後、閑谷は尾島を見た。

「トウさんに替わってほしいそうです」

閑谷は尾島にスマートフォンの画面を見せた。そこに発信人の名前が表示されていた。

「尾島です」

尾島が電話に出ると、電話をかけてきた人物、背理犯罪の専任検察官である小幡燦子検事は、興奮を隠さずにこう言った。

「至急話があるの。これから会えない？　特殊八係まで行くわ」

「それは構わないが、至急の話って？」

戸惑う尾島に、小幡検事は言った。

「中園薫子を起訴するための、理論武装ができそうなの」

26 裁判

「昨日の夜、東京都監察医務院の大谷先生に会ってきたわ」

パイプ椅子に座るや否や、小幡燦子検事が言った。警視庁本部の六階、捜査第一課・特殊八係の会議室にいるのは、尾島到と閑谷一大、それに小幡燦子検事の三人だ。

「無常に？」

尾島の問いに、小幡検事は当然のように頷いた。

「背理能力者について、誰よりも解剖学的知識と仮説を持っている人だって話だから、中園薫子の起訴の可能性を探るために、背理能力の原理の解明に関する進捗状況を確認して、何か参考になることが聞ければと思ってね」

小幡検事はそこで身を乗り出した。

「そして大谷先生に話を聞いているうちに、もしかすると、今すぐにでも中園を殺人教唆で起訴できるんじゃないか、そう思えてきたの」

「本当か？」

「本当ですか？」

尾島と閑谷は興奮した。もしそれが本当なら、背理犯は逮捕せずという警察庁の通達も根拠を失う。裁判で有罪にできない以上、逮捕も起訴もしてはならない。これが警察庁の理屈だからだ。

「でもオバさん、本当にそんなことができるんですか？」

閑谷が疑わしげに小幡検事を見た。

「背理能力の原理の解明はこれからで、大谷先生だってまだ何もわかってないんでしょう？――その、当人である僕が言うのも何《なん》ですけど」

背理能力者・伊沢昌浩の逮捕を機に、閑谷は自分が伊沢の実の息子であり、伊沢と同じ背理能力者であることを認め、背理能力の解明に全面的に協力することを申し出た。

閑谷が背理能力者であることは、閑谷の了承を得た上で、背理犯罪の捜査と法的処理に深く関わる一部の人員のみに明らかにされた。即ち特殊八係の尾島到係長、その直属の上長である巌田尊捜査第一課長、監察医の大谷無常、捜査支援分析センター《SSBC》の並木想作、それに背理犯罪の専任検察官と言える小幡燦子検事の五名だ。

現在はまだ伊沢の取り調べを行っている段階なので、伊沢の検察送致が終わり次第、閑谷の身体検査と実験を開始する予定になっている。

「背理能力の、原理の解明？」

小幡検事は肩をすくめ、両掌を上に向けた。

「そんなものは、ヒマな時にゆっくりやって頂戴。私には必要ないわ」

閑谷が目を丸くした。

「え？　どういうことです？」

「大谷先生に、地球の重力に関する話を聞いたの」

小幡検事が尾島と閑谷を順に見た。

「大谷先生によると、引力も背理能力と同様、まだ原理がわかってないそうね？」

——引力がなぜ存在するのか。実は、これは未だに解明されていない謎なのだ。観測されるから存在する、わかっているのはそれだけだ——。

大谷無常は、いつか尾島と閑谷にそう言った。

重力とは地球と物との間に働く引力のことだが、大谷が言うには、量子力学と整合している重力理論は現在も存在しないらしい。そしてこれが、物理学上最大の課題だと言われているのだ。

「重力も背理能力と同じく、原理は解明されていない。観察されるから存在する、そうみんなが認めているだけ。そうでしょう？」

小幡検事は喋り始めた。

「証明できない力を使ったら罪にならないのであれば、重力を利用した犯罪もまた無罪にならなければならない。例えば誰かを崖から突き落として殺しても、二階から頭に植木鉢を落として殺害しても、どうして人や植木鉢が落下するのか、その原理を説明できない以上、無罪ということになる。そうでしょう？」

尾島は困惑の表情になった。

「そうなんだが、人を崖から突き落として殺したり、植木鉢を頭に落として殺したりしたら、現在の法律でも殺人と認定される。当たり前のことだ」

小幡検事が頷いた。

「それは、重力の原理は説明できなくても、重力が日常的に観測され、重力の存在が周知の事実となっているからに他ならない。ならば、背理能力が日常的に観測され、背理能力の存在が周知の事実になれば、その原理は説明できなくても、殺人と認定されるようになるわ」

隠すのではなく、周知させる――。それが背理能力者を法で裁くために必要だと、小幡検事は言うのだ。

「背理犯の存在が明らかになった今、我々に必要なのは原理の解明じゃない。法理論よ。まず、背理能力は重力と同じ科学的な現象であることをはっきりさせる。そして背理能力の存在を社会に公表し、周知の事実にしていくべきなの。そうすれば、背理犯を法で裁くことが可能になる」

小幡検事はなおも熱っぽく喋り続けた。

「つまり法解釈上、背理犯の逮捕、検察送致、及び起訴には、背理能力の原理を解明し、存在を証明する必要はない。ただ世の人々に周知させればいい。それだけなのよ」

尾島と閑谷は、茫然としながら小幡検事の話を聞いていた。

それは、背理能力の存在をひたすら隠し続け、背理能力者の逮捕を禁じ、「背理犯罪は立件せず。捜査し、記録し、報告し、そして蓄積するのみ」と定めた、警察庁及び警視庁の考えとは、まさに真逆の考えだった。

27 進化

「やはり、閑谷君がそらだったのか」

監察医の大谷無常が、ゆっくりと頷いた。

「やはりって、無常」

尾島到が目を丸くした。

「お前、イチがそらだって気が付いていたのか？」

当然だと言わんばかりに、大谷は肩をすくめた。

「お前がそらだと言っていた高山宙の遺体を解剖した時、彼の身体には背理能力者特有の変異がどこにも見られなかった。考えられることは二つ。肉体的変異が全くないにも拘わらず背理能力を発揮していたか、それとも背理能力者ではないかだ。そして俺は、前者の可能性はないと判断した。つまり高山は背理能力者ではなかったのだ」

大谷はすらすらと説明した。

「しかし聞くところによると、高山はお前たちが行った実験で、確かに背理能力を発揮して見せたという。ならば真実は一つ。お前たち特殊八係の中に本物のそらがいて、自分のＤＮＡ検体を鑑定に出し、高山の陰で密かに能力を使って、高山がそらであるかのように見せかけたのだ。だとすればそらは、年齢から言って閑谷君以外にはありえない」

五月二十日、午後十時三十分――。

伊沢昌浩の逮捕から五日後、尾島は監察医の大谷無常に会うため、大塚の東京都監察医務院に来ていた。

小幡燦子検事が、大谷の話にヒントを得て背理犯罪に関する突破口を見つけたというので、その礼を言うとともに、現状を報告しようと思ったのだ。もっとも、昨年末以来の半年に及ぶ捜査が一段落したため、大谷とゆっくり無駄話をしたくなった、というのが正直なところかもしれなかった。

「しかし無常、わかっていたのならどうして黙ってたんだ？」

尾島が口を尖らせた。

「最後にイチと二人で伊沢昌浩と対峙することになって、伊沢にテーザー銃が効かないとわかった時、俺はイチと自分が死ぬことを覚悟したんだぞ？　イチがそらだとあらかじめわかってたら、他に作戦の立てようもあったんだ」

大谷は謝るどころか、尾島を咎《とが》める顔になった。

「尾島。そもそもお前が、テーザー銃が役に立つと信じていたのがおかしいんだ。背理能力は電磁波であると知っていたのだし、その後の捜査で、伊沢が電子機器を狂わせることもわかっていたのだからな。――それに」

大谷は真顔になった。

「閑谷君がお前を心底尊敬し、信頼しているのは前からわかっていた。その彼がお前に隠しているのだから、きっと深い訳があるのだろうと思った。まさか、父親である伊沢を殺すかどうか迷っていたとは、想像もしなかったがな」

尾島も、閑谷の言葉を思い出した。

――それどころか僕、父親を殺すつもりだったんです。警察官になったのも、そのためだったんです――。

しかし結局閑谷は、復讐者であるよりも警察官であることを選んだのだ。

「ところで、伊沢の勾留は無事に行われているのか？」

大谷の問いに、尾島は嬉しそうに頷いた。

「ああ、お陰様でな。お前の助言を受けて、アルミ板と電磁波吸収シートを二層に張った部屋を用意し、そこで伊沢の身柄を拘束している。伊沢の発する電磁波は、ちゃんと遮断されているようだ。念の為、例の捕具も併用しているがな」

マル能、即ち背理能力者の被疑者《マルヒ》を勾留するのは、三鷹事件の水田茂夫に続いて二人目だ。水田の時は背理能力の正体が摑めていなかったため、経験的にアイマスクと革製ミトンで拘束しているしかなかった。だが、その後大谷が「背理能力の正体は電磁波である」という仮説を立て、電磁波を遮断することで背理能力を無効化できることが判明した。

そこで尾島は伊沢の逮捕に備え、一㎜厚のアルミ板と、アメリカ国防総省がハッキング対策に採用する電磁波吸収シートを貼った部屋を、勾留用に準備していた。アルミは電磁波の遮断に有用な素材で、携帯端末はアルミホイルで覆うだけで圏外となる。またこの電磁波吸収シートは、あらゆる電磁波を熱に変換し、約八十ｄｂ《デシベル》減衰させるという。

「ただ、取り調べや接見などで他人が同じ空間に入る時は、現状では常にイチに同席してもらう必要があるんだ」

尾島の表情が曇った。

「伊沢の背理能力を無効化できるのは、今のところあいつしかいないからな。しかし、今後もずっとイチ一人に頼り続ける訳にもいかない。それにこれから、地方や海外で他の背理犯罪が発生することも予想される。かといって、イチのような特殊技能を持つ奴が他に見つかるとも考えにくい。どうしたらいいものか」

すると大谷が机の引き出しを開け、ラバー製のベルトが付いた黒い腕時計を取り出し、尾島に差し出した。

「電機メーカーにいる知人に作らせてみた。まだ試作品だが」

「何だ？　これは」

尾島は受け取って眺め回した。腕時計に見えたが、文字盤にあたる部分には針もデジタルの数字もない。金属製の黒い板の中央に、五㎜ほどの細い穴が開いているだけだ。

大谷は自分のスマートフォンを取り出すと、画面を数回タップした。スピーカーから時報を読み上げる音声が流れ始めた。一一七番に電話をかけたのだ。

「それの竜頭《りゅうず》を押してくれ」

大谷に言われて尾島は、腕時計の脇の竜頭に見えるボタンを押した。すると、ピピッという短い電子音がして、同時に時報を読み上げる声がぴたりと止まった。

「閑谷君の能力を再現する装置だ」

大谷が尾島にスマートフォンの画面を見せた。「圏外」という文字が表示されていた。

「周囲の電磁波を感知し、瞬時に逆位相の電磁波を発して無効化する。今は、Ｗｉ‐Ｆｉ電波と移動通信用電波の二つを無効化している」

「すごいじゃないか！」

尾島は興奮した。これなら閑谷がいなくても、マル能の背理能力を完全に無効化して安全に拘束することができる。しかも腕時計型の超小型機器なので、マル能の逮捕時にも絶大な効果を発揮するだろう。

「無常、お前が天才なのはわかっていたが、こんなものまで」

感心する尾島に、大谷は真顔で首を横に振った。

「いや。ノイズキャンセリングのような音波の遮断と違って、電磁波の遮断は非常に計算が複雑だ。しかも背理能力者がどのような電磁波を発しているかは、現在も完全には解明されていない。伊沢の精密検査を行い、閑谷君にも協力を求める必要があるだろう。それでも完成までに何年を要するかはわからない」

近い将来には、実用化の目処が立つんじゃないだろうか――。そう尾島は楽観することにした。背理能力という理不尽な力に対抗するには、同じく人間には不可能な力である科学技術を使うしかない。かつて尾島自身が口走ったことだが、大谷もまた同じことを考えていたようだ。

「とは言え、この装置の開発が、人類にとっていいことなのかどうかはわからない」

　大谷が呟いた。

「どうしてだ？」

　尾島が聞き咎めると、大谷は迷ったように間を置き、ようやく喋り始めた。

「背理能力者の出現で、人類はアポトーシスへ向かうかもしれないからだ」

「あとぽ、何だって？」

「アポトーシス《apoptosis》、またはアプポトーシス。一般には、積極的細胞死のことだ」

　生物はそれぞれの個体を健康な状態に保つため、旧《ふる》い細胞、問題のある細胞、不要な細胞は、計画的に自死させていくシステムを持っている。これを損傷による望まぬ細胞死・ネクローシス《necrosis》に対して、アポトーシスという——。大谷はそう説明した。

「俺はこのアポトーシスが、進化のターニングポイントにおいて、生物種全体にも起こるのではないかと考えている。わかりやすく言うと、生存に適した新しい遺伝子を持つ個体が出現すると、旧い遺伝子の個体は積極的に自死することで、その生物種はより生存に適した種に変化していく、ということだ」

「全然わかりやすくないが、ええと、こういうことか？」

唇を舐めて考えながら、尾島が続けた。

「新しい遺伝子を持つマル能が、より生存に適した人類なのであれば、旧い遺伝子の俺たち普通人は、自ら進んで滅びに向かうのではないか、と――」

「その通りだ」

物憂げな表情で、大谷は頷いた。

「背理能力者の出現が、人類の正常な進化であるならば、俺たち旧い人類を殺すのは当然であって、旧い人類が新しい人類を裁くのは、進化の流れに逆行することになる。適法か違法か、善か悪かなど、進化には何の関係もないからだ。俺たち普通の人間は、歴史という舞台から退場する時が近づいているのかもしれん」

尾島はあ然とし、恐る恐る大谷に聞いた。

「つまり、マル能の逮捕など、無駄なことだというのか？」

「そういうことになる」

そのまま大谷は視線を落とし、黙り込んだ。

尾島もしばらく無言で何事かを考えていたが、やがて顔を上げ、口を開いた。

「なあ、無常」

大谷も顔を上げ、尾島を見た。

「もし、犯罪を容易にすることが人間の進化だというのなら、俺は進化など認めない」

尾島はきっぱりと、そう言い切った。

「法を破る者がいれば、俺は必ず逮捕する。だって俺は警察官だからな。それが進化に逆らうことになるとか、進化を邪魔をするとか言われても、そんなの知ったことじゃない。相手が旧い人間だろうと新しい人間だろうと、俺は俺の信じる正義を守るため、犯罪を行った者は逮捕し、法で裁く」

そして尾島は大谷の顔を見た。

「だから、お前もそれでいいんじゃないか？」

大谷はじっと尾島の目を見た後、やがて大きく頷きながら呟いた。

「そうか。そうだな」

そして大谷は、晴れ晴れとした顔で微笑んだ。

「尾島、まさかお前に教えられるとは思わなかった」

「それって、褒めてるのか？」

尾島と大谷は顔を見合わせ、同時に笑い声を上げた。

それからおよそ二週間後――。

二十三年前の強盗殺人容疑で勾留されていた伊沢昌浩は、同容疑で起訴されるとともに、都知事選期間中に発生した大規模殺人二件と、中公会幹部・王城竜介の殺害に関する容疑で再逮捕、その後追起訴された。

　追起訴の前日、小幡燦子検事は、自らが所属する東京地方検察庁刑事局の大会議室で、三《み》沢《さわ》蓮司《れんじ》刑事第一部長以下大勢の先輩・同僚検事を前に、力強く語った。

「背理能力は確かに存在します。客観的に観察されているからです。原理はわからずとも、観察される以上確かに存在する、これは重力と同じです」

「例えば人間を崖から突き落とした殺人事件において、重力の原理の説明や、重力が確かに存在することの証明は求められません。なぜなら重力が存在することは、全ての人間の共通認識であるからです」

「重力を使った殺人が有罪なのであれば、背理能力を使った殺人も有罪であるべきです」

「まず、今までに警察が記録した背理能力の使用例を、背理能力が確かに存在する証拠として、これからご覧頂きます。そして背理能力が、重力と同じく客観的に観察される現象であることをご確認頂きたいと思います」

　そして東京地検は、伊沢が追起訴された三つの殺人事件の共謀共同正犯として、元東京都知事の中園薫子を逮捕・起訴する方針を固めた——。

エピローグ①　対面

　から、というドアベルの音とともに、尾島到は古めかしい木製のドアを開けた。

　白い漆喰の壁、天井には黄色い電球の小振りなシャンデリア。木製のテーブルと椅子が並ぶ、古い西洋館のような喫茶店。いつもの黒いスーツに黒いネクタイ姿の尾島は、明らかに浮いている。

　尾島は店内を見回した。一番奥の、大きな出窓の前に設えられた席に、一組の男女が座っていた。背後の出窓から燦々《さんさん》と差し込む陽光で、顔はよく見えない。尾島は右手で庇《ひさし》を作り、目を細くして二人を見た。

「あ、トウさん、こっちです！」

　尾島に気が付いた男が、立ち上がって右手を手を上げた。尾島の部下、閑谷一大だ。同時に女性も立ち上がり、尾島に向かって会釈した。

　尾島は覚悟を決めると、ぎこちない足取りで二人に向かって歩き始めた。

「トウさん。明日の日曜日、予定ありますか？」

　中園薫子元東京都知事の逮捕と起訴を終えた、土曜日の深夜。帰宅の準備をしている尾島に閑谷が聞いた。

「非番の日は随分久し振りだから、一日中寝るつもりだが、何か？」

「いやだなあ。約束したじゃないですか。事件が一段落したら母に会ってくれるって」

尾島は慌てた。そんな約束をしたことをすっかり忘れていた。

「いや、でも、まだ中園の公判もこれからだし、それに捜査報告書やら何やら」

「書類作成は、僕が全部やります！」

ぴしゃりと尾島の言葉を遮ると、閑谷は早口でまくしたてた。

「要するに明日はヒマなんですね？　じゃあゆっくり朝寝していいですから、午後四時に吉《きち》祥《じょう》寺《じ》まで来て下さい。詳しい場所はメッセージ送ります。その店、クリームソーダが有名なんですけど、レモンの入ったアイスコーヒーも美味しいんですよ？　では、久し振りのお休みの日に申し訳ありませんが、よろしくお願いします！」

「閑谷毎水《うみ》です。いつもそらがお世話になっております」

女性はそう言うと、尾島に向かって深々と頭を下げた。閑谷の母親の毎水、旧姓・滝川毎水。十六歳で閑谷を産んでいるので、歳は尾島と同い年の筈だ。

「いえ、どうも。あの、尾島です」

尾島も慌てて毎水にぺこりと頭を下げた。その狼狽《うろた》えぶりが可笑しかったのか、毎水は尾島を見ながらくすりと笑った。

その笑顔を見た途端、尾島の心臓がとくりと動いた。そして閑谷の端正な顔立ちと、屈託のない真っ直ぐな性格は、全てこの女性から受け継いだのだとわかった。

「よかったです」

毎水がほっとしたように言った。

「は、何がです？」

尾島が困ったように聞いた。

「ベテランの刑事さんだというので、怖い人かと思ったら、優しそうな人で」

「そうですか」

そう言ったきり、尾島は黙り込んだ。上気して耳まで赤くなっているのが自分でもわかった。そんな尾島を見て、毎水も無言で微笑んだ。

「もう、二人とも突っ立ったまま何やってんですか！　とりあえず座ったらどうです？」

二人を交互に見ながら、閑谷が嬉しそうに言った。尾島も我に返り、毎水に座るよう促して、自分も空いている椅子に腰を下ろした。

閑谷が右手を高々と上げると、白いエプロン姿の女性がやってきた。毎水はミルクティーを注文した。尾島は閑谷に聞いていた、レモン入りのアイスコーヒーを頼んだ。

「イチ、お前は？」

「僕はいいんです。もう行きますから」

「行くってどこにだ？　おい、ちょっと」

慌てる尾島にも構わず、閑谷は立ち上がった。

同時に、テーブルに置かれた紙の伝票が、風もないのにひらりと舞い上がった。それを閑谷が、何食わぬ顔でさっと摑んだ。

「そら！」

「イチ！」

尾島と毎水に同時に窘《たしな》められ、閑谷は首をすくめた。

「じゃあトウさん、それに母さん。あとは若くない人同士でごゆっくり！」

そして閑谷は、風のように店を出ていった。

「暑くありませんか？」

二人きりになると、尾島が毎水に聞いた。

「いいえ」

「そうですか」

頷いた後、尾島はまた聞いた。

「じゃ、寒くありませんか？」

「いいえ。ここはお日様がよく当たりますから」

「そうですか」

尾島が頷くと、毎水がまたくすりと笑った。不安になって尾島が聞いた。

「何か？」

「いえ。あの」

少しだけ言い淀んだ後、毎水はにっこりと笑った。

「そらが言ってた通りの人だなって思って。すみません」

「そうですか」

尾島は困ったように黙り込んだ。

そして二人は、明るい光が差し込む出窓の前の席で、いつまでも黙って座っていた。

エピローグ②　胎動

六月十日、午後五時十五分。東京都江東区青海《あおみ》、警視庁東京湾岸警察署——。

三畳ほどの広さの、女性専用留置場の個室。通路に沿った面は下半分が鉄板、上は鉄格子。部屋の奥には腰高窓があり、その下に洗面槽と水洗トイレ。トイレの使用中は木製の衝立で隠せるようになっている。右側の壁には小さな棚が取り付けられており、左側の壁の下には文机《ふづくえ》に似た小さな机が置いてある。

その小さな机で、グレーのスウェット上下を着た中園薫子が夕飯を食べていた。

今夜の留置場の献立は、焼き魚、焼売《シュウマイ》、野菜炒め、若布《わかめ》の味噌汁、漬物、それに丼飯一杯。中園は正座の姿勢で壁に向かい、青い合成樹脂の皿に盛られた料理を、無言のまま一心不乱に箸で口に運んでいる。

「よく食べる女だ」

留置場を見回っている二名の留置担当官の片方が、感に堪えない様子で言った。

背理能力者の存在が明らかとなった現在、その超常的な能力を利用して大勢を殺害した中園薫子は、連日マスコミを騒がせている、まさに渦中の人物であった。しかし、そんな騒ぎを余所《よそ》に、中園は留置場で旺盛な食欲を見せていた。

「ここに入って、却って太ったんじゃないか？」

もう一人の担当官も頷いた。

「太る筈だよ。三度の飯に加えて、自弁《じべん》も毎日食べてるからな」

よく見ると机の脇の床に、透明な蓋が付いた弁当のプラスチック容器が置いてある。空になっているから、すでに完食しているのだ。

被疑者が留置場に入る時、持っていた現金や差し入れの現金は、留置場で預かることになっている。これを領置金《りょうちきん》と呼び、勾留中の被疑者は食事とは別に、この金で弁当や菓子類を買うことができる。自腹の弁当、即ち自弁だ。

「よく平気で飯が食えるな。夜はぐうぐう熟睡しているし、肝の太い女だ」

一人が言うと、もう一人も相槌を打った。

「全くだ。もし有罪となれば、間違いなく死刑が求刑されるというのにな。さすがに何十人も殺させただけのことはある」


二人の留置担当官がいなくなっても、相変わらず中園薫子は壁際の机に向かって、まるで何かに憑かれたかのように食べ続けていた。

中園が漬物の小皿に箸を伸ばそうとした時、すいっとその小皿が宙に浮いた。

「もう、悪戯《いたずら》しないの」

中園は舌打ちして呟くと、空中の小皿に手を伸ばして摑み、机の上に置き直した。そして食事を再開したが、ふと何かの気配を感じたのか、中園は食べる手を止め、目の前の壁をゆっくりと見上げた。

床から一・五mほどの高さに一匹の蜘蛛《くも》がいた。手足の長さが五cmほどもある、巣を張らない大型の蜘蛛、アシダカグモだ。いかつい外見だが自ら人を咬《か》むことはなく、ハエなどの害虫を捕食するので益虫《えきちゅう》と言っていい。餌を探しているのか、壁を上に向かってゆっくりと這っている。その様子を中園薫子はじっと見上げている。

ぱん、とその蜘蛛がいきなり破裂した。

長い手足が飛び散り、机の端にぱらぱらと落ちてきた。蜘蛛がいた壁には白い体液が付着し、毛の生えた頭部か胴体の一部がこびり着いている。中園は小さく肩をすくめると、残っていた丼の白米を搔き込み、味噌汁で胃に流し込んで、ふうと息を吐いた。

「退屈なの？　もう、しょうがないわね」

中園は視線を落とすと、自分の下腹にそっと手を当てた。

「もう少しの辛抱よ、すぐに世の中に出られるから、もうちょっと我慢して。ね？」

中園薫子は、腹の中にいる我が子に向かって、まるで聖母マリアの彫像のような慈愛の表情で囁いた。

謝辞

本作の執筆にあたり、弁護士・錦野匡一氏に法律・裁判関係への貴重なご助言を頂きました。この場を借りて御礼を申し上げます。

なお、本作中に実際の法律の運用や裁判の進行と異なる描写がある場合には、その責任は全て筆者にあります。

二〇二三年四月　河合莞爾

本作品は書き下ろしです。
またこの物語はフィクションです。実在する
人物、団体等とは一切関係ありません。

中公文庫

カンブリアⅢ　無《む》化《か》の章《しょう》
──警視庁《けいしちょう》「背理犯罪《はいりはんざい》」捜査係《そうさがかり》

2023年 4 月25日　初版発行

著　者　河合《かわい》 莞爾《かんじ》

発行者　安部 順一

発行所　中央公論新社
〒100-8152　東京都千代田区大手町1-7-1
電話　販売 03-5299-1730　編集 03-5299-1890
URL https://www.chuko.co.jp/

ＤＴＰ　平面惑星
印　刷　大日本印刷
製　本　大日本印刷

Published by CHUOKORON-SHINSHA, INC.
Printed in Japan　ISBN978-4-12-207352-4 C1193

中公文庫既刊より

す-29-1 **警視庁組対特捜K** 鈴峯紅也

本庁所轄の垣根を取り払うべく警視庁組対部特別捜査隊となった東堂絆を、闇社会の陰謀が襲う。人との絆で事件を解決せよ！ 渾身の文庫書き下ろし。

206285-6

す-29-2 **サンパギータ 警視庁組対特捜K** 鈴峯紅也

非合法ドラッグ「ティアドロップ」を巡り加熱する闇社会の争い。牙を剝く黒幕の魔の手が、絆の彼女・尚美に忍び寄る⁉ 大人気警察小説、待望の第二弾！

206328-0

す-29-3 **キルワーカー 警視庁組対特捜K** 鈴峯紅也

「ティアドロップ」を捜索する東堂絆の周辺に次々と闇社会の刺客が迫る。全ての者の悲しみをまとい、絆が悪の正体に立ち向かう！ 大人気警察小説、第三弾！

206390-7

す-29-4 **バグズハート 警視庁組対特捜K** 鈴峯紅也

ティアドロップを巡る一連の事件は、片桐、金田ら多くの犠牲の末に、ようやく終結した。片桐の墓の前で死を悼む絆の前に、謎の男が現れるが――。

206550-5

す-29-5 **ゴーストライダー 警視庁組対特捜K** 鈴峯紅也

日本最大の暴力団〈竜神会〉首領・五条源太郎が死んだ。次なる覇権を狙って、悪い奴らが再び蠢き出す――。大人気警察小説シリーズ第五弾。文庫書き下ろし。

206710-3

す-29-6 **ブラザー 警視庁組対特捜K** 鈴峯紅也

血縁も、絆も関係なく、喰らい合う闇社会の男たち。警視庁組対特捜の最強刑事・東堂絆の命に、巨額の懸賞金をかけた彼らの狙いとは⁉ 文庫書き下ろし。

206990-9

す-29-7 **パーティーゲーム 警視庁組対特捜K** 鈴峯紅也

警視庁組対特捜刑事・東堂絆に襲いかかる新たな刺客。絆と対峙したその正体とは⁉ そして勢力を伸ばす宿敵・五条宗光の狙いは⁉ 白熱のシリーズ第七弾‼

207230-5

各書目の下段の数字はＩＳＢＮコードです。978－4－12が省略してあります。

と-26-9
ＳＲＯ Ⅰ 警視庁広域捜査専任特別調査室
富樫倫太郎
七名の小所帯に、警視長以下キャリアが五名。管轄を越えた花形部署のはずが――。警察組織の盲点を衝く、連続殺人犯を追え！ 新時代警察小説の登場。
205393-9

と-26-10
ＳＲＯ Ⅱ 死の天使
富樫倫太郎
死を願ったのち亡くなる患者たち、解雇された看護師、病院内でささやかれる『死の天使』の噂。ＳＲＯ対連続殺人犯の行方は。待望のシリーズ第二弾！ 書き下ろし長篇。
205427-1

と-26-11
ＳＲＯ Ⅲ キラークィーン
富樫倫太郎
ＳＲＯ対〝最凶の連続殺人犯〟、因縁の対決再び‼ 東京地検へ向かう道中、近藤房子を乗せた護送車は裏道へ誘導され――。大好評シリーズ第三弾、書き下ろし長篇。
205453-0

と-26-12
ＳＲＯ Ⅳ 黒い羊
富樫倫太郎
ＳＲＯに初めての協力要請が届く。自らの家族四人を殺害して医療少年院に収容され、六年後に退院した少年が行方不明になったというのだが――。書き下ろし長篇。
205573-5

と-26-19
ＳＲＯ Ⅴ ボディーファーム
富樫倫太郎
最凶の連続殺人犯が再び覚醒。残虐な殺人を繰り返し、日本中を恐怖に陥れる。焦った警視庁上層部は、ＳＲＯの副室長を囮に逮捕を目指すのだが――。書き下ろし長篇。
205767-8

と-26-35
ＳＲＯ Ⅵ 四重人格
富樫倫太郎
不可解な連続殺人事件が発生。傷を負ったメンバーが再結集し、常識を覆す新たなシリアルキラーに立ち向かう。人気警察小説、待望のシリーズ第六弾！
206165-1

と-26-37
ＳＲＯ Ⅶ ブラックナイト
富樫倫太郎
東京拘置所特別病棟に入院中の近藤房子が動き出す。担当看護師を殺人鬼へと調教し、ある指令を出すのだが――。累計60万部突破の大人気シリーズ最新刊！
206425-6

と-26-45
ＳＲＯ Ⅸ ストレートシューター
富樫倫太郎
ついに1ｓｔシーズン完結⁉ 悪魔的な連続殺人鬼・近藤房子、最後の闘い。怒濤の結末を見逃すな、大人気シリーズ第9弾！ 文庫書き下ろし。
207192-6